UN DESEO PARA SOFÍA

PILAR MAYO

UN DESEO PARA SOFÍA

PLAZA & JANÉS

Papel certificado por el Forest Stewardship Council®

Primera edición: enero de 2026

Travessera de Gràcia, 47-49. 08021 Barcelona

Printed in Spain – Impreso en España

ISBN: 978-84-01-03794-8
Depósito legal: B-19.673-2025

Compuesto en Mirakel Studio, S. L. U.

Impreso en Gómez Aparicio, S. L.
Casarrubuelos (Madrid)

L03794A

A mis padres, refugio y hogar.
A mi hijo, mi luz en la oscuridad.
Y a la memoria de Mónica Canedo;
sigues presente en nuestros corazones

1

—Si estuviéramos solas, te contaría un secreto.

Miro por el espejo retrovisor aunque sé que no hay nadie más en el coche con nosotras.

—Supongo que podré esperar —contesto.

Mi madre dice que ve a los muertos y que habla con ellos. No me da miedo, estoy acostumbrada, he crecido rodeada de espíritus a los que nunca vi y cuya presencia tampoco sentí. La recuerdo hablando sola en la cocina mientras preparaba la comida o la cena, discutía con ellos como si de verdad estuvieran allí. Gritaba y gesticulaba si no le gustara lo que le decían. A veces la oía hablar en voz baja cuando estaba sola. Al principio, corría por el pasillo desde mi habitación para llegar antes de que quien hubiera venido a visitarla tuviera tiempo de desaparecer al verme. Cuando me di cuenta de que eso no daba resultado, cambié de estrategia: me acercaba despacio, andando de puntillas para no hacer ruido y así coger por sorpresa al espíritu de turno. Nunca vi a nadie más que a ella sentada con las manos cruzadas sobre la mesa, mirando a la silla que tenía enfrente y donde jamás había nadie. En alguna ocasión me hacía partícipe de las conversaciones, como si yo pudiera oír lo que le decían: «¿Has visto, Sofía? ¿Te lo puedes creer?», preguntaba enfadada mientras removía el contenido de la olla que tenía en el fuego y yo hacía los deberes. Yo negaba con la cabeza porque no sabía de lo que me estaba hablando y porque no quería que se enfadara más de lo que estaba. No era así todo el tiempo; pasaban semanas en las que ningún espíritu venía a visitarla, tampoco lo hacían cuando mi padre estaba en casa, no sé si porque su presencia los intimidaba o porque mi madre no se atrevía a confesarle que existía un mundo paralelo en el que mantenía conversaciones con almas que vagaban por el limbo y que venían a pedirle ayuda.

—No tenemos mucho tiempo —dice girando el cuerpo para mirar al asiento de atrás.

No sé a qué se refiere, quizá está confusa. Acabamos de enterrar a mi padre, pero no parece afectada. No ha derramado ni una lágrima y, si no la conociera, me daría la impresión de que se siente aliviada, como si hubiera estado esperando este momento. Nos quedamos en silencio porque ella cierra los ojos, gira la cabeza y la apoya en la ventanilla. Tengo la mano en el cambio de marchas; si la estirara tan solo unos centímetros podría ponerla encima de la suya, que descansa lacia en el asiento. Pero no lo hago, me da vergüenza. No estamos acostumbradas a demostrarnos afecto. Parece que me haya leído el pensamiento, porque levanta la mano para tirar del cinturón de seguridad que le roza en el cuello y la deja ahí, intentando evitar esa intimidad que nos resulta ajena.

Al salir del coche la agarro del brazo y caminamos juntas hasta que llegamos al portal de su casa, y este es el único gesto de consuelo que nos hemos permitido la una con la otra a pesar del duelo. Cuando entramos, voy a preparar café mientras ella se cambia de ropa.

Allá donde miro veo a mi padre. La navaja que utilizaba para cortar el pan, el plato de cristal de color caramelo en el que mi madre le servía la comida y que se ve antiguo al lado de los otros, las cajas de pastillas con la dosis escrita con su letra picuda encima del mármol y montones de cosas más. Estoy tentada de esconderlas, quitar todos esos objetos de la vista para ahorrarle a mi madre el momento de toparse con ellos, pero por cómo ha reaccionado hasta ahora y por lo poco que él se hizo querer pienso que no le afectará. Como si quisiera darme la razón, la oigo tararear una canción que no logro reconocer. No me molesta que lo haga a pesar de que acabamos de volver del cementerio de despedirnos para siempre de mi padre, porque él, su compañero de vida, fue todo menos eso para ella.

Al entrar en la cocina me mira y sonríe. Es una sonrisa triste que contrasta con el alivio que ha demostrado hasta el momento. Saca unas galletas del armario y las pone en un plato que deja encima de la mesa. Alisa el mantel con las manos, planchándolo sin necesidad, solo por tener algo que hacer. No está acostumbrada a que nadie haga nada en su casa, aunque sea una simple cafetera, no le gusta. Mientras espero a que suba el café, la observo con disimulo. No nos parecemos en nada: ella es menuda y su cabello negro contrasta con la blancura de su piel, de la que siempre presume. Nunca se rinde y arrastra con ella una determinación que la acompaña en todo lo que hace. Es incansable y emprende luchas que lleva hasta el final si está convencida de que es lo correcto. Solo la he visto doblegarse ante mi padre. Sin embargo, las veces en que eso ha ocurrido, sus ojos de pantera se han encargado de dejar claro que al final haría lo que a ella le viniera en gana sin que se notara. En cambio, yo me conformo con casi todo. Solo hay una cosa por la que sigo luchando pese a que cada vez me cueste más, porque estoy casi segura de que no saldré vencedora.

Me da la impresión de que la casa huele diferente. Ha desaparecido el olor de mi padre. Trabajó durante cuarenta y dos años en una fábrica donde utilizaban productos químicos, y el olor de la mezcla de esas sustancias se le metió debajo de la piel. Un olor que yo odiaba y que mi madre no lograba quitar de la ropa por mucho que la pusiera en remojo con agua caliente. Es imposible que después de tantos años sin ir a la fábrica siguiera formando parte de él. A mí me parecía que cuando caminaba iba dejando ese rastro tras de sí para que no nos olvidáramos de que seguía aquí aunque su presencia pasara inadvertida.

Le lleno a mi madre el tazón de café con leche y me siento enfrente de ella; moja unas galletas, come con ganas, y arrastra el plato hasta dejarlo delante de mí.

—Come, que estás muy seca.

—No tengo hambre.

—Así cómo vas a quedarte embarazada —me suelta. Y aunque sé que no lo hace con mala intención, sus palabras me duelen más que si me hubiera dado una bofetada—. ¿Y tu marido dónde dices que está?

—En una reunión de trabajo. Le ha sido imposible cancelarla.

Sigue comiendo sin decir nada, cosa que agradezco. Me parece tan feo que no haya estado a mi lado en estos momentos que, si mi madre me dijera algo más al respecto, no podría justificarlo. Me quedo un rato haciéndole compañía y le propongo quedarme a dormir, pero ella hace aspavientos como si le hubiera dicho una locura y me empuja hacia la puerta argumentando que no está sola, refiriéndose a los espíritus que según ella vagan por su casa. Dice que mi abuela también veía a los muertos, que es un don que se hereda y que el día menos pensado yo también los veré.

No me quiero ir, pero no por no dejarla sola, porque parece no necesitar a nadie, sino por mí. No me apetece ir a mi casa. A veces me gustaría tener el don que tiene ella y que asegura que yo tendré algún día para poder ver a los muertos, tal vez así no me sentiría tan desamparada.

Paso la tarde tumbada en el sofá, con la tele encendida. No me interesa lo que están emitiendo, pero no me gusta el silencio que envuelve la casa. Tampoco lloro; no voy a echar de menos a mi padre, siempre estuvo ausente a pesar de estar casi siempre en casa, pero se puede estar sin estar, ocupar un lugar físico sin llenar nada más. Pienso en que ahora estamos mi madre y yo solas y, en cierto modo, me alegro por ella, porque no tendrá que soportar más esas miradas cargadas de intención ni esos silencios tan pesados que ocupaban todo el espacio dejando apenas el necesario para respirar. No sé si mi padre siempre fue así o si algo le agrió el carácter, pero no me parece el tipo de hombre que mi madre elegiría para compartir la vida.

Cuando llega Diego, yo ya estoy en la cama. Oigo cómo se aproxima y noto cómo se hunde el colchón cuando se tumba a mi lado. No se ha quitado los zapatos. Me pasa una mano por el pelo apartándomelo de los ojos, se disculpa por no haber estado conmigo y me dice cuánto me quiere y lo importante que soy para él. Nuestras caras están muy cerca y me sucede algo que no me había ocurrido nunca: su aliento y su cercanía me molestan. Siento la necesidad de apartarme; sin embargo, no me muevo, cierro los ojos y no digo nada. Cuando se va a la ducha me doy la vuelta, quedando de cara a la pared. No tengo ganas de hablar.

Su trabajo es tan absorbente que apenas le queda tiempo para nada más. Lleva meses persiguiendo un ascenso que, según él, lo descargaría de trabajo. No me lo creo, no puede ser que tener más responsabilidad vaya a darle más libertad.

Esta es la primera noche que no dormimos abrazados desde que estamos juntos. Aunque hayamos discutido, la cama es territorio neutral, y demandar el cuerpo del otro buscando cobijo es una forma de pedirnos perdón. Me gusta enroscar las piernas en las de él y apoyar la cabeza en su hombro, en ese hueco perfecto para mí, y, por primera vez desde que murió mi padre, lloro en silencio. No por lo que supone su pérdida, sino porque no soporto estar tan cerca de Diego y sentirlo tan lejos.

2

A mi madre le resulta difícil pedir ayuda, por eso al abrir la puerta de su casa me sorprende lo que veo: ha vaciado medio salón. Es imposible que lo haya hecho ella sola; no queda ni rastro de mi padre. Han desaparecido su sillón orejero, la bicicleta estática, el libro de crucigramas que descansaba encima de la mesa junto a la regla con la que rodeaba las palabras, el cojín que se ponía en los riñones, la colección de biografías de líderes políticos que nunca leyó y cualquier cosa que fuera de su uso exclusivo.

Me encuentro a mi madre en el pasillo, a medio camino de su habitación.

—Sofía, no te he oído entrar.

—Hola. —Me agacho para besarla y me agarra del cuello, impidiendo que me retire.

—Has llegado en un momento buenísimo, estamos solas —me dice al oído.

No entiendo la necesidad de susurrar si estamos solas, pero no le digo nada. No me atrevo porque sé cómo le duele que no crea en sus fantasmas. Desanda el camino y la sigo a su dormitorio, donde veo más de lo mismo. De la mesita de noche de mi padre han desaparecido el despertador y la radio pequeña con una goma elástica de color verde alrededor para sujetar las pilas. Tampoco queda rastro de la botella de agua ni de las monedas sueltas que siempre dejaba encima y que a mi madre le molestaban tanto. Las puertas del armario están abiertas y el lado derecho está vacío: se ha deshecho de todo lo que podría recordar su existencia.

—Mamá, ¿por qué no has esperado a que viniera para ayudarte? Creo que no es necesaria tanta urgencia.

—No quiero hablar de eso ahora, ya lo entenderás. Tengo que encargarte una cosa muy importante.

—¿Es que pasa algo?

—No, pero pasará —asegura, y se vuelve hacia mí.

La noto distinta. Está agitada e inquieta, no para de tocarse el pelo y de moverse de un lado a otro. Se desplaza hacia el borde de la cama y se sienta junto a mí, me giro para quedar frente a ella y espero a que empiece a hablar.

—Tu abuela me ha dicho que me queda poco tiempo.

—Mamá, por favor, no digas tonterías. —Sonrío por lo disparatado de lo que acaba de decir.

—No son tonterías. Y no me interrumpas, no sé cuánto rato estaremos solas y no quiero que nadie nos oiga.

Empieza a llorar y no sé qué hacer. La he visto llorar muy pocas veces, quizá por eso me asusto. No es que me crea que le vaya a pasar nada por el simple hecho de que se lo haya dicho mi abuela, que lleva muerta veinte años, pero parece que ella está convencida de que será así. De repente se levanta y se acerca al armario. De camino, se seca las lágrimas, y cuando se da la vuelta ya no llora. Ahora habla como si estuviera organizando una boda o cualquier otra cosa que le hiciera especial ilusión.

Deja encima de mis piernas un vestido que parece una túnica. Es ancho y largo, de color coral, con el escote en pico y las mangas abullonadas. Es su prenda estrella, se la ha puesto en todas las ocasiones que a ella le han parecido importantes. No se me ocurre ningún motivo de celebración en estos momentos; sin embargo, no pregunto nada, porque no sé a dónde quiere llegar. Vuelve a sentarse y deja el vestido sobre la cama, me coge las manos y las aprieta. Estoy incómoda, me parecen las manos de una extraña. Me pregunto cuándo empezamos a dejar de abrazarnos y de tocarnos.

—Tienes que prometerme una cosa —me pide.

—¿Qué cosa?

—Cuando me entierren quiero que me pongan este vestido. No sabes lo ridículo que resulta ver a un muerto en tu cocina con un traje de fiesta: te sorprendería ver lo que anda por ahí. Al principio me preguntaba si los veía con la ropa que llevaban cuando habían muerto, pero se ve que no, tienes que pasarte toda la eternidad con la que te ponen para amortajarte. Todavía no he decidido qué zapatos quiero, cuando lo sepa te lo diré. No quiero que me maquillen ni que me hagan un peinado que no sea mi trenza, tampoco quiero ningún abalorio. —Mi madre habla deprisa, como si hubiera memorizado el discurso.

—Mamá —la interrumpo—, no te vas a morir, al menos no todavía. Me has asustado.

Me aprieta las manos antes de soltarlas y me mira como cuando nos enzarzamos en esas discusiones en las que ninguna quiere dar el brazo a torcer y quiere decirme que no entiendo nada de la vida.

—Bueno, ahora que ya hemos arreglado ese asunto, tenemos que hablar de otra cosa —comenta algo molesta por mi actitud.

Se levanta y la sigo hasta la cocina, donde también ha desaparecido todo rastro de la presencia de mi padre.

—¿Qué has hecho con las cosas de papá? —pregunto más por curiosidad que porque me importe.

—Se las han llevado.

—¿Quién?

—Los paquistanís de la tienda de abajo. Las aprovecharán más que yo.

—Faltan muchas cosas. —No le digo que debería haberme preguntado si quería conservar algún recuerdo. Sabe de sobra que no nos llevábamos bien, no había nada que nos uniera.

—Así tendré más espacio. Además, será por poco tiempo —suelta como si en vez de pensar que va a morirse se mudara de piso.

Me acerca una botella de vino y me pide que la abra mientras de la vitrina saca dos copas de la cristalería buena, como ella la llama, la que no utiliza nunca por miedo a que se rompa alguna pieza. Más que las copas, me sorprende el vino: jamás la he visto beber alcohol, y yo solo tomo Coca-Cola.

—¿Y esto? —pregunto extrañada—. ¿Te has echado a la bebida?

—Anda, bebe y calla. —Se acerca la copa a los labios y hace una mueca—. Ha llegado la hora de contarte una cosa, algo que he llevado a cuestas desde hace demasiado tiempo.

Hace una pausa como si quisiera ordenar las ideas antes de empezar a hablar.

—Ahora bebe —me ordena de nuevo apurando el vino— y vuelve a llenar las copas, que lo vas a necesitar. —Hace una pausa para dejar caer una frase que no sé cómo interpretar—: No estamos solas. Tienes una hermana.

Mi madre clava su mirada en la mía y yo cierro los ojos porque no soy capaz de asimilar lo que acabo de oír. Al abrirlos, ella sigue mirándome y no consigo descifrar lo que esconden sus pupilas. No me atrevo a preguntarle nada. Ella se gira hacia la puerta y yo hago lo mismo pidiendo en silencio que sigamos solas.

Vacío la copa de golpe y vuelvo a llenarla. Ojalá fuera tan fácil llenar los silencios. Bebemos calladamente; no sé cuánto rato estamos así. No decimos nada, solo bebemos, poco, sorbos pequeños que apenas nos mojan los labios, y cuando la miro sé que no está aquí conmigo. Su mente está en otro lugar y, aunque me mata la curiosidad, aprieto la boca bien fuerte para evitar que escapen las preguntas que no sé si me atreveré a formularle. Cuando creo que no va a contarme nada más, empieza a hablar. Lo hace más para sí misma que para mí, y no sé si estoy preparada para escuchar lo que va a decirme. Me veo alargando la mano y tapándole la boca, impidiendo así que siga hablando. Por supuesto, no lo hago. Me acomodo en la silla y evito mirarla a los ojos porque me parece que la mujer que tengo enfrente no es mi madre.

3

Cuando empieza a hablar, mi madre tiene la vista fija en una mancha del mantel que restriega con el dedo como si así pudiera hacer que desapareciera.

—Un día de enero de hace ya muchos años, una parte de mí dejó de existir. Tú no te acordarás de cómo era antes de ese día, eras muy pequeña, pero nunca volví a ser la misma.

»Cuando yo era una chiquilla, las cosas eran diferentes. En esa época, los niños, hacíamos la vida en la calle, al menos en los pueblos. Los vecinos no cerraban las puertas de sus casas y los amigos eran para siempre. Mi madre servía en casa del médico y, aunque éramos de clases sociales diferentes, tu tía y yo nos hicimos amigas de sus hijos: Mercedes, una niña de mi edad, y Daniel, su hermano seis años mayor. Pasábamos las tardes con ellos, y su madre nos preparaba la merienda, que íbamos a comernos al río. Llegábamos a casa cansados y sucios después de estar toda la tarde vagando por el campo.

»Al principio, Daniel no nos hacía mucho caso; era mayor, y un chico, no quería que sus amigos lo vieran con las niñas. Por eso, si íbamos a verlo al campo de fútbol, se hacía el interesante y nos ignoraba. Pero a solas era diferente. Nos enseñó a nadar en el río, a subirnos a los árboles, a colarnos en los huertos para robar la fruta que después nos comíamos a escondidas y a coger ranas y renacuajos que metíamos en una bolsa de plástico y que horas más tarde llevábamos a su casa para devolverles la libertad en una fuente de piedra que tenían en el patio. Era muy protector con su hermana, que lo adoraba, por eso nos dedicaba tiempo. Debía de aburrirse como una ostra con nosotras. Mercedes era una niña tímida y tu tía y yo éramos todo lo contrario: el ser pobres nos obligaba a ser más espabiladas, la vida nos lo había puesto más difícil.

»Un verano, al terminar las clases, la madre de Mercedes se presentó en nuestra puerta. Aunque yo era pequeña, me dio vergüenza cuando la vi entrar en mi casa, que no tenía nada que ver con la suya. Aquella señora no se parecía a ninguna mujer del pueblo. Extremadamente delgada y siempre bien vestida, aunque no saliera de su casa. Su piel fina y sin manchas no tenía nada que ver con la de las mujeres que lavaban en el río y trabajaban la tierra. Pero lo que realmente la diferenciaba de las demás eran sus ojos; puedo verlos como si estuviera sentada ahora donde estás tú. No he vuelto a conocer a nadie con tanto brillo en la mirada. Parecía que un rayo de luna se hubiera metido en su cuerpo y quisiera escapar de él a través de las pupilas. Además, olía a una mezcla de harina, leche, azúcar y limón. Yo le decía a Mercedes que estar cerca de su madre era igual que comerse una magdalena de las que nos preparaba para merendar. Era lo único que hacía: cocinar y leer. Se pasaba las horas en la cocina elaborando postres que sabían a gloria. Después, lo dejaba todo manga por hombro y era tu abuela la que limpiaba el desastre.

»Al verlas a las dos juntas todavía la vi más guapa, y a mi madre más vulgar. No sabes la de veces que me he arrepentido de ese pensamiento: tu abuela hacía lo que podía con la clase de vida que le había tocado llevar. ¡Ya ves qué cosa más tonta! Mi madre lo sabe todo de mí, pero si no quiero que nos oiga es por estas cosas. No quiero hacerle daño, yo era solo una niña cuando pensaba que ojalá la madre de Mercedes fuera mi madre, pero quiero contarte las cosas como eran.

»Me escondí en la habitación porque supe que su presencia en mi casa no era normal. Las mujeres de los hombres importantes no visitaban a la gente corriente. Además, mi madre estaba incómoda y se notaba. Desde mi cuarto escuchaba retazos de la conversación, pero no era capaz de entender de qué hablaban. Después de un rato, mi madre me llamó: la señora me invitaba a pasar el verano con ellos en su casa de la playa. Si yo quería ir, me daba permiso.

»Me parece estar viéndola retorciendo la cinta del delantal y colocándose bien un mechón de pelo en un gesto que hacía siempre que estaba nerviosa. Enseguida contesté que sí. Con el paso de los años me di cuenta de lo egoísta que fui con ella en ese momento, no se me ocurrió preguntarle si quería que me fuera. Mucho tiempo después, al hacerse mayor, me lo echó en cara miles de veces. Me decía que había querido más a la señora que a ella.

»Pero no quiero desviarme de lo importante. Me fui con ellos sin importarme dejarlas a ella y a tu tía, que se enfadó conmigo por no haber sido la elegida, como si la culpa fuera mía. Nos fuimos a finales de junio, cuando terminó el colegio. Era la primera vez que me alejaba tanto de mi casa y estaba tan ilusionada por la aventura que me esperaba que no le devolví a mi madre el gesto de despedida que me hizo desde el camino de tierra. Mercedes se sentó al lado de la ventanilla porque se mareaba, así que mi muslo iba pegado al de Daniel y, a pesar del calor, no retiré la pierna; me gustaba sentir el contacto de su piel con la mía.

»El verano se me pasó volando. Apenas hablé con tu abuela porque nunca tenía tiempo de llamar a la hora convenida. Tampoco me importó que ella se quedara esperando en casa de la maestra al lado del teléfono una llamada que nunca llegó. En ningún momento la eché de menos ni me acordé de ella. La madre de Mercedes no nos mandaba ninguna tarea, solo asomaba la cabeza de vez en cuando a la habitación donde nos refugiábamos de las horas de más calor y de los mosquitos para preguntarnos si necesitábamos algo. El resto del tiempo lo pasábamos en la playa: ella nos vigilaba desde lejos debajo de una sombrilla gigante, tras unas gafas de sol que a mí me parecían de artista de cine. Por mucho que quisiera, no lograba imaginarme a mi madre con unas gafas como esas.

»A partir de ese año se repitieron los veranos. La timidez de Mercedes era casi enfermiza, y su madre veía en mí el complemento ideal para que su hija no se pasara el tiempo encerrada sin salir. No hablaba con nadie si yo no estaba con ella y aun así no pronunciaba más que un par de monosílabos, lo justo para no parecer maleducada.

»Crecí con ellos y para Daniel solo era una mocosa amiga de su hermana; sin embargo, para mí se convirtió en un objeto de deseo. No sé si es posible enamorarse a los doce años, pero yo solo quería estar con él. No de una manera romántica; era una cría y no sabía nada del amor, me bastaba con compartir espacio con él. Nunca le dije a Mercedes lo que me provocaba su hermano, me daba vergüenza. Seis años de diferencia con según qué edad no se notan, pero de los catorce a los veinte hay un abismo.

»Esos eran los años que teníamos cuando él se marchó del pueblo. Recuerdo perfectamente el último día que nos vimos. Mercedes estaba abatida, como si su hermano, en vez de irse a la ciudad a buscarse un futuro que en el pueblo nos estaba vedado por la falta de oportunidades, se hubiera muerto. Yo no estaba mucho mejor: me apenaba verla a ella tan triste y me faltaba el aire con solo pensar que no sabía cuándo volvería a verlo. Los primeros días después de su marcha, Mercedes y yo andábamos como alma en pena, cada una por un motivo distinto. Con el paso del tiempo nos recompusimos. Mercedes hablaba con él a menudo y yo era una cría a la que no le habían crecido todavía las tetas.

»Los dos años siguientes, Daniel vino a pasar el verano al pueblo. A mí me seguía pareciendo el hombre más guapo del mundo, pero él ni siquiera se fijaba en mí. Había un montón de chicas de su edad que estaban encantadas de dedicarle su tiempo. Su hermana y yo salíamos con los de la pandilla, que a mí me parecían unos mocosos.

»No volví a verlo hasta muchos años después. Ahí fue donde mi vida se enredó de una manera que nunca hubiera pensado.

4

Llevamos un rato sin hablar, ni siquiera nos miramos, parecemos dos extrañas que no tienen nada que decirse. Cuando el silencio empieza a ser incómodo, mi madre me hace un gesto para que vuelva a llenarle la copa, pero no bebe, solo se moja los labios, que luego se seca con el pico del mantel. No la he interrumpido por miedo a que dejara de hablar, aunque me hubiera gustado preguntarle más de una cosa, así que sigo callada esperando a que vuelva a retomar el relato y pidiendo a los dioses que mi abuela, esté donde quiera que esté, tarde en aparecer. Nunca me había contado nada íntimo, supongo que por eso yo tampoco hablo con ella de mis sentimientos.

—¿Tienes hambre? —pregunta de repente, y me parece que la que habla es mi madre de siempre y no la extraña que lo hacía hace tan solo un instante.

—No.

—Ya lo sabía yo, vaya pregunta más tonta. Entonces sigamos antes de que nos interrumpan. —Coge aire como si así se llenara de nuevo de la persona que me resulta irreconocible y que me está explicando una historia desconocida para mí.

—El ambiente del pueblo era asfixiante, no había futuro para la gente joven, así que los padres de Mercedes decidieron enviarla a casa de una hermana de la madre. Ella no quería, la asustaba mudarse a Barcelona, tan lejos de su familia. Seguía siendo una persona sensible y tímida a la que parecía que le daba miedo vivir. Por ese motivo me ofrecieron que la acompañara. «Mi hermana estará encantada de acogerte en su casa», me dijo la madre de Mercedes. Yo me hubiera ido al mismísimo infierno con tal de salir de allí, así que no me lo pensé. A tu abuela no le hizo ninguna gracia. Aunque yo ya no era una niña, le supliqué, y cuando vi que eso no hacía efecto, la amenacé con dejar de comer. No había nada que le preocupara más que el que tu tía y yo no estuviéramos bien alimentadas. Supongo que sería una secuela del hambre que decía haber pasado cuando era una niña. Dejé de comer durante cuatro días, aunque solo cuando estaba en casa, el resto del tiempo lo hacía a escondidas. Tenía muchas ganas de irme, pero el hambre podía más. Me paseaba con cara de lánguida como si estuviera medio desmayada, y el quinto día me dijo que podía irme.

»Desde ese día hasta que me marché con Mercedes no paró de reprochármelo. Me decía que cuando se muriera la echaría de menos y me arrepentiría de haber sido tan descastada. Si hubiera sabido que la vería y hablaría con ella mucho más después de muerta, no me hubiera sentido tan mal al oírla decirme esas cosas. No me voy a enredar en contarte con detalles lo que pasó cuando llegamos aquí, solo que la tía de Mercedes era una mujer mezquina que no me lo puso nada fácil. Por ese motivo, en cuanto tuve oportunidad, le busqué trabajo a tu tía, que estaba deseando venir, y así pudimos alquilar un piso minúsculo de dos habitaciones. Cuando pasaron unos meses, tu abuela vendió la casa del pueblo y se mudó con nosotras.

»Yo trabajaba de dependienta en una mercería donde también hacía arreglos de ropa. Un día vino el hijo de una clienta a buscar unos vestidos de su madre. A mí no me gustó, aunque era bien parecido, pero yo a él sí, por lo que no dejó de cortejarme. Empezamos por ir a tomar un café, después venía cada tarde a buscarme al trabajo y me acompañaba a casa, y así es como empecé a salir con tu padre.

—¿Estás bien? —le pregunto al ver que se queda callada. Estiro la mano y, a diferencia de ayer, hoy la pongo encima de la suya. Me apena verla tan triste. Ella levanta la vista y sonríe.

—Sí, es que el pasado a veces resulta doloroso si no eliges bien.

Nunca habría pensado que mi madre tuviera algo en su pasado que la afectara de esta manera. No sé a dónde llevará su confesión, pero creo que lo que sea que va a contarme le va a hacer daño.

—Voy a intentar resumirte lo que sigue; ya mismo estará aquí tu abuela y tengo ganas de terminar ya. Mi amistad con Mercedes siguió y sabía de Daniel por ella. Cada vez que tenía noticias suyas, el estómago me daba un vuelco a pesar de que hacía años que no lo veía. Me casé con tu padre, ahora sé que sin estar enamorada, aunque lo quería. Después naciste tú, y nuestra vida era la de una pareja normal de esa época. Me llenaste de felicidad, quiero que sepas eso porque es importante para mí. —Ahora es ella la que me aprieta la mano, como si así quisiera dar más veracidad a sus palabras—. Un día, Mercedes me invitó a comer porque su hermano venía a visitarla. El Daniel que me encontré era una versión mejorada de la que conocía, y él se encontró con una mujer que nada tenía que ver con la niña que recordaba. La atracción fue mutua, aunque yo intenté disimularla: estaba casada y además tenía una hija. Pero los sentimientos no se pueden reprimir y, si se puede, yo no supe hacerlo. Hizo todo lo posible por coincidir conmigo y yo no le puse ningún impedimento. Sabía que solo estaría aquí tres meses, después se volvería a México: había hecho allí su vida y tenía negocios que atender. Fuimos amantes. Mercedes fue nuestra cómplice, ella se quedaba contigo cuando estábamos juntos. Durante tres meses fui la mujer más feliz del mundo. Solo tenía remordimientos cuando llegaba a casa después de estar con él; no era capaz de mirar a tu padre a la cara porque me sentía sucia, pero no podía evitar ir al encuentro del hombre que hacía que me sintiera más viva de lo que había estado nunca. Me avergüenza contarte esto, aunque con el tiempo he empezado a pensar que el amor verdadero de ningún modo debe hacerte sentir sucia.

Se tapa la cara con las manos y solloza mientras mueve la cabeza de un lado a otro, como si quisiera negar lo que acaba de decir.

—¿Podrás perdonarme? —susurra.

—Mamá, mírame —le digo mientras le aparto las manos de la cara—. No tengo que perdonarte nada, lo que hicieras es cosa tuya y no voy a juzgarte.

Me pregunto si habría sido tan generosa con ella si mi relación con mi padre hubiera sido diferente. No puedo creer lo que acabo de escuchar: mi madre con otro hombre. Engañando a mi padre. No me paro a pensar ni a juzgarla, simplemente lo que me ha dicho me parece una cosa increíble.

—En agosto tu padre se empeñó en que fuéramos a Galicia porque tenía que hacer unos arreglos en casa de tu abuela que había ido posponiendo. Yo le dije que eras muy pequeña y que era un viaje muy largo para ti, además de que nos aburriríamos si él estaba trabajando. Accedió y se fue solo. Estando allí, su madre se cayó y su estancia se prolongó todo el mes de agosto y la primera semana de septiembre. Cinco semanas que a mí se me hicieron cortas. Cuando volvió, tuvo que recuperar los días que había pedido en el trabajo, por lo que tenía que quedarse a hacer horas. Llegaba cansado y de mal humor, aunque quizá la que estaba diferente era yo. Lo dejé de querer, Sofía. No sé si de un día para otro o poco a poco, aunque lo que creo es que nunca lo amé.

»Daniel y yo hicimos planes de futuro; lo nuestro no era un capricho ni un calentón. Le diría a tu padre que me quería separar y él liquidaría sus negocios y se mudaría aquí. Yo no podía irme a ningún sitio, no debía robarle a tu padre el derecho a estar contigo. Todos esos planes los hicimos antes de saber que estaba embarazada, luego se torcieron de una forma que nunca hubiéramos imaginado.

—Mamá, ¿estás bien? —le pregunto después de oírla suspirar profundamente. No sé si he entendido lo que acabo de escuchar y me da miedo que siga hablando, aunque ahora quiero saberlo todo.

—Sí, hay cosas que no dejan de doler por muchos años que pasen. Eso de que el tiempo lo cura todo es la mentira más grande que he escuchado.

—Nunca me habías hablado de ello.

—No hubo ocasión. Además, hay veces que piensas que de lo que no se habla no existe. Voy a intentar resumirte lo que sigue porque ya mismo estará aquí tu abuela.

»Cuando tu padre se fue, yo tenía el periodo, y fue la última vez que lo tuve antes de saber que estaba embarazada, así que el bebé que esperaba era de Daniel. No sé si echaría cuentas, tampoco había que ser muy listo, pero cuando le dije que estaba embarazada me miró de una manera que me dio miedo. Tenía la sensación de que me vigilaba, si bien yo estaba tranquila porque Daniel ya se había ido. Disponía de un año para pensar cómo y cuándo iba a plantearle lo de la separación.

»El embarazo transcurrió sin sobresaltos, aunque yo echaba muchísimo de menos a Daniel. Contaba los días para volverlo a ver y lo único que me consolaba eran las larguísimas cartas que me enviaba a casa de Mercedes. Tu tía estaba al corriente de mi aventura. Se lo escondí al principio, pero luego no pude evitar compartir con ella lo feliz que me sentía. Igual que Mercedes, tampoco me juzgó y se guardó mucho de decirme si mi aventura le parecía mal. Nunca se llevó bien con tu padre.

Me mira y cambia la postura del cuerpo. Pone la espalda recta y levanta la cabeza; da la sensación de que, durante el rato que ha estado hablando, ha habido otra persona dentro de ella. El reloj da la hora y parece que se despierte después de una sesión de hipnosis.

—¿Te quedas a cenar? —Formula la pregunta como si hace un instante hubiéramos estado hablando de cualquier cosa sin importancia.

—No, he quedado con Diego, pero todavía tengo un rato —le respondo invitándola a que continúe hablando.

—Ya se lo he propuesto, ¿qué quieres que haga? Ya es mayorcita.

Habla mirando a la puerta. Una persona ajena pensaría que desvaría, pero, como yo ya intuía, sé que su confesión ha terminado: ya no estamos solas.

—Dice tu abuela que estás muy flaca, que si ese marido tuyo te cuida.

—No necesito que nadie me cuide, cada cual tiene que cuidar de sí mismo.

—Dice que no entiende a qué te refieres.

Me levanto y me mareo un poco a causa del vino. Tengo que asimilar lo que me ha dicho, así que decido marcharme antes de verme envuelta en una conversación que no llevará a ningún sitio. A veces pienso que dice que ve a los muertos para poder decir lo que ella no se atreve: es mucho más fácil poner en boca de otros lo que nos incomoda o nos cuesta trabajo expresar.

Nos despedimos con dos besos y me susurra al oído que esté preparada, que me avisará en cuanto vuelva a estar sola. No sé qué es peor: que mi madre diga que habla con los muertos o que yo haga ver que me lo creo.

5

De camino a casa no dejo de pensar en lo que acabo de escuchar. Todo me parece una locura, como si fuera una historia que no va con nosotras.

En cuanto entro, sé que Diego no ha llegado a pesar de que es tarde: la casa me recibe en silencio y a oscuras. Cojo el móvil para enviarle un mensaje, pero no lo hago. Sé que no me engaña. No desconfío de él, me quiere, lo sé y pondría las manos en el fuego por él. Lo espero con la tele encendida aunque no le preste atención, como hago siempre que estoy sola.

Al oír el sonido de la llave en la cerradura salgo a recibirlo. Al verme, sonríe y me da un ramo de flores mientras sacude una bolsa con comida japonesa de un restaurante que me chifla. Me da un beso que hace que me tiemblen las piernas y mi estómago se revolucione. Caminamos sin dejar de besarnos hasta el sofá. Dejo las flores en el suelo y él hace lo mismo con las bolsas. Nos amamos deprisa, como si se nos acabara el tiempo, y al terminar, agotados y sudando, rompo a llorar. No sé por qué lloro, nunca me había pasado algo así y me da vergüenza que Diego me vea; sin embargo, no puedo parar, es un llanto desconsolado.

—¿Qué te pasa?

No contesto porque no lo sé, así que encojo los hombros mientras él me abraza intentando consolarme.

—¿Es por tu padre? —pregunta confundido. Sabe que la relación con él era superficial.

Vuelvo a encogerme de hombros y permanecemos abrazados en silencio. Me conoce y sabe que es mejor dejar pasar la crisis, ya hablaremos más tarde.

Cuando me despierto por la mañana vuelvo a estar sola. Pongo las flores en agua y tiro la cena, que no llegamos a sacar de las bolsas, a la basura. Ando muy despacio porque anoche era uno de esos días en los que hay que hacer el amor porque son propicios para quedarme embarazada. Ahora toca esperar, ir al baño y sentir pánico cada vez que me bajo las bragas y alivio al ver que no están manchadas. Hay mujeres a las que les da igual ser madres, otras tienen claro que no quieren serlo y otras que quieren serlo a toda costa. Yo soy de las últimas, es lo que más deseo. Siento envidia de las mujeres que pasean empujando un carrito de bebé, y me gustaría poder sentir esa clase de amor incondicional que imagino que se siente al ser madre.

Nos hemos sometido a infinidad de pruebas para averiguar por qué no me quedo embarazada. El médico dice que todo está bien, que no me obsesione, que cuando deje de pensar en ello ocurrirá el milagro. Lo llama así, «el milagro», y al escucharlo así todavía me parece más difícil que suceda.

Suena el timbre. Debe de ser mi madre, porque es muy temprano. Al abrir la puerta entra deprisa, como si viniera alguien tras ella y no quisiera dejarlo pasar. Al verme caminar se detiene.

—¿Hoy es uno de los días? —pregunta.

—Se podría decir así.

—Entonces siéntate.

—Mamá, no estoy inválida —le replico, aunque mi intención era tumbarme en el sofá levantándome solo para lo imprescindible.

—Siéntate de todos modos. De momento tu abuela no ha aparecido, no sé cuánto tardará en hacerlo.

Nos sentamos en el sofá, me mira y me pone la mano encima de la rodilla.

—No sé si en tu estado debería seguir con mi historia.

—¿Qué estado?

—Bueno, tú ya me entiendes.

—Creo que deberías empezar ya, la abuela se puede presentar en cualquier momento —le respondo con ironía.

No necesito decir nada más. Cierra los ojos un instante para abrirlos enseguida y seguir hablando, retomando la historia donde la dejó ayer.

—El día del parto, tu tía estuvo a mi lado en la clínica porque tu padre no salió de la fábrica, a pesar de que ella lo avisó por teléfono. Llegó bien entrada la tarde. El bebé descansaba en la cuna. Era una niña, muy morena y con mucho pelo. Tu tía salió con la excusa de ir a tomar un café; se notaba la tensión en el ambiente y estábamos incómodos. Él se quedó de pie al lado de la cama. No miró a la niña, se limitó a mirarme a mí sin pronunciar ni una palabra. No hacía falta: sin necesidad de hablar me estaba confesando que había sido la culpable de destrozar una familia. Mi familia. Me puse de lado porque no podía soportar que me mirara de esa manera, y entonces empezó a hablar. Cuando lo escuché decirme que no podía quedarme a la niña si quería seguir viviendo con vosotros, me di la vuelta y lo miré a los ojos para saber si estaba diciendo la verdad y supe que no mentía. Podría haber guardado silencio, porque estaba dispuesta a pedirle la separación en cuanto pasaran unas semanas y me encontrara más fuerte. Sin embargo, en ese momento la niña empezó a llorar desconsolada, como si estuviera protestando por mi silencio. Le contesté que estaba loco si creía que la iba a abandonar, y él me dijo que la loca era yo si pensaba que iba a meter a una bastarda en su casa. Volví a ponerme de lado, ignorándolo, mientras mecía la cuna para calmar al bebé, que dejó de llorar de repente, igual que había empezado. Parecía que había entendido que no la iba a dejar. Supuse que lo decía por la rabia del momento y que ya se le pasaría. Después, oí abrirse la puerta, y sentí alivio al ver que se había ido.

»Al día siguiente volvió a la clínica contigo; yo estaba deseando verte, pero tú me diste un beso rápido y le dedicaste toda tu atención a tu hermana. Él se sentó en el filo de la cama, me agarró de la muñeca con fuerza y se agachó para hablarme al oído: «Si te quedas con ella, me llevaré a Sofía. Te despertarás un día y no estaremos, no la verás nunca más. Tú decides». Me solté de su agarre con un gesto brusco y, después de un rato en el que no pronunciamos ni una palabra, salió contigo de la mano. De pronto me sentí morir.

»Me dijo: "Tú decides". Y eso hice: decidir. No quiero que me juzgues. Ya sé que lo que hice no estuvo bien, pero a ella todavía no la quería y a ti no podía perderte. Sabía que cumpliría su amenaza y antes las cosas no eran como ahora, las mujeres no valíamos nada, tuve miedo de que se fuera contigo, de no volver a verte nunca más. Además, estaba débil y deprimida, no podía pensar con claridad. No me estoy justificando, lo que hice me acompañará siempre para recordarme la clase de persona que soy. A veces me digo que no tenía otra opción, y al instante una voz en mi cabeza me dice que siempre hay opciones.

Mi madre me dirige una mirada fugaz, baja la vista enseguida, le levanto la barbilla y le doy un pañuelo para que se limpie las lágrimas. Me acerco a ella y la abrazo, y aunque no estamos acostumbradas al contacto físico entre nosotras, noto cómo se abandona y sus hombros pierden rigidez. Yo sigo en guardia, estoy tensa por todo lo que acabo de escuchar y porque es la segunda vez que la veo llorar en dos días y no me acostumbro.

—Mamá, no llores. ¿Por qué no me lo habías contado antes?

—Me daba miedo —admite sin atreverse a mirarme, como si hace tan solo un momento no hubiera sido ella misma la que me ha hecho partícipe de su secreto y lo hubiera descubierto yo—, y vergüenza. Lo que hice no estuvo bien.

Me separo de ella y en sus ojos percibo un ruego, como pidiéndome que entienda lo que hizo. Al mirarla me parece estar viendo a una niña; da la impresión de que se hubieran cambiado nuestros papeles y ahora fuera yo la que debía reprenderla por algo que ha hecho mal.

—¿Qué pasó con el bebé?

—Mercedes se la llevó.

El silencio cae sobre nosotras como una losa.

El peso de lo último que ha dicho llena la habitación, da la sensación de que ya no queda espacio para nada más, ni siquiera para las palabras.

—¿Que se la llevó? ¿A dónde? ¿Me estás diciendo que la secuestró? —pregunto después de unos segundos que se me hacen eternos al ver que no me aclara qué pasó.

—¡No, nada de eso! Mercedes nunca hubiera hecho algo así —responde asombrada. Ni que lo que le he dicho fuera una barbaridad—. Fue un acuerdo. Le pedí que se la llevara durante unas semanas hasta que yo tuviera las cosas de la separación arregladas. Tu abuela y tu tía trabajaban y no podían hacerse cargo de ella. Pero después todo se enredó y quizá me faltó valor, y una cosa llevó a la otra —añade con pesar—. Tu padre no me iba a poner las cosas fáciles: se negó a firmar los papeles del divorcio. Me amenazó con desaparecer contigo. Cada día dejaba caer lo que haría si lo abandonaba. Amenazas veladas que me causaban pavor.

»Una tarde, cuando fui a buscarte al colegio, me dijeron que ya habías salido, que tu padre había ido a recogerte antes para llevarte al médico. Disimulé como pude delante de tu maestra y al salir a la calle vomité. Volví a casa pensando que lo que quería era asustarme y que estaríais allí, pero la casa estaba desierta. No puedo describir el miedo que sentí. Pensé que me iba a volver loca, lo creía capaz de cualquier cosa con tal de hacerme daño. No quería quedarme esperando sin hacer nada, pero tampoco quería salir por si volvíais, así que me pasé toda la tarde rezando y haciendo trueques con Dios. Le prometí que si volvías seguiría con tu padre, no se me ocurría peor penitencia. Recé sin parar durante horas, como si estuviera ida. Me arrodillé delante de la cama, apoyé los codos en ella y entrelacé los dedos mientras movía los labios en una plegaria silenciosa.

»Cuando escuché la puerta, me levanté y salí de la habitación corriendo; se me habían dormido las piernas y me dolía la espalda, pero sentí tanto alivio al verte que no me importó. Estabas feliz porque tu padre te había llevado al zoo, no dejabas de hablar y de explicarme todo lo que habías visto. Nunca he vuelto a sentir tanto alivio en mi vida. No le dije nada porque quería esperar a que estuvieras dormida. Esa conversación nunca se produjo. Al tenerlo delante perdí el valor, y la ira que había acumulado durante esa tarde se disipó como el humo. No le hizo falta abrir la boca: la forma en la que me miró y la media sonrisa que asomó a sus labios lo dijeron todo. En ese instante supe que si no renunciaba a tu hermana te perdería a ti.

»Mientras esto ocurría, Daniel no tenía ni idea de nada, seguía enviándome cartas en las que hacía planes de futuro. No tuve valor de decirle nada por escrito, estaba a miles de kilómetros y prefería esperar a que volviera. La propuesta que le hice a Mercedes era la única solución que se me ocurría. Se quedaría con la niña mientras yo arreglaba lo mío con tu padre, iría a verla cada día y cuando llegara su hermano ya sería libre. No pasó nada de eso. Tu padre no me dejaría marchar nunca, lo supe porque el episodio del zoo se repitió más veces. Cuando ella entendió que las cosas no serían como las habíamos planeado, se negó a seguir adelante. Mercedes era una persona prudente y tranquila, nunca la vi alzar la voz ni molestarse por nada hasta ese momento. «No le vamos a destrozar la vida a la niña. ¿Crees que la gente no hablará?

Además, no será tan fácil. Tu marido no va a rendirse y lo sabes. ¿De verdad es eso lo que quieres para ella? Si me la quedo, me la llevaré para siempre. Mi hermano se hará cargo de ella y yo le daré todo el amor que necesita». Esas fueron sus palabras. Mercedes, que no era capaz de levantar la voz ni de llevar la contraria a nadie, me dejó muy claro que no cedería. Le pedí unos días para pensarlo. Me dio de plazo dos semanas. «Ni un día más», me advirtió mientras me abrazaba intentando consolarme.

»Tu padre empezó a seguirme. Me lo encontraba por casualidad en la calle cuando se suponía que estaba trabajando. Nunca sabía cuándo iba a aparecer; algunos días lo hacía dos veces y otros no lo veía. Pensé que me volvería loca, andaba por la calle mirando a todos sitios. Si me acercaba a casa de Mercedes, el corazón me latía tan fuerte que creía que se me saldría por la boca, las manos me sudaban y las piernas parecían volverse de goma. Nunca llegué a ir, me daba pánico que me descubriera y se fuera contigo. No hace falta que te diga la decisión que tomé. Pensarás que soy una cobarde y tienes razón. Yo no he dejado de repetírmelo desde entonces.

—¿Por qué no se la quedó la abuela? ¿O la tía? —le pregunto intentando obtener respuestas. Me asaltan un montón de dudas, pero no quiero ser demasiado brusca. Mi madre parece estar en shock.

—Tu padre no lo hubiera permitido. Además, tu abuela estaba delicada de salud, a la vista está, dado que no vivió muchos años, y a tu tía no podía dejarle ese cargo. En esa época estaba atareada con los preparativos de su boda y Miguel era un buen hombre, pero no sabemos si hubiera accedido a criar a una niña que no era suya, ni siquiera de la que iba a ser su mujer.

»Pasaron las dos semanas y no tuve el valor de despedirme de ella. Fui a casa de Mercedes, pero no entré a la habitación. Cuando salí de allí, el olor de la colonia infantil que flotaba en el aire parecía que se me había pegado a la piel y al alma para recordarme que era un monstruo. Después de unos meses, llegó una carta a casa de mi madre. Era una carta de despedida, aunque también era una carta de amor. Daniel no me hizo ningún reproche ni me echó en cara que hubiera elegido la vida sin él y sin nuestra hija por cobardía. No te imaginas cuánto lo he echado de menos. Su ausencia me dolía físicamente, mi cuerpo se negaba a vivir sin él y andaba arrastrando dolores para los que los médicos no encontraban motivos.

»Cuando murió tu abuela, le pedí miles de veces que los buscara. Ella siempre me decía que no era tan fácil, que a ver si me pensaba que cuando te ibas al otro barrio tenías poderes. Hace unas semanas me dijo que había visto a Mercedes. Al principio no la creí. Aunque fuera verdad, ¿cómo iba a reconocerla después de tantos años? Me contestó enfadada que para qué tanto preguntar si no la creía.

»Ahora que lo sabes todo, voy a pedirte un favor. Quiero que la busques. Necesito saber qué fue de la niña. Cómo está, cómo es su vida y cómo es ella, si es feliz, si sabe quién es su madre y, si es así, si me odia por lo que hice...

Nos quedamos en silencio: yo por no saber qué decir, ella supongo que agotada y aliviada a la vez después de haber descargado el peso que llevaba en los hombros.

6

Cuando me quedo sola, el silencio que tanto me pesa siempre me resulta perfecto. Pienso en lo que me ha contado mi madre. Me cuesta trabajo imaginarme lo que me ha dicho, no soy capaz de poner las imágenes en movimiento. Demasiada información que se me enreda en la memoria, por eso intento visualizar lo que he escuchado como si fuera una película. Veo a mi madre joven y guapa, tumbada encima del sofá después de dejarme en el colegio, leyendo una y otra vez lo que le escribía su amante. Y si cierro los ojos la veo levantarse y bailar con la carta en las manos mientras se acerca a su habitación para esconder su secreto, y puedo ver la expresión de felicidad en su cara. Nada de culpa, nada de arrepentimiento, solo una alegría incapaz de ocultar.

No le cuento nada a Diego a pesar de que no tengo secretos con él; me parece una deslealtad hacia mi madre, aunque supongo que terminaré haciéndolo. Hoy ha llegado más temprano, debe de estar preocupado por lo de anoche. Quiero a Diego igual o más que el primer día en que empezamos a salir, pero últimamente me siento muy sola. Siempre está trabajando, nos vemos por la noche, y los fines de semana se trae el trabajo a casa. Ya apenas hacemos cosas juntos. La lasaña congelada que he preparado se me hace una bola en la boca; ha quedado demasiado seca. En cuanto lo veo levantarse ya sé lo que pasará a continuación, y no me equivoco. Regresa con una bolsa pequeña de papel que deja delante de mi plato y una caja con un lazo demasiado grande para el tamaño del paquete.

—¿Y esto por qué? —pregunto cogiendo primero la bolsa y sacando el estuche que hay dentro.

—Porque sí. ¿Es que tiene que haber un motivo para hacerte un regalo?

Abro la caja y saco un collar que ha debido de costarle un dineral. No me gusta, pero no se lo digo; lo ha comprado con la mejor intención. Es su manera de pedir perdón por no estar siempre. Se lo tiendo y se levanta para ponérmelo. Mientras lo hace, deshago el lazo de la caja y la desenvuelvo. Es un frasco de perfume de una marca carísima que tampoco me gusta porque lo encuentro demasiado empalagoso. Después de abrocharme el collar, me pasa las manos por los brazos y se me eriza el vello. Es un hombre muy guapo. Más que guapo, atractivo. Podría haber elegido a cualquier mujer, pero me eligió a mí. No hacemos buena pareja. No se puede decir que yo sea fea, soy corriente, del montón. No hay nada que destaque en mí: ni el pelo ni los ojos ni los labios, nada; aunque el conjunto no está mal, no se vuelven a mirarme por la calle.

Dejamos la cena a medias, hacemos el amor y pienso en cómo es posible que no me quede embarazada si el médico dice que no hay ningún problema.

La pasión no se ha apagado con los años. Cuando veo a Diego, el estómago me sigue dando un vuelco. Lástima que pasemos tan poco tiempo juntos.

—Llévame a algún sitio —le pido.

—¿Ahora?

Estamos acurrucados en la cama, le paso un dedo por los labios y me acerco más a él.

—El fin de semana. Sin móviles ni ordenador, sin planes, sin saber a dónde vamos. Nos montamos en el coche y nos alejamos de aquí.

Noto cómo se pone tenso y ya sé que no habrá ninguna escapada, y lo peor de todo es que no me sorprende.

—Este fin de semana es imposible, tengo que ir a un congreso, ¿no te lo había dicho?

—No.

—Joder, se me pasó. Estoy de faena hasta arriba. Organiza algo para el fin de semana que viene, lo que quieras.

La semana que viene tampoco haremos nada porque volverá a tener trabajo, entonces me traerá otro estuche con otra joya dentro que yo guardaré y no me pondré nunca porque si lo hago me sabrá a excusa.

—Nena, me sabe fatal, de verdad. La semana que viene te lo compensaré, te lo prometo —asegura mientras me besa en la frente.

—No importa —contesto. Pero sí importa, porque ya son tantas veces que no me duele, me he acostumbrado a que siempre sea que no.

7

Estoy sentada delante del ordenador, miro la pantalla y de vez en cuando muevo el ratón para hacer ver que trabajo. Nada más lejos de la realidad. No me concentro, no dejo de pensar en lo que me contó mi madre. Está ilusionada, la muerte de mi padre ha sido una liberación, y yo estoy asustada, no hace más que repetir lo injusta que es la vida y que ahora que se siente libre se morirá. Le he pedido que vaya al médico para hacerse una analítica, ella mueve la cabeza y me mira con esos ojos que dicen sin hablar «Esta muchacha es tonta», dándome a entender que no hay nada que hacer: está convencida por completo de que no tardará en morir. No hace más que decirme que no tenemos tiempo, ha empezado a empaquetar ropa para donarla a la Iglesia. Me ha enseñado dónde tiene el dinero escondido, montones de sobres repartidos por toda la casa en sitios disparatados y de los que ya no recuerdo ni la mitad.

No creo que mi madre vea a los muertos y mucho menos que hable con ellos. Sin embargo, siento un pellizco de miedo en la boca del estómago porque lo dice tan convencida que me parece imposible que invente una cosa así.

Hoy comeré con ella. Me llamó anoche, estaba muy misteriosa, hablaba en clave porque decía que no estaba sola y, aunque no me gusta este juego, no pude negarme, sé que para ella es importante. Me asusta jugar a detectives, buscar a mi hermana, porque no sé lo que voy a encontrar, además de que me parece una tarea imposible. Siempre quise tener una familia más grande y ahora me aterra encontrar un pedazo perdido de esta. ¿Cómo será ella? ¿Qué costumbres tendrá? ¿Será buena persona? No podré quererla como a una hermana porque no la conozco. ¿Y ella? Nuestra repentina aparición le desbaratará la vida: para bien o para mal, ya no volverá a ser la misma persona. Todo esto en el supuesto caso de que la encontrara.

Por fin, después de una mañana que se me ha hecho interminable, salgo de la redacción. En el trayecto estoy tentada de dar media vuelta y llamarla con alguna excusa para decirle que no puedo ir a comer con ella. Sin embargo, sigo en dirección a su casa, como si mi cuerpo no obedeciera las órdenes que le envía mi cerebro.

Paro el coche en doble fila, la veo esperando en la puerta y ahora me alegro de haber venido. Se ha arreglado demasiado para una comida informal, y eso demuestra lo importante que es para ella. Me produce ternura verla así vestida. Se hace mayor y sé que, aunque no haya llegado su hora, como dice ella, el tiempo pasa deprisa y llegará el día en que no estará, y no puedo pensar en ello porque me causa dolor el simple hecho de hacerlo. Las madres deberían ser eternas, siempre las necesitamos.

Al verme llegar, corre hacia el coche con pasitos cortos: está chispeando y no lleva paraguas. Se cubre la cabeza con el bolso mientras con la otra mano se agarra las solapas del abrigo y se tapa el cuello. Su olor llega antes que ella, un olor familiar que me transporta a mi infancia. Se sienta y me da un beso. Yo aspiro con fuerza, no quiero que cuando se vaya se me olvide. Si cierro los ojos puedo verla sin dificultad, dibujo su rostro en mi memoria. Veo su pelo negro y lacio recogido en una trenza, los ojos color miel, los labios gruesos y bien perfilados, pero el olor es diferente: lo reconocería entre miles de aromas; sin embargo, es imposible sentirlo si no flota en el aire. Me da un escalofrío, que achaco al hecho de que tiene la cara helada.

—¿Estás bien? —pregunta.

—Sí, ¿por qué?

—Me parecía que habías llorado.

—Qué va, ¿por qué voy a llorar?

—No estarás embarazada, ¿verdad? —dice abriendo mucho los ojos.

—Mamá, por favor.

—Ay, perdona, qué pesada soy —se disculpa mientras hace un gesto con la mano como si espantara una mosca—. ¿A que no sabes qué he descubierto?

La miro y sonrío, porque ahora jugaremos a las adivinanzas. «¿A que no sabes...?» es la fórmula que utiliza cuando quiere contarme algo: «¿A que no sabes quién se ha separado? ¿A que no sabes a quién he visto? ¿A que no sabes quién se ha muerto? ¿A que no sabes...?».

—¿Qué?

—Venga, di.

—¿Cómo quieres que lo sepa?

—Ay, hija, deberías ponerle más entusiasmo —dice con cara afligida.

—Dame una pista.

Saca un espejo del bolso y se retoca el pintalabios. Se toma su tiempo, por eso creo que está pensando en qué decirme para no desvelar del todo lo que sea que quiere contarme.

—He descubierto dónde vive tu hermana —anuncia triunfante, sin rodeos, a diferencia de lo que hace otras veces.

Agarro el volante con fuerza y no contesto. Respiro hondo porque la palabra «hermana» no existía en mi vocabulario de hace tres días y no sé si quiero añadirla.

—Sofía, por favor, tienes que ayudarme. No quisiera morirme sin saber de ella. Tú no lo entiendes porque no tienes hijos. —Se lleva las manos a la boca como si esta hubiera dicho esto último sin su permiso—. No quería decir eso, perdóname.

—Mamá, no creo que esto sea una buena idea —contesto, obviando lo último—. A veces es mejor dejar las cosas como están.

—No puedo. No hagas que me vaya con esta carga —murmura mostrando su pesar.

Se recuesta en el asiento y cierra los ojos. No hay teatralidad en sus gestos ni en su forma de hablar, lo que dice lo siente de verdad. Permanecemos en silencio, y me parece tan raro estar las dos juntas sin pronunciar ni una palabra que de vez en cuando desvío la vista para comprobar que sigue sentada a mi lado. Cuando detengo el motor y ve a dónde la he traído no hace intención de bajarse del coche, y me extraña. Le encanta venir a este sitio, un buffet libre que a mí no me gusta nada; yo prefiero estar sentada y disfrutar de la comida con la persona que me acompaña. En cambio, ella se vuelve loca yendo y viniendo a buscar un plato tras otro.

—¿Te importa llevarme a otro sitio? No tengo nada de hambre y aquí no podremos hablar.

Vuelvo a poner el coche en marcha y salimos de la ciudad; ella no pregunta a dónde vamos y se deja llevar.

Después de casi una hora llegamos a nuestro destino. Un restaurante pequeño y coqueto desde el que se puede ver el mar a través de unas cristaleras enormes que van del suelo al techo. He elegido este sitio porque me encanta la decoración, la comida es exquisita y hay bastante intimidad, además de que las mesas están dispuestas de manera que no te sientes invadido por los otros comensales. Y también porque necesitaba tiempo para pensar. Ahora no sé si habrá sido buena idea: mi madre está blanca como la pared, igual está mareada.

Es muy tarde. La cocina está cerrada, nos dicen, y el comedor está vacío. En una mesa del fondo los camareros comparten espacio con el personal de cocina. El resto de mesas desocupadas con las servilletas sucias y las copas vacías esperan para volver a lucir dentro de un rato a la hora de la cena.

Está lloviendo a mares y debemos darle pena a la persona que nos ha atendido, porque nos pide que lo sigamos y nos acompaña a un rincón donde nos acomoda. Llama a una camarera, que viene a ayudarle, y enseguida tenemos la mesa preparada. Nos sentamos y nos dice que tendremos que fiarnos de él, ya que el personal está en su rato de descanso, y nos promete que acertará a la hora de elegir por nosotras.

Mientras esperamos permanecemos en silencio. Ahora me arrepiento de haber venido aquí: tengo la sensación de que, por muy flojo que hablemos, los camareros escucharán nuestra conversación. La persona que nos atendió trae los platos y se retira para volver a sentarse con sus compañeros.

La lluvia golpea los cristales con fuerza, impidiendo ver nada del exterior. No comemos. Me mojo los labios, que tengo secos, con el vino. Hubiera preferido una Coca-Cola, pero no me he atrevido a pedirla, me parecía descortés después de que nos hayan atendido a pesar de estar cerrado. Mi madre, en cambio, le da un trago a la copa como si bebiera agua. No está acostumbrada a tomar alcohol y me temo que no le siente bien.

Abre el bolso y me da un papel: hay una dirección anotada y un nombre de mujer.

Dita.

No conozco a nadie con ese nombre y se me antoja que debe pertenecer a una mujer sofisticada.

—¿Qué clase de nombre es ese? —pregunta mi madre asombrada. A veces parece que me lea el pensamiento. Doblo el papel y lo dejo encima de la mesa, no lo guardo porque hacerlo sería admitir que voy a seguirle el juego.

—¿Y ahora qué quieres que haga? ¿Me presento y le digo: «Hola, Dita. Soy tu hermana»?

—Eso estaría bien, hay que ser natural. Para qué darles vueltas a las cosas. —Se inclina hacia delante, emocionada.

Quiero a mi madre, pero a veces me saca de quicio. Nunca ve nada complicado ni piensa en lo que vendrá detrás ni en las consecuencias, siempre dice que es mucho peor arrepentirse de algo que no has hecho. Ha pasado de estar abatida a estar entusiasmada, como si la conversación que hemos mantenido en el coche no se hubiera producido.

Empieza a comer y da unos golpes con el tenedor en mi plato.

—Come. Han sido muy amables dejando que nos quedemos. Mira la que está cayendo. Hemos tenido suerte, tu abuela estará escondida por ahí con la cabeza metida en cualquier sitio. ¿Te acuerdas del miedo que le daba la tormenta?

Recuerdo a mi abuela sentada en el suelo del pasillo de casa porque era el único lugar donde no había ventanas, con los ojos cerrados y moviendo los labios mientras rezaba asustada. Eran los únicos momentos en que estaba en silencio, parecía encoger y solo se movía cuando un trueno amenazaba con partir la casa en dos.

Como sin ganas, por educación, no quiero ser descortés; mi madre tiene razón. En cambio, ella lo hace alabando cada bocado.

Se acerca el camarero, que retira los platos vacíos y nos deja los segundos. Sigue lloviendo a mares, y ella vuelve a agradecerle que nos hayan atendido.

—¿Cómo sabes que es ella? Hasta ayer no sabías nada —pregunto intentando poner algo de sensatez en el disparate que me parece todo esto.

—Me lo ha asegurado tu abuela.

Si no fuera porque es mi madre, pensaría que la mujer que tengo enfrente desvaría.

—Si piensas que voy a presentarme en casa de una desconocida para decirle que soy su hermana porque lo ha dicho mi abuela, que está muerta, estás loca. No lo haré, me niego. No pienso hacer el ridículo, no debería haberte seguido el juego.

De repente deja los cubiertos encima del plato, me mira y vuelve a ser la mujer afligida que vino conmigo en el coche.

—No entiendes nada. Haz lo que quieras. Cuando me muera volveré a verte, y cuando me tengas delante te darás cuenta de lo injusta que fuiste al no creerme. Entonces, la que llevará una carga sobre su espalda serás tú, ¿podrás con ese peso? Ahora llévame a casa.

Se levanta, coge el papel, se encamina hacia la puerta y se despide del señor que nos atendió dándole las gracias y disculpándose por las molestias. La sigo, pago avergonzada por irnos sin terminar de comer y murmuro una disculpa.

Hacemos el trayecto de vuelta en silencio, un trayecto que se me antoja mucho más largo de lo que realmente es por lo incómodo de la situación. Sigue lloviendo a mares, parece que el cielo quiera descargar su furia sobre nosotras, como si los espíritus que mi madre dice que ve, y que según ella habitan por encima de las nubes, estuvieran enfadados porque no creo en ellos. Al llegar a su casa encuentro sitio en la misma puerta. Podría detenerme un momento, pero aparco con la intención de subir con ella. No tengo oportunidad porque no me invita a hacerlo. Se baja del coche y da un portazo con tanta fuerza que se cae el ambientador que está colgado en el espejo retrovisor. La veo caminar hasta el portal, pasa por encima de los charcos sin importarle que se le empapen los pies. Tampoco se tapa la cabeza para protegerse del agua ni corre para evitar mojarse, camina despacio con los brazos caídos y la cabeza baja.

Al agacharme a recoger el ambientador veo una bola de papel: es la nota que me enseñó en el restaurante, se le debe de haber caído. La dejo en la guantera y arranco el coche para irme a casa con un sentimiento de culpa que pesa una tonelada.

8

No he dormido nada. Me da pena mi madre. Todo lo que le ocurrió me parece una locura, y vivir con ese sentimiento de no haber hecho las cosas bien no ha debido de ser fácil, pero no puedo creerme todo eso que dice de mi abuela. Mi mente racional se niega a creer que eso pueda ser verdad. ¿Y por qué ahora que mi padre ha fallecido? Es como si hubiera estado esperando este momento para pedirme que la acompañe en lo que se me antoja un disparate. En el caso de que fuera cierto que mi abuela habla con ella, algo que es imposible, pero que barajo para ver si soy capaz de desenmarañar este lío, sería mucha casualidad que precisamente ahora hubiera encontrado a la hermana a la que no llegué a conocer. Intento dejar la mente en blanco, el solo hecho de plantearme según qué cosas me parece ridículo. Cojo el teléfono para llamarla, pero no lo hago: estará enfadada, contestará con monosílabos y sus silencios serán tan largos antes de hablarme que tendré que preguntarle si se ha cortado la llamada. Me voy a la redacción sintiéndome mal. No me costaría nada ir a ver a esa mujer. ¿Qué puedo perder? No tendría por qué decirle quién soy. Podría inventar una excusa. De momento es lo único que se me ocurre, aunque si lo hago no le diré nada a mi madre; no quiero verme envuelta en una historia que no sé a dónde nos llevará.

Igual que ayer, vuelvo a sentarme delante del ordenador mientras dejo pasar el tiempo. Miro la hora continuamente y no me concentro en nada de lo que hago. Voy al lavabo y, al sentarme en la taza, noto salir de mi interior la sangre caliente y espesa. Cada vez que me viene la regla siento que me vacío entera, como si me arrancaran un pedazo que se niega a quedarse y a crecer dentro de mí. No lloro, no quiero dar explicaciones, no estoy sola. Espero hasta que oigo cómo se cierra la puerta. Al salir me lavo la cara, estoy sudando, me miro en el espejo y me pregunto qué es lo que está mal dentro de mí para que mi cuerpo me niegue lo que más deseo. Entran dos mujeres de otro departamento a las que conozco de vista. Abren la ventana y se acercan a ella para fumar mientras se ríen de algo que cuentan y a lo que no presto atención. Musito un «hasta luego» antes de salir y, al acercarme a mi mesa, cojo el bolso y me voy dejando el ordenador encendido y sin despedirme de nadie.

Me subo al coche y abro la guantera, deshago la bola de papel en la que está anotada la dirección y la escribo en el GPS. La voz metálica me conduce a través de calles por las que nunca había estado. Veo la línea azul que indica que estoy llegando a mi destino y noto cómo se me acelera el corazón. Paso de largo por delante del portal y busco sitio para aparcar. Estoy nerviosa, no debería haber venido, todavía estoy a tiempo de irme; a mi madre se le pasará el enfado y esto me parece una locura. A pesar de no estar segura, me bajo del coche y vuelvo a leer la dirección, camino buscando el número y me detengo delante de una puerta de hierro vieja con la pintura de color verde descascarillada. Al mirar los timbres me doy cuenta de que no sé el piso. Me río al pensar en ello: a mi abuela se le pasó ese detalle. Se abre la puerta y sale una mujer que me pregunta si deja abierto, le digo que sí y entro.

La portería es larga y oscura, las baldosas de la pared son antiguas y huele a comida y a humedad. Me detengo delante de los buzones, busco el nombre de Dita y no lo encuentro, y, aunque siento alivio porque he venido y podré decirle a mi madre que mi abuela se equivocó, también siento una punzada de decepción que no logro explicarme.

Me doy la vuelta para marcharme cuando se abre la puerta del ascensor y mi corazón se detiene al ver a mi madre con treinta años menos. La veo caminar hacia mí, menuda, con los andares resueltos y seguros, el pelo lacio y negro y una sonrisa en la cara. Se me vienen a la cabeza las fotos donde aparezco con ella mientras me sostiene en sus brazos y me mira sonriente.

—Hola.

La mujer pasa por mi lado y sonríe al saludarme. En cambio, yo me quedo muda. No me salen las palabras. El sonido de la puerta al cerrarse me hace reaccionar: salgo detrás de ella y la llamo.

—¿Dita? —digo en voz baja, aunque no lo suficiente, porque se gira y me mira con curiosidad.

—Sí. ¿Nos conocemos?

—Soy tu hermana.

Las palabras salen de mi boca como si mi madre me hubiera empujado a decirlas. La sonrisa se borra de su cara, pero no de sus ojos. Me siento torpe, no debería habérselo dicho así. Pensará que estoy loca.

—Debes de confundirme con alguien. Lo siento, tengo un poco de prisa.

Se da media vuelta, sigue caminando y la veo desaparecer cuando dobla la esquina. ¿Qué le diré a mi madre? ¿Que su plan de ser tan directa no funcionó? No me muevo del sitio y, después de unos instantes, la veo venir de nuevo hacia donde me encuentro. A pesar del frío que hace, estoy sudando. Se detiene delante de mí y me mira a los ojos fijamente y con tanta intensidad que parece que puede leer mi mente y saber si le he mentido.

—No quiero ser maleducada, puedo dedicarte cinco minutos. Si lo que me dices me convence, te escucharé otros cinco, y así hasta que sospeche que estás intentando engañarme. Te aviso de que no tengo dinero, así que si lo que buscas es eso, pierdes el tiempo, aunque creo que no, no pareces esa clase de persona.

Dice esto en un tono amable, como si pensara que necesito hablar con alguien y ella se prestara a escucharme para hacerme un favor. Pienso qué decir para que deje que me explique y no vuelva a marcharse.

—Daniel —suelto de repente.

—¿Daniel? —repite, aunque es más una afirmación que una pregunta, y me mira intentando descifrar lo que significa ese nombre. Asiento con la cabeza porque no sé por dónde empezar, y una parte de mí desea que me diga que no me escuchará. Sin embargo, camina hacia el portal y me hace un gesto para que la siga, sujeta la puerta para que entre y vuelve a sonreírme. Subimos en el ascensor y pienso que tengo que sacarles el máximo partido a los primeros cinco minutos. Estoy tan nerviosa que no se me ocurre cómo comenzar.

Gira la llave y entramos en su casa. No hay recibidor, entras directamente al comedor. Deja la bolsa que llevaba colgada al hombro detrás de la puerta. Hay juguetes esparcidos por el suelo, que va recogiendo mientras camina, por lo que deduzco que tiene hijos pequeños.

—Vecina, soy yo, no se asuste. Me he olvidado una cosa —grita asomando la cabeza por un pasillo largo. La única respuesta que obtiene es el sonido de la cisterna al descargar el agua—. No creas que dejo entrar a cualquiera a mi casa sin conocerlo, pero tengo una duda y a lo mejor me la resuelves tú. Además, me das buenas vibraciones, y el color de tu aura delata que no eres peligrosa.

Oírla hablar del aura me da miedo, y me pregunto si la que será peligrosa será ella.

—¿Qué te has olvidado ahora? Un día te dejarás la cabeza, mira que eres despistada.

Una mujer mayor entra en el comedor y se sorprende al verme. Lleva una bata de guatiné antigua y una bufanda de punto de colores vivos.

—No tardo nada. En cuanto termine, la aviso. —Dita, si es que es ella, le abre la puerta para que salga. La mujer saca unas llaves del bolsillo y sale al rellano.

—No tengas prisa, no tengo nada que hacer. —Mientras le dice esto, abre la puerta de la que debe de ser su casa sin quitarme ojo.

Una vez que estamos solas, coge el mando de la tele, que está encendida con el volumen demasiado alto y donde están emitiendo un programa del corazón, y la apaga.

—Mi vecina está un poco sorda —me informa. Se quita el abrigo y retira una silla, ofreciéndome asiento. Ella se acomoda enfrente de mí, se quita el reloj y lo pone sobre la mesa.

Me siento, aunque pienso que haber venido es un error. ¿Qué hace una vecina en su casa si ella no está y por qué me ha hecho subir? Podríamos haber hablado en la calle. Nada en esta mujer me parece normal.

—No me has dicho cómo te llamas.

—Sofía.

—Sofía, ya puedes empezar. Tienes cinco minutos. —La sonrisa ha desaparecido y ahora permanece seria y expectante.

Me quedo callada, no se me ocurre qué decirle. Sé que mi madre no me mintió porque la mujer que tengo enfrente es idéntica a ella, hasta sus gestos son iguales, la manera de retirarse el flequillo de los ojos, el modo de inclinar la cabeza al hablar. Mira el reloj y después me mira a mí sin decir nada. No soy capaz de articular una palabra, no quiero meter la pata. Pienso por dónde empezar cuando escucho unos pasos detrás de mí y veo cómo ella levanta la cabeza, y enseguida su expresión cambia y una sonrisa aparece en su cara.

—Mamá, ¿por qué te has levantado?, hace frío. —Se acerca a una mujer que debe de tener la edad de mi madre y la agarra del brazo para llevársela, pero esta no se mueve. Se resiste a acompañarla y me mira fijamente, lo que me hace sentir fatal.

—Hola —le digo mientras me levanto—. Yo ya me marcho, no quiero molestar.

—Ángela.

Me quedo parada al escuchar el nombre de mi madre.

—¿Eres Ángela? ¿Por qué has tardado tanto?

Se acerca hasta mí, me abraza y llora mientras dice cosas que no tienen sentido para mí. No me parezco a mi madre físicamente; sí que tenemos la misma voz, nos confunden por teléfono. Hasta a mi padre le costaba distinguir quién de las dos era la que hablaba si no estábamos delante de él.

La mujer que creo que es mi hermana la aparta de mí con cuidado y se la lleva mientras me pide que la espere. Cuando vuelve, se sienta de nuevo y me hace un gesto para que lo haga yo también, se pone el reloj y entiendo que es su forma de decirme que tengo todo el tiempo que necesite para explicarme.

Empiezo por el principio. No adorno ni invento, le cuento lo mismo que escuché. Intento tomar distancia y hablar como si la protagonista no fuera mi madre porque me resulta duro justificar que abandonara a una hija. Supongo que para ella será mucho peor. No tengo ni idea de lo que le contarían, ha llamado «mamá» a la mujer que salió antes y ahora está escuchando que su madre es otra persona que la dejó recién nacida y nunca más volvió a buscarla.

No sé cuánto tiempo estoy hablando, ella no me ha interrumpido para preguntarme nada. En su lugar yo estaría furiosa porque una desconocida se hubiera presentado a poner mi vida patas arriba borrando todo mi pasado de un plumazo e inventando uno nuevo. Sin embargo, ella está serena.

—¿Está viva?

—Sí. —No se me ocurre decirle nada de las absurdas ideas sobre la muerte que la rondan desde hace días.

—Tengo que ir a trabajar —dice, dando la conversación por terminada.

Me levanto y me doy cuenta de que no me había quitado el abrigo. Sin embargo, no me ha sobrado: en esta casa hace mucho frío. Cojo el bolso y ella se levanta y se pone el abrigo. Toca el timbre del piso de al lado y la mujer de la bata de guatiné abre.

—Ya me voy, vendré enseguida —la informa Dita.

—Te dije que no tuvieras prisa, ya tengo la comida hecha.

Sale de su casa y entra en el piso del que acabamos de salir. Ahora entiendo que debe quedarse con la madre de Dita hasta que ella regrese para no dejarla sola.

Bajamos en el ascensor en silencio. Al salir a la calle intento que me diga algo que llevarle a mi madre.

—Mi madre me pidió que te buscara, quería saber de ti, si estás bien...

Me callo porque todo lo que diga me parece que sonará falso; me arrepiento de haber venido, no debería haberlo hecho. Esta mujer tenía una vida y una familia y seguramente sería feliz, porque esas cosas se perciben y, cuando la vi hace un rato, es la sensación que me dio.

—No sé si me habrás mentido en algo, pero mi madre te ha confundido con alguien a quien conoció, tiene alzhéimer y la mayoría de las veces no nos reconoce. Es muy duro porque está ausente casi todo el tiempo, por eso cuando la he visto abrazarte se me ha partido el alma, por eso y solo por eso creo que no mientes y voy a dejar que vuelvas. El viernes puedes venir a cenar. Conocerás a mi familia y después veremos lo que hacemos. —Se da media vuelta y se aleja de mí para detenerse y girarse cuando apenas ha dado unos cuantos pasos—. Dile a tu madre que estoy bien y que la perdono.

Se marcha con la bolsa colgada al hombro, y sus últimas palabras resuenan como un eco en mi cabeza: «Dile a tu madre», no «a nuestra madre».

Me voy a mi casa sin pasar a ver a mi madre. Decido esperar al viernes antes de hablar con ella porque no sé lo que sucederá en esa cena, ni siquiera sé todavía si acudiré o dejaré las cosas como están. No logro entender cómo la mujer a la que acabo de conocer y que se supone que es mi hermana se ha quedado tan tranquila al escuchar lo que le he contado. No es normal. Necesito darme una ducha para despejarme. No me acordaba de que me había venido la regla y pienso que la vida es un asco, que siempre hay una parcela que no tenemos completa y que la felicidad son ratos.

Cuando llega Diego no le cuento nada, no me apetece repetir lo que ha pasado, por hoy ya he tenido bastante y tampoco sé lo que ocurrirá. Me besa, sus manos bajan por mi cintura y se detienen cuando nota el bulto de la compresa, entonces me abraza y me dice que lo siente, como si él fuera el culpable. Cenamos mientras me cuenta cosas del trabajo y achaca mi falta de interés al hecho de que volvemos a empezar de nuevo. Otra vez a tomarme la temperatura, a hacerme el test de ovulación y mil cosas más que repito mes tras mes y que no sirven para nada, y esta es la única vez que me alegro de que me haya venido la regla, porque así no tengo que dar explicaciones de por qué estoy sin ganas de nada. Lo que ha pasado hoy no deja de rondar por mi mente; esperaba cualquier cosa menos lo que ha ocurrido. Esa mujer parece no estar en su sano juicio.

Me acuesto pronto y él se queda terminando unas cosas en el ordenador. Doy vueltas en la cama, no puedo dormir. Cierro los ojos e intento no pensar, pero es imposible. Me da pánico el momento de volver a encontrarme con esa mujer.

Ignoro lo que me dirá. A lo mejor no quiere saber nada de nosotras, pero, si no fuera así, no sé si yo quiero formar parte de otra familia. Ella me ha parecido una mujer cercana; sin embargo, creo que no tenemos nada en común. ¿Qué clase de persona invitaría a otra de la que no sabe nada a cenar con su familia como si fueran amigas? Desde luego, yo no lo haría.

9

Llevo delante del armario un buen rato. No me decido por nada. Quiero causar buena impresión y no sé qué será lo adecuado. Saco un tejano y una camiseta básica, me parece que es lo que menos desentonará en esa casa. Me recojo el pelo en una coleta y no me maquillo, solo un poco de rímel, porque desde hace un tiempo me parece que mis ojos están demasiado tristes. Me pongo un collar largo y vistoso, un anillo grande, porque son los que más me gustan, y una ristra de pulseras de bisutería. Las joyas que me regala Diego siguen dormidas en su estuche; prefiero las baratijas que me compro yo. Las otras me recuerdan a fracasos de nuestro día a día.

No he tenido que mentirle para decir a dónde iba: esta noche cenará fuera, otra reunión de trabajo. Estoy empezando a cansarme de estar sola. Es verdad que el tiempo que estamos juntos lo disfrutamos al máximo, no discutimos por casi nada, lo sigo deseando como el primer día y cuando hacemos el amor conservamos intactas las ganas como si fuera la primera vez, pero esta casa está sorda y muda. Presto atención y no se oye nada. Silencio absoluto. Ni siquiera se cuela el bullicio de la calle gracias a las ventanas dobles. Me ahoga esta ausencia de ruido, así que abro el ventanal y dejo entrar el barullo de fuera, el murmullo de la vida. Hace frío, aunque no me importa. Cruzo los brazos y me abrazo los hombros;

el aire helado hace que me sienta un poco más viva, y sin venir a cuento rompo a llorar, porque no logro llenar el vacío que me provoca el no poder ser madre. Salgo dejando la puerta del balcón abierta, aunque cuando vuelva la casa estará congelada.

Antes de llegar, paro a comprar una bandeja de repostería. Pido una grande, no tengo ni idea de cuánta gente habrá en la cena. Estoy nerviosa, el corazón me galopa en el pecho. La puerta de abajo está abierta, subo en el ascensor y al llegar al rellano no toco el timbre y me siento en la escalera. Dejo el postre en el suelo y me desabrocho el abrigo, que me está ahogando. Espero un rato fuera sentada hasta que noto las nalgas heladas. No puedo quedarme aquí toda la noche esperando a ver si sale alguien y me ve, porque así no tendría escapatoria. Toco al timbre y la puerta se abre enseguida, por lo que no puedo marcharme, aunque haya estado a punto de darme la vuelta. Me abre ella. No me sale llamarla por su nombre, y mucho menos decir «mi hermana».

—Hola.

—Hola. Pasa, por favor. Hace frío.

Le doy la bandeja de la pastelería y me da las gracias diciendo que no tenía que haberme molestado. Su actitud no tiene nada que ver con la mía: está tranquila, al menos es la impresión que da. Al apartarse para dejarme paso, el comedor queda a la vista y lo que veo me sorprende. La mujer que ella me presentó como su madre está sentada en una butaca. Lleva puesta una blusa blanca con una lazada en el cuello y una falda negra; se ve demasiado arreglada para estar en casa. Está muy tiesa, con las manos cruzadas apoyadas en las piernas. Cerca de ella, de pie, está un hombre que debe de rondar los cuarenta años, los mismos que debe de tener la americana que lleva puesta. A su lado hay una niña, tendrá siete u ocho años, más o menos. Se parece al hombre: el mismo tipo que él, la misma barriga, las mismas piernas juntas en la parte de arriba y diría que las mismas gafas de pasta, demasiado grandes para su cara. Lleva muchos collares de colores y unos zapatos de tacón de bailar flamenco. En el suelo, jugando con un tren, un niño más pequeño que al verme se levanta y viene hacia mí.

—Hola. ¿Tú cómo te llamas?

—Hola, me llamo Sofía.

—Buenas noches, Sofía.

—Buenas noches.

Es muy guapo. Se parece a su madre, pero noto algo raro en él, aunque no sé qué es. ¿El tono de voz? ¿La manera mecánica de hablar?

—Bruno, ve a lavarte las manos, que vamos a cenar —le ordena su madre.

—Bruno se lava las manos —repite él.

Ella lleva un vestido negro estrecho y corto. Tiene las piernas bonitas, delgadas, bien torneadas, con los tobillos finos. Los zapatos de tacón y el vestido se ven de fiesta, y se ha maquillado como si tuviera que ir a algún sitio. Me siento fuera de lugar con los tejanos desgastados y la camiseta, aunque la ropa de ellos tampoco me parece adecuada.

—A mi madre ya la conoces —dice—. Este es mi marido, Matías; nuestra hija, Paula...

El niño vuelve del baño y la interrumpe:

—Hola, abuela; hola, papá; hola, Paula; hola, mamá; hola, Sofía.

Se detiene delante de cada uno de nosotros para saludarnos. Da la impresión de que acaba de llegar.

—Hola, Bruno —dicen a coro todos, excepto la abuela, que sigue muy tiesa en su butaca.

—Vuelvo enseguida, ponte cómoda —me dice ella mientras desaparece por el pasillo con la bandeja del postre, dejándome sola con ellos en el comedor.

Parece que estamos posando para una foto, nadie se mueve, excepto el niño que da vueltas a mi alrededor observándome.

Matías reacciona, me ofrece asiento y me dejo caer en el sofá, hundiéndome en él. Me acerca unos cojines para que esté más cómoda. Le doy las gracias, pero no me levanto, le digo que estoy bien y se va con la excusa de ayudar a su mujer. Me siento una intrusa y me arrepiento de haber venido sola; al fin y al cabo, esta historia es de mi madre. La niña se pone a mi lado; lleva unas gafas de plástico de color rosa con dos lazos en las patillas, encima de las suyas.

—¿Quién eres?

—Sofía.

—Eso ya lo sé. ¿Eres amiga de mi madre?

—No exactamente.

—¿Entonces quién eres? ¿Eres la puta de la casera?

—No.

Se queda callada y por suerte sale Dita con dos fuentes que deja encima de la mesa.

—Todos a cenar —llama con voz cantarina.

Espero antes de sentarme porque supongo que cada uno tiene su sitio. Matías retira una silla y me hace un gesto con la mano para indicarme que me puedo sentar ahí. La mesa es pequeña, por lo que estamos demasiado juntos. No tengo nada de hambre a causa de los nervios y hay un montón de comida. En este lado del comedor hace frío; tendría que haberme abrigado más. No hay calefacción y el radiador de aceite no es lo suficientemente grande para caldear el ambiente.

—¿Tienes frío? —pregunta Dita.

—No —miento por no ser descortés.

—No podemos poner otro radiador porque salta el automático, y, aunque pudiéramos, no podríamos pagar el recibo.

Me sorprende que me diga esto, no tenemos confianza y yo no acostumbro a hablar de mi situación económica con alguien a quien no conozco. En cambio, ella parece que no tiene ningún tipo de pudor. Sirve a la mujer mayor a la que ella llama mamá y que todavía no ha dicho ni una palabra.

Cuando termina, se sienta a mi lado y me pasa las fuentes para que me sirva. Huevos rellenos, jamón, una ensalada de gambas, puré, champiñones gratinados. Me pongo una cosa de cada y mi plato está lleno, no podré comérmelo todo. Me meto en la boca un champiñón para mantenerme ocupada y así no tener que hablar y me sorprendo: está delicioso. Lo mismo pasa con el puré. Se lo digo y ella me da las gracias. Sonríe constantemente; si no lo hace con los labios, lo hace con los ojos.

La niña está sentada enfrente de mí; come con ganas, aunque este menú me parece para adultos, no es lo que se supone que les gusta a los niños. Hablan de cosas cotidianas, como si yo no estuviera o como si entendiese lo que comentan. El cambio de logopeda de Bruno, quién irá el lunes a recoger a los niños, el pago del alquiler... Me da un poco de pudor escucharlos hablar de dinero, pero a ellos parece darles igual, por lo que me relajo y disfruto de la comida, que está exquisita. De vez en cuando se cuela una pregunta dirigida a mí que hace Dita, cosas sin importancia que me da igual contestar.

La niña aprovecha que sus padres se levantan a retirar los platos para meterse un huevo entero en la boca, donde lo guarda porque vuelve su madre. Hasta que no volvemos a quedarnos solas, no empieza a masticar.

Los oigo hablar en voz baja en la cocina. La niña me mira fijamente mientras balancea las piernas por debajo de la mesa dándome pataditas.

Todavía no sé para qué he venido. Ya le expliqué lo que sabía, no tengo ni idea de nada más, así que, si lo que quiere es saber, no podré satisfacer su curiosidad.

Cuando terminamos de cenar, le ofrezco ayuda para recoger la mesa y la acepta sin hacer el típico paripé que hacemos todos cuando tenemos invitados. Al entrar en la cocina me quedo parada: es minúscula y muy antigua. Los armarios son de color azul y el mármol está rajado. Apenas hay sitio para dejar nada. Me quedo en la puerta hasta que ella viene a rescatarme y guarda las cosas en la nevera mientras se disculpa por el poco espacio que hay.

—Espera un momento —me pide.

Sale dejándome sola y aprovecho para curiosear. En un rincón del mármol, cajas de jarabe, una botella de suero fisiológico con una jeringuilla pinchada y un inhalador para el asma. En la nevera, dibujos infantiles enganchados con imanes, una hoja recordando la fecha de la visita del médico, fotos y un cuadrante con la foto del niño y un horario que no entiendo.

—Es el calendario de Bruno —me dice, y al escucharla aparto la mirada. Siento que me ha descubierto curioseando su diario secreto.

Me hago a un lado para dejarla pasar y, cuando me mira, veo agobio o hartazgo en sus ojos, como si estuviera cansada de explicar siempre lo mismo. Pero cuando habla lo hace sin rastro de fastidio; da la impresión de que se ha acostumbrado a la situación, es una cosa que le ha tocado a ella y lo acepta sin más.

—Es autista. Eso aseguran los médicos, yo no sé qué pensar; he leído muchas cosas sobre el tema y hay algunas que no cuadran. Necesita seguir unas pautas —comenta señalando el calendario con la cabeza—. No es capaz de mantener una conversación mucho rato, pero no tiene dificultad para comunicarse con nosotros. Le fascinan los trenes; enumera una por una todas las estaciones del metro sin equivocarse. Sabe leer y escribir mucho mejor de lo que le corresponde para los años que tiene. —Esto lo dice con orgullo, como si lo que le ocurre a su hijo fuera más llevadero por eso.

A la vez que habla va fregando y recogiendo. El tono de su voz no delata pesar por la situación, lo cuenta con la naturalidad de quien habla de cualquier cosa sin importancia.

—¿Te molesta que fume? —me pregunta cuando termina de recoger los cacharros.

—No.

Se seca las manos, abre la ventana y enciende un cigarro; el olor a comida de los otros pisos se cuela en la cocina.

—¡Paulaaa! —grita sin apartarse de la ventana. Ha sacado la mano con la que sostiene el cigarrillo y cuando da una calada asoma la cabeza para echar el humo.

—¿Quééé?

—Trae la chaqueta que hay encima de mi cama, por favor —le pide.

Después de unos instantes, la niña entra en la cocina y le tiende una prenda de colores chillones.

—Es para Sofía, tiene frío.

Da media vuelta y estira la mano hacia mí con cara de fastidio.

—Si no fumaras, no tendrías que abrir la ventana —le replica enfadada.

—No seas repelente, ya te he dicho que lo estoy dejando.

Cuando cojo la chaqueta, sale de la cocina y la oigo murmurar algo, pero no entiendo lo que dice. No me apetece ponerme una prenda de ropa de alguien a quien acabo de conocer, aunque mi abuela diga que somos hermanas, pero estoy helada y no sabría qué excusa poner para rechazarla. La chaqueta es de lana, muy grande, no puede ser suya. Me la pongo; huele bien, a suavizante.

—Te queda mejor a ti, a mí me va enorme. Mi madre hace punto todo el rato.

Da una última calada, echa el humo fuera, cierra la ventana y se apoya en la encimera cruzando los brazos.

—Bueno, ya conoces a mi familia. ¿Por qué no me cuentas algo de la tuya?

—¿Qué quieres saber?

—Si estás casada, si tienes hermanos, si tienes hijos, en qué trabajas… Se me ocurren muchas más cosas, pero no quiero ser indiscreta. —Su actitud desenvuelta hace que me retraiga.

—Estoy casada, no tengo hijos, soy periodista y hasta hace tres días era hija única. Mi padre falleció la semana pasada, estamos solas mi madre y yo, pero eso era antes de ayer, ahora tengo una hermana, un cuñado, dos sobrinos y una señora a la que le gusta hacer punto y con la que no sé qué parentesco tengo.

No me contesta y yo tampoco digo nada. Saca otro cigarro y vuelve a abrir la ventana para fumar. Seguimos en silencio hasta que termina y apaga la colilla debajo del grifo.

—No sabemos si somos hermanas —puntualiza.

—Yo sí lo sé, eres idéntica a mi madre. Cuando te vi el otro día la vi a ella: sus andares, sus ojos, su pelo. Hasta haces los mismos gestos. ¿Cómo puede ser posible si nunca os habéis visto? Se supone que esas cosas no se heredan: se copian.

—¿Entonces me parezco a ella?

—Ya te lo he dicho.

—Quiero conocerla —declara convencida.

—¿Estás segura? ¿No quieres pensártelo? —Al oírme decir esto me siento egoísta, pero no he podido evitarlo.

—¿Qué tengo que pensar? ¿Tú no querrías conocer a tu madre?

—No lo sé —contesto en voz baja.

No quiero ser injusta con mi madre, por eso evito decirle que si me hubiera dejado cuando nací a lo mejor no querría saber nada de ella. Soy rencorosa. Me cuesta perdonar, así que no sé lo que haría. Supongo que la curiosidad me empujaría a ir a verla, pero nunca podría tener una relación normal con ella, siempre estaría ahí ese poso de resentimiento acechando para salir por mi boca en forma de palabras crueles en cualquier momento.

—Pues yo sí quiero. Tener dos madres no debe de resultar tan malo. Al contrario, ¿quién tiene dos madres? Casi nadie.

Su actitud me deja pasmada. No está enfadada ni sorprendida, está contenta. Habla como si le acabaran de decir que le ha tocado algún premio. Parece que lo sabía desde hace tiempo y ha estado esperando este momento. Ahora me explico su reacción del otro día. Si a mí se me acercara una desconocida para decirme que es mi hermana, no le haría ni caso, como hizo ella al principio. Entonces ¿por qué se volvió y dijo que me escucharía? Y, por confiada que seas, no metes en tu casa a una extraña; podríamos haber hablado en la calle o en una cafetería.

—¿Puedo preguntarte una cosa?

—Claro, somos hermanas —dice bromeando.

—¿Qué clase de nombre es Dita?

Echa la cabeza hacia atrás y suelta una carcajada. Me gusta cómo suena, es como si tuviera cascabeles en la garganta.

—Me llamo Fernanda. Sí, no me mires con esa cara, ya sé que es horrible. —Acompaña la frase con un gesto de la mano—. Se lo debo a mi abuela paterna. Siempre he sido menuda y ese nombre era demasiado grande para mí, por eso me llamaban Fernandita. Cuando tuve uso de razón, empecé a decir que me llamaba Dita al presentarme a alguien, y así me conoce todo el mundo. ¿Tienes una foto?

—¿Una foto? —No sé a qué se refiere.

—De tu madre.

—No, lo siento.

—Vaya, yo llevo fotos en el monedero, por eso te pregunté.

Pone la cafetera en el fuego y saca el postre de la nevera. No conozco a nadie que lleve una foto de su madre en el monedero, a no ser que esta esté muerta y sea alguien mucho más mayor que nosotras, pero no digo nada. No parezco yo, normalmente acostumbro a decir las cosas sin pensarlas para después arrepentirme al momento.

—Voy a acostar a los niños. Siéntate fuera, estarás más cómoda.

La sigo al comedor y vuelvo a hundirme en el sofá. Podría haberle dicho que me tenía que ir, pero estoy a gusto. La casa huele a café y ya no tengo tanto frío gracias a la chaqueta. Hasta el sofá me parece más acogedor que el de mi casa, quizá es porque te hundes en él y es como si te abrazara.

—Despedíos de Sofía, que os vais a dormir.

La niña se para delante de mí y se sube las gafas de plástico con el dedo.

—Buenas noches. ¿Vendrás otro día?

—No lo sé, supongo que sí.

—Tengo muchos disfraces, podríamos jugar juntas.

—Claro que sí.

—No vendrás más. Nunca viene nadie.

Se da media vuelta y se aleja para darle un beso a su abuela y desaparecer por la puerta del pasillo. Bruno la sigue como un perrito. Esta niña tiene algo que me produce ternura, no sé si son las gafas, la expresión de su cara o haberla visto comer a escondidas cada vez que sus padres salían del comedor suplicándome con la mirada que no dijera nada.

—Dame una cosa de esas.

La voz de la abuela me sobresalta, no me acordaba de ella. Señala con el dedo uno de los pasteles que he traído. Me levanto y le acerco la bandeja, que observa con detenimiento antes de elegir. Coge uno y se lo lleva a la boca con cuidado, como si le diera pena terminarlo.

—Qué rico, el sabor me recuerda a la crema que hacía mi madre.

—¿Quiere otro?

Al escuchar mi voz da un respingo.

—¿Te acuerdas de ella, Ángela? Siempre decías que olía a magdalenas.

Ha vuelto a confundirme con mi madre. Empuja con la mano la bandeja en un gesto de rechazo, apoya la cabeza en el sillón y cierra los ojos.

Cuando sale Dita me encuentra sentada en el sofá. Trae los cafés y los dulces a la mesa de centro y se sienta a mi lado. Se ha quitado los zapatos; ha cruzado las piernas y se ha sentado encima.

—Matías me ha pedido que te despida de su parte: está leyendo un cuento a los niños y se quedará dormido antes que ellos.

Tomamos el café y alaba lo rico que está el postre. Come un montón, no le da ningún apuro que esté yo. Si hubiera sido al contrario, habría cogido uno o dos aunque me muriera de ganas. Lo que he visto esta noche me hace dudar de que seamos hermanas, porque no se puede ser más diferente, y me da coraje ser tan políticamente correcta, por lo que pillo otro dulce y me lo meto en la boca. Se levanta para coger una bolsa de tela que hay encima de una mesita pequeña. Saca una labor de punto a la que quita las agujas y empieza a deshacerla; me da la madeja y me pide que vaya liando lo que ella desbarata.

—Mi madre teje todo el día y ya no sé qué hacer con las cosas. Además, gasta mucha lana y, aunque sea de la tienda de los chinos, a final de mes es dinero. Cada noche le deshago lo que ha tejido durante el día y, cuando la lana está estropeada, le compro unas madejas. A veces creo que se da cuenta, porque cuando ve la lana nueva se le iluminan los ojos. No pienses que soy tacaña, es que tenemos que hacer malabarismos para que el dinero alcance para todo.

—No pienso nada.

Ahora que estamos cerca observo su ropa y me doy cuenta de que se ve antigua: las mangas del vestido demasiado abullonadas, el cinturón ancho elástico con la hebilla dorada y los zapatos que descansan en el suelo con una punta que estuvo de moda hace mucho tiempo… En realidad, todo en esta casa se ve anticuado: los muebles, los objetos de decoración, los cuadros, las lámparas…

Un reloj de cuco canta las horas y aprovecho para decirle que tengo que irme.

—Qué pena, ¿tan pronto?

—Sí, mañana madrugo.

—Pero si todavía es temprano. Anda, tómate otro café. —Se levanta y coge la cafetera para llenar mi taza.

—No, de verdad, nos vamos de viaje de fin de semana. Tengo que levantarme a las seis si no quiero perder el avión.

—¡Entonces vete! ¿Por qué no me lo has dicho antes? —Deja la cafetera y ahora la que parece que tiene prisa por que me vaya es ella.

Me siento mal por mentirle, no hay ningún viaje, pero es lo primero que se me ha ocurrido, y me temo que de otra manera no me dejaría marchar.

Me ayuda a quitarme la chaqueta, como si así fuera más deprisa que si lo hiciera yo sola. Una vez que me pongo el abrigo, me acompaña a la puerta, coge un pañuelo que hay atado en el asa de un bolso y me lo anuda en el cuello.

—Hace mucho frío y has venido muy desabrigada. Ya me lo devolverás.

—No hace falta, voy en coche. —Me retiro un poco porque estoy incómoda por la cercanía.

—Sí, hace falta, así me aseguro de que volverás para devolvérmelo. No sé dónde vives, por lo que no podré ir a buscarlo, tendrás que venir tú.

Tiene los brazos cruzados y yo tengo las manos en los bolsillos, como si nos hubiéramos puesto de acuerdo porque no sabemos cómo despedirnos.

—Adiós. Muchas gracias por la cena, estaba todo muy rico.

—Prefiero decir «hasta pronto», «adiós» me suena más a despedida.

—Hasta pronto entonces.

Bajo por la escalera para no tener que esperar al ascensor con ella mirándome desde la puerta. Al salir a la calle, el frío me da una bofetada en la cara, me subo el cuello del abrigo y huelo el pañuelo; ahora, aunque quisiera olvidarme de ella, no podría.

10

Cuando llego a casa, Diego no está. Mucho mejor, así no tendré que dar explicaciones. Llegará el momento en que se lo tenga que decir, pero primero tengo que hablar con mi madre. Cierro el balcón arrepintiéndome de haberlo dejado abierto: la casa parece una nevera. Me desvisto y escondo el pañuelo en el fondo de un cajón. Si lo ve Diego sabrá que no es mío, yo nunca me compraría uno así; es brillante y con unos dibujos dorados, como esas bolas baratas de Navidad cubiertas de purpurina.

Cojo un marco que tengo en el bufete y observo la foto. Mi madre me agarra de la mano y sonríe a la cámara y, a pesar de la sonrisa y de que la imagen es en blanco y negro, puedo adivinar la tristeza en su mirada. Hasta ahora no me había dado cuenta, quizá porque ignoraba lo que he descubierto. Me siento en la cama y la miro. Son como dos gotas de agua. También se parecen en lo mucho que hablan, aunque Dita es muy cariñosa con los suyos, muy de tocar a sus hijos y a la que ella llama mamá. Si yo me hubiera prestado, creo que también lo habría sido conmigo. En cambio, mi madre es todo lo contrario: dos besos en la mejilla es el único contacto físico que tenemos.

No sé si una hija puede decepcionar a una madre, pero, desde luego, sí sé que no será lo que la mía espera encontrar.

No debería juzgarla por lo poco que he visto; sin embargo, esa ropa tan estrecha y escotada, los pendientes de aro enormes, que de tan grandes le llegaban al hombro, el pintalabios tan rojo... Todo en ella me ha parecido excesivo.

Enciendo la tele por el simple hecho de escuchar algún sonido. Me meto en la cama, me tapo y pienso en el frío que hacía en su casa. Se me ha quedado dentro del cuerpo, tienen que ir muy escasos de dinero para no poder pagar el recibo de la luz. Repaso lo que he visto y me preparo lo que le diré a mi madre, aunque sé que no servirá de nada, porque empezará a hacer preguntas a las que no me dejará terminar de contestar, y si le digo algo que no le guste me dirá que es mentira.

Nunca hubiera imaginado que había tenido una aventura, un amante. ¿Cómo será esa sensación? Tener que esconderse y mentir, engañar para dejar la monotonía y vivir un amor tan grande por el que estés dispuesta a todo sin tener un sentimiento de culpa después. No me da pena mi padre, lo recuerdo tan serio, tan autoritario... Qué mal trató a mi madre: esa indiferencia hacia ella, esos reproches callados. Si no quería seguir a su lado porque le fue infiel, que la hubiera dejado. A veces pienso que ella se volvió arisca porque se le contagiaron sus maneras.

Es más de la una y Diego no ha llegado. Cierro los ojos, pero no apago la tele, no me molesta. Qué poco encajo en su mundo, no me gustan sus jefes, me aburro como una ostra cuando tengo que ir a alguna cena con ellos. Son mucho más mayores que nosotros, aunque ese no es el motivo. Son como antiguos, con esos trajes que huelen a rancio, y las mujeres con el monotema de las cosas de casa. No leen, no les gusta el cine ni viajar, no tenemos nada en común, no sé de qué hablar con ellas; el tiempo parece no pasar y, por más que lo intento, no puedo fingir que estoy a gusto. No me gustan y yo no les gusto, lo noto y lo notan, por eso solo voy cuando es imprescindible, y últimamente parece que no lo es nunca.

No me puedo dormir, mi mente va de un sitio a otro con la rapidez de un expreso: aparco a mi nueva familia para concentrarme en mi relación con Diego y al instante pensar en cómo será el reencuentro de mi madre con la hija a la que dejó hace tantos años.

Mañana iré a verla y según cómo la vea decidiré qué hacer. Si le digo que no la he encontrado, todo seguirá igual que hasta ahora. Si le digo la verdad, todo cambiará para bien o para mal, pero lo hará y ya nada volverá a ser lo mismo ni para nosotras ni para ellos. Cojo un libro y apago la tele, estoy un rato pasando las hojas sin concentrarme en lo que leo y al oír la puerta apago la luz y me hago la dormida. No me gusta porque no es la primera vez que lo hago y no debería ser así. Ahora tendríamos que hablar, contarnos cosas; él de su cena, yo de la mía, mientras estamos abrazados para darnos calor. Sin embargo, decido no hacerlo, y me gusta la sensación de tener un secreto y ocultárselo.

11

Me levanto temprano a pesar de haber dormido poquísimo, le dejo una nota a Diego y me voy a casa de mi madre. Aunque tengo llaves, llamo al timbre; seguro que sigue enfadada conmigo.

Abre la puerta, se da la vuelta y me deja sola en la entrada. Cierro y la sigo hasta su habitación, donde parece que han entrado a robar: las puertas del armario están abiertas y dejan ver el interior, que está medio vacío.

—¿Qué has hecho con la ropa?

—Adonde voy a ir no la necesito. Y así te ahorro el tener que tirarla.

—No empecemos con eso otra vez. —Odio que me haga chantaje emocional y que yo siempre caiga en él.

Se tapa las orejas con las manos y mueve la cabeza mientras cierra los ojos.

—¡Déjame tranquila, no te entiendo y me vas a volver loca! ¿Qué es lo que quieres? —pregunta en voz alta abriendo los ojos y mirando a un rincón de la habitación, por lo que sé que no habla conmigo.

Vuelve a mirarme a mí otra vez y por un momento siento miedo. En ese grito he visto cansancio, y me aterra que mi madre se rompa, porque lleva mucho guardado y, ahora que se ha decidido a compartirlo conmigo, con la única persona viva que le queda, porque los muertos no cuentan, yo no la apoyo.

—Hay una china que me está desquiciando —me explica agotada—. No sé qué quiere. No entiendo lo que me dice y no deja de hablar. Lo hace muy deprisa, parece desesperada, mueve mucho los brazos y se tira del pelo cuando le digo que no puedo ayudarla.

Nos quedamos en silencio a pesar de que sé lo poco que le gusta.

—¿Tú crees que sabrá inglés? —pregunta. Y por el tono en que lo dice, sé que mi madre, la de siempre, la que quiere ayudar como sea aunque la situación sea un disparate, ha vuelto.

—No tengo ni idea. —Le sigo la corriente porque así retraso lo que he venido a decirle. Si no me pregunta no le diré nada, hablaremos de la china y ya está.

—¿Cómo se dice en inglés «Ve hacia la luz»?

—*Go to the light.*

—*Gou tu de lait, gou tu de lait* —repite a su manera señalando hacia arriba—. Nada, no se calla, ¿cómo va a escucharme? ¡Qué mujer más pesada!

La dejo hablar y protestar en parte porque ya no parece la misma que me abrió la puerta hace dos minutos. No hay rastro de enfado en su cara; sin embargo, noto cansancio en ella. Nunca la había visto así, como si el tiempo se agotara y no fuera a tener suficiente para hacer todo lo que tiene en mente. Mira el reloj continuamente; en el poco rato que llevo aquí lo ha hecho de manera mecánica todo el tiempo. Estoy segura de que ni siquiera se fija en la hora.

—¿Qué hora es? —le pregunto.

—¿Qué? —contesta distraída.

—Que qué hora es.

Vuelve a mirar el reloj, lo que confirma mis sospechas; no hará ni quince segundos que lo había hecho.

—Las diez y cuarto, qué tarde.

—¿Tarde para qué?

—Para todo —dice en voz baja.

Le quito de las manos una blusa que ha doblado y desdoblado las mismas veces que ha mirado la hora para luego dejarla en un montón a los pies de la cama y volverla a coger de nuevo y empezar con el ritual.

—La he visto —le digo.

El color abandona su cara y me arrepiento de haber sido tan brusca, porque está tan pálida que parece que esté muerta. Se gira y se queda de espaldas a mí.

—Cállate —suplica, y voltea la cabeza para mirar por encima de mi hombro. No se oye nada más que los sonidos cotidianos que entran desde la calle. Cuando vuelve a hablar, lo hace en voz baja y cansada—: Después intentaré arreglar lo tuyo, buscaré un diccionario, te lo prometo. Ahora necesito estar tranquila un rato.

Después de unos segundos vuelve a hablar a la nada:

—Gracias.

Y no sé si será sugestión, porque la escena que he vivido es de todo menos natural, pero un viento helado me roza la nuca y me eriza el vello.

La cojo del brazo y la llevo al comedor, donde la dejo sentada en el sofá mientras voy a preparar café. No conozco a nadie que tome más café que ella. Cuando vuelvo sigue allí. Es probable que hace una semana estuviera sentada en el mismo sitio, hablando por teléfono con alguna amiga, desayunando mientras veía la tele o haciendo la lista de la compra; ocupada en algo, contenta, sin preocupaciones. Me quedo mirándola porque no sé qué decirle. Me siento junto a ella y le acerco la taza, la coge con las dos manos como si le diera miedo que se le cayera.

—No sé por dónde empezar. Tampoco hay mucho que contar.

—Dime lo que sea, siempre será mejor que nada.

—Es igual que tú, está casada y tiene dos hijos. —No creo que sea lo que quiere saber, parece que esté dando el titular de una noticia.

—Eso no es lo importante —me dice mirando al suelo.

—Quiere conocerte.

Al escucharme decir esto, levanta la vista y veo que se desinfla como un globo, se encoge y abandona la postura rígida que tenía para relajarse.

—Gracias a Dios —susurra.

Deja la taza en la mesa y se derrama un poco de café a causa del temblor de sus manos; yo tomo un sorbo del mío, que se ha quedado frío.

Me hace infinidad de preguntas a las que no puedo contestar porque no sé la respuesta: que si es feliz, que si tienen problemas de dinero, que si trabaja y dónde, que si se lleva bien con el marido…

—No sé nada de eso. Te puedo decir lo que intuyo, pero puede ser que me equivoque, tendremos que esperar para saberlo.

—¿Y cuándo nos encontraremos?

—No hemos quedado en nada.

—Vaya, se supone que ibas para eso —dice con cara de fastidio.

Me levanto y llevo las tazas a la cocina. Me molesta que se enfade. La que debería estar enfadada soy yo, y, más que yo, su otra hija, a la que ha decidido regalarle una vida nueva, como si todo lo vivido hasta ahora fuera mentira.

—El lunes iré a verla, ya me ocuparé de organizar un encuentro.

No puedo evitar decirlo en un tono irritado, no sé cómo manejar esta situación.

—Sofía, no te enfades. Tienes que entender que ya no podré recuperar el tiempo perdido y no quiero pensar que me iré sin llegar a conocerla.

Se levanta para mirar por la ventana. Cuando habla no le veo la cara porque está de espaldas, supongo que le resulta más fácil hacerlo así.

—No sabes la vergüenza que me da verla. Por mucho que le explique lo que pasó, no sé si llegará a entenderlo, y no la culpo, lo que hice fue espantoso. No sé si creerá que la busqué, y ¿cómo voy a decirle de qué manera la he encontrado? No me has dicho nada de Daniel, ¿lo has visto?

Espero un momento antes de contestar. Debería levantarme para acercarme a ella y agarrarla por los hombros o cogerla de las manos. Sin embargo, me quedo quieta, sentada en el sofá, y escucho mi voz como si fuera la de una extraña:

—Daniel está muerto.

Se gira de golpe, me mira y camina hasta quedarse delante de mí.

—No es verdad.

—¿Por qué iba a engañarte?

—Si estuviera muerto habría venido a verme, lo sé.

—Ella me dijo que murió hace dos años.

—Imposible, te ha engañado —asegura sentándose de nuevo a mi lado.

—Eso ya es cosa suya, pero no creo que lo haya hecho, a mí me parecía que decía la verdad. —Pongo mis manos en sus rodillas y noto cómo se pone tensa, no está preparada para lo que ha escuchado.

—Si no te ha engañado, quiero que me lleves al cementerio; cuando vea su lápida lo creeré. Para ti será como ir de excursión. ¿No te gustan tanto los cementerios?, pues ya tienes ruta para un día.

Quita mis manos de sus rodillas, se levanta y se va a su habitación enfadada conmigo, como si yo tuviera la culpa de lo que he descubierto.

12

Estoy enfadada. Con mi madre, porque ella está enfadada conmigo sin motivo; conmigo, por lo brusca que fui al decirle que el hombre al que ha estado queriendo en silencio durante tanto tiempo está muerto; con su otra hija, mi hermana, porque podría haber dicho que no quería saber nada de nosotras, y con Diego, porque está tan concentrado en su trabajo que ni siquiera se ha dado cuenta de que me pasa algo. Antes de salir saco el pañuelo de Dita del fondo del cajón y lo meto en el bolso para devolvérselo.

Cuando llego y toco el timbre no contesta nadie. Vuelvo al coche y enciendo la radio. Desde aquí puedo ver la puerta. Esperaré media hora; si para entonces no han venido, me iré y no volveré. A medida que pasa el tiempo, voy sintiendo un vacío en el estómago, porque en el fondo espero verla llegar antes de que se agote el plazo. No tengo ni idea de por qué, pero es lo que me gustaría. Abro una tableta de chocolate que saco de las bolsas que hay en el asiento del copiloto; antes de venir paré a hacer la compra y ahora parece que solo me apetece azúcar. Ha pasado una hora y cuarto. Enciendo el motor del coche y estoy unos instantes con las manos en el volante, pero el sonido de un claxon me hace volverme.

—¿Se va? —me pregunta un hombre que busca aparcamiento.

Niego con la cabeza y saco la llave del contacto. Si me voy me sentiré mal porque, de alguna manera, le habré fallado a mi madre. Quizá ella le falló a Dita, pero no a mí. Tenía que elegir y me eligió a mí.

Aunque hace frío, salgo del coche; no soporto estar más rato sentada. Veo venir a Dita a lo lejos, pero ella todavía no me ha visto. Camina deprisa, lleva a Bruno de la mano y la niña los sigue unos pasos por detrás. De vez en cuando Dita se detiene y se gira para apremiarla a que vaya más rápido, pero la niña también se detiene para escucharla, por lo que sigue quedando rezagada cuando comienzan a caminar de nuevo. Al verme ralentiza sus pasos, como si estuviera haciendo tiempo para pensar qué va a decirme.

—Hola, Sofía. Qué alegría verte —saluda.

Sonríe y es una sonrisa cálida, una mezcla de bienvenida y alivio, quizá porque creía que no iba a volver; al menos es la sensación que tengo. Lleva una bolsa de basura grande en la mano y parece que no pueda con el peso.

—Hola. ¿Te ayudo?

—Sí, gracias. Creía que no llegaba.

Se libera de la bolsa, me la da, echa a andar y la sigo con la niña a mi lado; camina deprisa y no puedo seguir su ritmo, la bolsa pesa como un muerto.

—Vamos —dice girándose mientras se detiene a esperarnos, pero igual que vi antes hacer a su hija, yo también me paro a descansar por el peso de la bolsa. Cuando ella vuelve a ponerse en marcha, lo hacemos también nosotras dos, por lo que seguimos detrás.

Al entrar en su casa, Dita despide a la mujer de la bata a la que llama «vecina», y me pregunto por qué no la llamará por su nombre. Se acerca a su madre, la besa y abraza como si hiciera meses que no la ve, y esta le sonríe y se deja querer. Estoy de pie con la bolsa delante de las piernas, y la niña, que había desaparecido, vuelve y me da la misma chaqueta de punto que me trajo el otro día. Le doy las gracias y la sostengo en la mano sin saber si ponérmela o no: no voy a quedarme mucho rato.

—Quítate el abrigo, estarás más cómoda —me dice Dita, que ya ha dejado a su madre y ahora centra su atención en la bolsa que ha arrastrado y vaciado encima del sofá—. Es ropa, me la ha dado una señora a la que voy a peinar y a hacerle las uñas. Es de su hija.

Me mira con esos ojos negros que parecen bailar en su cara y la veo contenta, parece una niña la mañana de Reyes. Empieza a desvestirse y se queda en ropa interior a pesar del frío que hace y de que solo nos hemos visto un par de veces. Se prueba una prenda tras otra mientras yo me quito el abrigo y me pongo la chaqueta. De vez en cuando me pide ayuda para subir alguna cremallera.

Miro la ropa que a ella parece encantarle y la veo antigua y pasada de moda. Tira de la manga de un abrigo de ante del montón que hay encima del sofá y empieza a dar saltitos de alegría cuando lo ve.

—¡Mira qué preciosidad!, y está nuevo.

Se lo prueba; le queda grande, pero a ella parece no importarle. La niña, a mi lado en el sofá, rebusca en un saco pequeño que había dentro de la bolsa. Se ha puesto unas gafas de plástico de color rosa encima de las suyas. Saca una ristra de collares, se pone algunos y otros los deja apartados.

—¿Te gusta?

Me enseña un anillo de bisutería. Es bonito, de cobre, con una piedra grande de color rosa palo.

—Sí, es muy bonito.

—Mamá, ¿se lo puedo regalar a Sofía?

Dita le dice que sí, sin ni siquiera mirar lo que es; se pasea abrazándose al abrigo, con el que parece estar entusiasmada.

—Ten, ¿lo quieres?

—Claro, me gusta mucho.

Me lo pongo y extiendo la mano para enseñarle cómo queda. Ella pasa los dedos por la piedra y asiente con la cabeza dándole el visto bueno.

Me pregunto cómo es posible que estuviera deseosa de volver a ver a la mujer que se pasea por el comedor en ropa interior y tacones con un abrigo que le va grande. Ni siquiera ha preguntado por qué estoy aquí, como si no le importara lo que he venido a decirle. Me iré y no volveré, ni sola ni con mi madre.

—Ya estoy contigo —dice acercándose cuando ya no le queda casi nada por probarse—. Después seguiré. Vamos a la cocina, hablaremos más tranquilas.

Cierra la puerta para abrirla enseguida y asomar la cabeza.

—¡Vigila a tu hermano! —grita.

Vuelve a cerrarla y se acerca a la ventana, que abre mientras enciende un cigarro. Se agarra el abrigo por las solapas para evitar que se le abra; no lleva nada debajo más que las bragas y el sujetador.

—¿No fumas?

—No.

—Mejor para ti. Es un asco, pero no puedo dejarlo, supongo que todos tenemos algún vicio.

A través de la ventana veo el cielo cargado de nubes que amenazan lluvia. Está tan oscuro que parece de noche.

Intento no sentirme decepcionada, pero no entiendo su actitud, es como si fuera más importante un saco de ropa vieja que haber descubierto que la que ella pensaba que era su madre en realidad no lo es. ¿O acaso ya lo sabía? Tiene que ser eso, de otra forma no me lo explico.

La puerta de la cocina se abre y la niña asoma la cabeza.

—Mamá, tengo hambre.

—Ya has merendado.

—Pero tengo más hambre.

—Pues no se puede comer nada más hasta la hora de la cena. Toma.

Le da una caja de chicles que saca de un cajón, pero ella cierra la puerta sin cogerla.

—¿Te quedarás a cenar? —me pregunta.

—No. Solo he venido a decirte una cosa. —Dudo si decirle que mi madre está deseosa de conocerla. Me parece que no encajará en su vida, no ha mostrado ningún interés por saber de ella. Sin embargo, creo que se lo debo—. Mi madre quiere conocerte.

La expresión de su cara cambia; parece haberse olvidado de la ropa.

—Ya te dije que yo también quería conocerla. Al verte llegar sola no he sabido qué pensar, por eso no he querido preguntarte. Creerás que soy una insensible interesándome más por cuatro trapos que por saber lo que tenías que decirme. Aunque no puedo mentirte: esa ropa me ha dado la vida —confiesa visiblemente aliviada.

Siento un poco de vergüenza, aunque niego con la cabeza para decirle que no he pensado nada de eso.

—Todo esto me resulta raro. Es una situación difícil, poco común. Creo que sería mejor que os encontrarais las dos solas, ya habrá tiempo para más.

—Lo que tú digas me parece bien, eres la mayor —dice sonriendo.

—¿Te viene bien mañana?

—Mañana no tengo con quién dejar a los niños, Matías trabaja y no quiero abusar de la vecina. Tendremos que dejarlo para el lunes mientras están en la escuela.

—¿Y si me quedo yo con ellos? —me ofrezco por no dilatar la espera.

—No puedo dejar a Bruno con una persona a la que no conoce. No es por ti, es por él.

Asiento.

—Entiendo. Cambiemos los planes: ¿quieres venir tú a mi casa o prefieres que vengamos nosotras aquí? —Esperar hasta el lunes será otro motivo de enfado para mi madre y tengo ganas de terminar con esto.

—Mejor aquí, tiene todas sus cosas y no lo sacaré de su rutina.

—Entonces nos vemos mañana. Me marcho ya, tengo cosas que hacer.

—¿De verdad no quieres quedarte a cenar? —Su tono es sincero, no lo dice por quedar bien.

—No, gracias, mi marido me espera —le respondo, aunque no es verdad, pero tengo ganas de irme.

Me quito la chaqueta de punto, se la doy y me acompaña a la puerta. Igual que pasó el otro día, no sabemos cómo despedirnos. Esta vez se acerca, se pone de puntillas y me da dos besos.

—Hasta mañana, Sofía.

—Hasta mañana. —Mi voz suena cansada y me arrepiento de no haber sido más expresiva porque pienso que para ella debe de ser más difícil, pero no me sale actuar de otra forma.

Al abrir el bolso para sacar las llaves del coche, mis manos tropiezan con el pañuelo: se me ha olvidado devolvérselo. Cuando entro en esa casa es como si me robaran la voluntad. ¿Para qué me habré quitado el abrigo y me habré puesto esa chaqueta? Si no pensaba estar más de diez o quince minutos.

De camino a casa llamo a mi madre, la pongo al corriente y quedo en pasar a buscarla mañana a las seis. Hablo de forma mecánica, igual que hice con Dita. Me tomaré esto como un asunto de trabajo. No quiero implicarme emocionalmente porque no sé lo que pasará. Cuando llego, me extraña que Diego ya esté en casa: es temprano para su hora habitual.

—¿Qué haces aquí tan pronto?

—¿Es que no te alegras de verme? —dice mientras me abraza. Me quita el abrigo, que deja caer al suelo, y me besa el cuello.

—Tengo la regla.

—¿Y qué? ¿No puedo besar a mi mujer?

—Es que no me encuentro bien —digo separándome de él.

—¿Qué te pasa?

—No sé, no me encuentro bien.

—Vete a la cama, luego te llevo algo de cena —me ofrece, y me pregunto cómo puede ser que no se dé cuenta de que no estoy bien anímicamente. Debe de pensar que es «por lo mío». Llevo tanto tiempo arrastrando la tristeza que cuando hay un problema añadido no se nota.

Me meto en la cama y no sé qué me pasa. Diego no tiene nada que ver con lo que ha sucedido, y no puedo pretender que adivine por qué estoy así si desde hace tiempo estoy siempre igual: apática, triste, desganada. Me siento rara y me pregunto por qué mi hermana tendrá dos hijos a los que aparentemente no presta demasiada atención, a pesar de ser cariñosa con ellos, mientras que yo, que me muero por ser madre, no tengo esa posibilidad.

13

Entro en casa de mi madre. La encuentro sentada en el filo del sofá y veo que se ha esmerado en arreglarse. Está muy guapa. Sostiene los guantes en la mano, que retuerce nerviosa. En el ambiente flota el olor a jazmín de la colonia que se habrá puesto, como siempre, en el pelo, el cuello y por encima de la ropa. No le comento nada del exceso, aunque el olor se me quedará enganchado en las mejillas cuando le dé dos besos y me acompañará durante horas hasta que me lave la cara.

—Hola. Te has puesto muy elegante —le digo.

—La ocasión lo merece.

—¿Estás nerviosa?

—Un poco.

—No deberías, seguramente nada sucederá como lo has imaginado.

—No he pegado ojo. Esto es lo más difícil a lo que he tenido que enfrentarme nunca. —Hace una pausa y agacha la cabeza y se queda mirando al suelo—. Mucho más que tomar aquella maldita decisión. Entonces no podía reprocharme nada, no sabía que estaba renunciando a ella. Ahora tengo miedo. Si me lo echa en cara, el argumento que me he repetido durante todos estos años me parecerá vacío y poco válido.

Se levanta del sofá y la veo tan frágil que por un momento pienso en darle un abrazo, pero, como siempre, no lo hago.

En el trayecto habla sin parar. Es lo que hace cuando está nerviosa, pregunta y pregunta y yo le digo lo primero que se me viene a la cabeza. Dejamos el coche un poco alejado, en este barrio es imposible aparcar. Le abro la puerta porque no se ha movido y cuando se baja ya no parece la misma. Ahora es una mujer segura, sin temor ni dudas, la espalda recta, la cabeza alta. Ya no precisa cogerse de mi brazo para caminar, todo en ella es actitud, aunque sé que por dentro está temblando de miedo por no saber lo que se encontrará.

Entramos en la portería sin llamar, la puerta siempre está abierta. Subimos en el ascensor acompañadas del mismo silencio que entró en escena cuando llegamos, y cuando nos detenemos mi madre coge aire y lo expulsa por la boca provocando un suspiro demasiado intenso.

—¿Quieres que esperemos un poco? —pregunto.

—No.

—¿Estás preparada?

—No —repite. Y la entiendo a la perfección: ¿cómo te puedes preparar para algo así?

Solo he visto a Dita tres veces, pero pienso que la recibirá bien. No sé si yo hubiera sido tan generosa; por ese motivo, cuando toco el timbre, le pido a todos los fantasmas que acompañan siempre a mi madre que la ayuden, porque puedo escuchar el sonido de su corazón como si fuera un tambor de tan fuerte como late.

Dita abre la puerta, se queda quieta y nos observa con los brazos cruzados debajo del pecho. No se mueve, no habla, solo nos mira, primero a mí y después a mi madre. Está vestida para salir, nada de ropa cómoda para estar en casa. Al mirarla reconozco las prendas que trajo en esa bolsa de basura. Nosotras permanecemos calladas y quietas, y me temo que si no habla nadie estaremos aquí para siempre de pie, esperando a que ocurra algo que nos haga salir de la inmovilidad. Entonces ella se echa hacia delante y me besa. Al retirarse vuelve a cruzar los brazos y mira a mi madre.

—Hola, Dita —digo.

—Hola —contesta, aunque al hablar sigue con la vista fija en ella.

Retrocede unos pasos y se aparta de la puerta dejándonos sitio para que entremos. Nos detenemos en medio del comedor y mi madre lo observa todo con atención, como si los objetos o las paredes le pudieran dar algún tipo de información. Me gustaría saber qué piensa. Su amiga del pasado a la que no ha visto desde hace un montón de años mira a través del cristal de la ventana. La cortina está corrida para que pueda ver el exterior y parece que no se ha dado cuenta de que hemos entrado. La hija que ha venido a buscar mi madre, o más bien a recuperar, no ha hecho ningún ademán de acercarse a ella.

—Mercedes —dice mi madre con cariño. Antes de acercarse hasta el sillón, le pide permiso a Dita con un gesto y esta asiente levemente con la cabeza. Se agacha a su lado, pero ella sigue con la mirada perdida, como si mirara sin ver—. Soy yo, Ángela.

Mercedes, al oírla hablar, gira la cabeza, pero no hace ningún gesto que haga ver que la ha reconocido; en cambio, a mí me confundió con ella. El único sonido que se oye de fondo es el de una televisión que no mira nadie. Bruno observa un tren que está parado en la vía y la niña le hace compañía sentada a su lado en el suelo. A Dita no la veo, está detrás de mí. La oigo caminar y la veo acercarse a la butaca, se agacha y coge las manos de su madre, porque entiendo que para ella su madre es esa mujer y no la que está de pie a su lado.

—Mi madre tiene alzhéimer —explica.

Al escucharla deseo que las cosas salgan bien, sobre todo por mi madre. A Dita no la conozco apenas y, aunque sé que también será difícil para ella, no me preocupa. ¿Y si no reacciona de la manera que yo espero? Eso sería un golpe terrible para mi madre.

—Mamá, han venido a verte —le dice, aunque la mujer sigue muda.

—En realidad he venido a verte a ti —corrige mi madre con un hilo de voz.

Dita se levanta despacio y las dos se miran sin hablar. La niña se ha puesto a mi lado y observa la escena con curiosidad: debe de haberse dado cuenta de que algo no va del todo bien.

—Tengo que preguntarte una cosa y quiero que me digas la verdad, creo que me lo debes. ¿Daniel era mi padre?

—Sí.

—¿Lo querías?

—Con locura.

Vuelven a quedarse en silencio y me siento como una intrusa, deberían haber estado las dos solas. La niña, que sigue a mi lado, roza mi mano y yo no retiro la mía: me gusta sentir su contacto. La agarro y noto cómo sus dedos gorditos y calientes hacen fuerza como pidiendo que no la suelte, no debe de entender nada.

—Pipi, manos, merienda. Pipi, manos, merienda. Pipi, manos, merienda.

Bruno repite las mismas palabras delante de Dita. Todas nos movemos como si hubiéramos estado esperando una señal para hacerlo y fuera esta. Mercedes aplaude coreando las palabras de Bruno; mi madre se aparta para dejar pasar a Dita, que va a la cocina con Bruno detrás, y yo suelto la mano de la niña, que se sube las gafas y se va a buscar la merienda.

Nos quedamos solas. Se oye el ruido de la cisterna, el agua del grifo correr y a Dita trajinando mientras habla con los niños.

—¿Estás bien? —pregunto.

—No sé.

Se lleva la mano al pecho y me temo que vaya a darle un infarto. Enseguida suspira con fuerza para recomponerse y volver a parecer la mujer segura que aparentaba ser cuando llegamos.

Pienso en preguntarle si quiere que nos vayamos, pero decido no hacerlo por si me dice que sí; me gustaría que se dieran una oportunidad. Me siento ridícula, aquí las dos solas en este comedor de esta casa extraña, y no sé si ella se sentirá igual, porque no me atrevo a preguntarle.

Cuando vuelven al salón, los niños se sientan en el sofá a comerse un bocadillo y Dita trae en las manos una cafetera de cerámica de esas que no se utilizan nunca porque son más bonitas que prácticas. Nosotras seguimos de pie con el abrigo puesto. Dita se vuelve despacio, nos mira con pena y le pide ayuda a mi madre con la merienda. Se van a la cocina, escucho cómo se cierra la puerta y me siento en el sofá al lado de la niña, que me mira sin decir nada. Come con ganas y, cuando termina, se levanta para volver enseguida con la chaqueta de lana. Me quito el abrigo, me la pongo y me siento a esperar. Estoy en medio de los dos niños y me doy cuenta de que he estado tan preocupada por mi madre que no he entrado en ese estado de recogimiento y encierro en el que me interno cada vez que me viene la regla. Ese estado que cada vez dura más días hasta casi no dar tiempo de salir de él entre un periodo y otro. No le he dicho nada de esta situación a Diego porque al llegar a casa me parece que esto no forma parte de mi vida.

—Bruno, ¿no quieres más? —le pregunta la niña a su hermano.

Cuando le contesta que no, ella se apoya en mis piernas y coge su bocadillo; a él no parece importarle demasiado. Come deprisa, mirando primero al pasillo y después a mí, pidiéndome un silencio cómplice con la mirada; yo respondo con otra, como diciéndole que su secreto está a salvo conmigo.

—¿Tú cómo te llamas? —pregunta el niño.

—Me llamo Sofía.

—Hola, Sofía.

—Hola, Bruno.

Bruno ha pasado de la inmovilidad y el silencio a no parar de moverse y de hablar, aunque es casi imposible mantener una conversación con él. Me mira como si no entendiera lo que le digo para enseguida hacerme otra pregunta.

—Bruno, ayúdame.

Este mira a su hermana y tarda unos segundos en seguirla por el pasillo. Vuelven rápidamente arrastrando una caja de plástico que dejan delante del sofá.

Empiezan a vaciarla. Son los disfraces que me dijo que tenía. La niña coge uno de mosquetero y se lo pone a Bruno, que se deja hacer. Para ella elige uno de princesa, se lo coloca encima de la ropa y me pide que se lo abroche. Saca de la caja una corona dorada, se acuclilla en el sofá y me la pone, se retira un poco para ver si está bien y hace un gesto de aprobación. Ahora saca unos collares que me cuela por la cabeza. Está muy cerca de mí y noto su olor: huele al paté del bocadillo que acaba de comerse, pero no me molesta. Bruno debe de estar en su mundo inventado, da vueltas por el comedor de un sitio a otro como si estuviera solo, repitiendo algo que no consigo entender.

—¿Me pintas? —pregunta la niña mientras me tiende un estuche de maquillaje con las pinturas desgastadas por el uso.

—Claro. Túmbate, apoya la cabeza aquí —digo señalando el brazo del sofá. Se tumba, le quito las gafas y las dejo en la mesa—. Cierra los ojos.

La observo ahora que no puede verme y descubro que debajo de esas gafas de pasta hay una niña diferente. Es guapa, aunque tiene la cara demasiado rellena. ¿Por qué llevará esas gafas? No le sientan bien.

Le maquillo mucho los ojos; al fin y al cabo, está disfrazada. Cuando termino con eso, le perfilo los labios y se los pinto de rosa brillante.

—Ya está.

Se levanta y se pone las gafas.

—Voy a mirarme.

Sale y cuando vuelve se planta delante de mí y me mira con admiración.

—Qué bien pintas.

—Muchas gracias.

—¿Vendrás otra vez? —pregunta mirándome a los ojos.

El otro día me preguntó lo mismo; da la impresión de que está necesitada de gente.

—No lo sé —contesto. No quiero engañarla.

Mi madre y Dita llevan mucho rato encerradas; no sé lo que habrá pasado ni sé si eso es buena o mala señal. Ella se sienta a mi lado sin insistir, como si esa respuesta le diera igual porque lo que importa es que te digan la verdad, y esperamos juntas hasta que se abre la puerta de la cocina. Las veo aparecer y aguanto la respiración. Los niños se quedan en silencio. Parece que saben que lo que pase a continuación será fundamental para determinar lo que sucederá a partir de ahora. Las observo intentando desentrañar qué ha ocurrido ahí dentro. Miro sobre todo a mi madre, que me devuelve la mirada, y sé que ha ido bien. Vuelvo a preguntarme si esto no será una equivocación; no se puede querer a unas personas a las que acabas de conocer de un día para otro. Si a mí me dijeran ahora que la mujer que me trajo al mundo es otra, sé que no podría quererla con el tiempo, ni siquiera querría conocerla, sería una extraña.

Mi madre se acerca a su amiga, que teje ajena a lo que ocurre a su alrededor, se agacha y la coge de las manos impidiéndole seguir para que le preste atención.

—Mercedes, a partir de ahora vendré a verte cada día, recuperaremos el tiempo perdido y seré tu memoria, no puede ser que no recuerdes lo felices que fuimos.

Ella la mira y sonríe, pero no dice nada. Cuando mi madre le suelta las manos, vuelve a coger las agujas y sigue con lo que estaba haciendo.

Al acercarse hacia mí, veo pena en sus ojos. Se quedará sin saber si ese hombre al que ella ha seguido queriendo a pesar del tiempo que ha pasado también la quiso. No sabrá si fue feliz, si la echó de menos alguna madrugada, si pronunciaba su nombre o, por el contrario, la enterró en su memoria para no volver a nombrarla nunca más. Tendrá que conformarse con imaginar.

De vuelta a casa conduzco despacio para alargar el tiempo y que mi madre me lo cuente todo. Está exultante, no para de hablar, pero más que lo que dice es cómo lo dice, y hay un momento en que dejo de escucharla, simplemente la miro y me alegro de verla tan feliz, porque hace mucho tiempo que no la veía así, y también hace mucho tiempo que yo no soy feliz.

Lo tengo casi todo para serlo, pero hay un vacío que no podré llenar con nada si no puedo ser madre. ¿Por qué se me niega lo que tanto deseo? ¿Quién decide quién sí y quién no? Siento que no valgo como mujer, y la sensación de pérdida que me llena cada mes cuando veo esa mancha en mis bragas y que no logro quitarme de encima amenaza con aplastarme. A ratos pienso que me merezco no ser madre. Si no soy capaz de cuidar de mí, ¿cómo se supone que podré hacerlo con un ser indefenso? Cuidar de uno mismo implica quererse y valorarse, y yo últimamente siempre estoy en un segundo plano.

La dejo en la puerta de casa, se baja del coche y espero hasta que llega al portal, desde donde se despide con la mano antes de entrar. No me ha besado al despedirse. Intento no darle importancia, pero no puedo, qué cosa más tonta. No se ha dado cuenta: estaba nerviosa y yo podría haberle dicho algo antes de que se bajara del coche. No sé si estoy preparada para compartirla. Hasta ahora éramos dos, ella y yo. No puedo evitar sentir celos, pero intento apartar esos pensamientos de mi cabeza, no me gustan y no tengo motivos para sentirme así.

Al entrar en mi casa la noto fría a pesar de que está la calefacción encendida; no se trata de la temperatura, es otra cosa. Me voy a la cocina y hago algo que me parece ridículo, pero que no puedo impedir: abro los armarios buscando una lata de paté, unto dos rebanadas de pan y, antes de llevármelo a la boca, lo huelo porque el olor me recuerda a Paula. La niña, como la llamaba hasta ahora, porque no quería encariñarme con ella por si las cosas no salían bien. Apenas la he visto y es como si la conociera desde siempre.

Se ha hecho de noche y no me he dado cuenta. Bajo las persianas y me parece que estoy dentro de la caja de un muerto, por eso vuelvo a subirlas de nuevo y descorro las cortinas para dejar que la luz de las farolas se cuele dentro.

14

Aprovecho la hora del almuerzo para llamar a mi madre, quiero saber cómo está. Creo que ayer no fui muy generosa con ella, podría haber mostrado más interés, pero la vi tan feliz que la dejé hablar sin hacer preguntas. Ahora pienso que puede ser que malinterpretara mi silencio. No contesta. La llamo al móvil y tampoco consigo hablar con ella. No me parece raro porque es un desastre con el teléfono, siempre se lo olvida en casa y puede que haya salido o que esté en la ducha. Dejo pasar media hora y vuelvo a intentarlo con el mismo resultado. Ahora una alarma se dispara en mi interior haciendo que me preocupe, aunque no quiero darle importancia. No dejo de mirar el reloj. Decido esperar un poco antes de intentarlo de nuevo. Probablemente estará bien, lo tendrá en el bolso o habrá salido un momento y no se lo habrá llevado.

Sigo trabajando como puedo sin concentrarme en lo que hago. Salgo antes con la excusa de que no me encuentro bien, aunque no es del todo mentira: estoy tan nerviosa que me tiemblan las manos y me duele tanto la cabeza que me molesta hasta la luz. Desde que me contó esa absurda idea, que según ella le ha dicho mi abuela, me preocupo en exceso por ella.

Al abrir la puerta de su casa y encontrarla vacía el dolor se convierte en un latido que me golpea las sienes como un martillo. A esta hora no sale nunca, es adicta a un programa donde desgranan la vida y los secretos de los famosos. La inquietud aumenta al ver la casa medio vacía, porque se supone que está organizando su muerte. ¿Y si le ha pasado algo? Eso es imposible, me hubieran avisado, las malas noticias no tardan en llegar, pero no se me ocurre ningún sitio donde pueda estar durante todo el día.

Entro a la cocina buscando algún indicio que me diga si ha comido aquí y no encuentro nada, solo la taza del café con leche del desayuno fregada y puesta boca abajo al lado del plato de las tostadas. Abro la nevera buscando no sé qué, como si al hacerlo esta fuera a decirme dónde está mi madre. Voy a su habitación y, al entrar y verla tan vacía, me da la sensación de estar en el cuarto de una persona que ya se ha ido para siempre. Intento apartar de mi mente esos pensamientos. No debería dejar que me afectara lo que me cuenta de sus conversaciones con los muertos, no es racional. Me siento en la cama y vuelvo a llamarla, escucho los pitidos del tono, que se cortan y dan paso a su voz cuando salta el contestador. Entonces vuelvo a marcar para escuchar su voz de nuevo, y lo hago una y otra vez pensando que lo único que me quedará de ella cuando ya no esté será esta grabación.

No se me ocurre nada que hacer, por más que pienso no sé dónde puede estar. Me levanto y al salir veo un papel encima de la cómoda. Leo la dirección de Dita y la preocupación desaparece por arte de magia, dando paso a otra sensación que no sé cómo definir. En ningún momento supuse que pudiera estar todo el día con ella sin haberme avisado. Tampoco creo que sea lo adecuado: acaban de encontrarse y deberían darse tiempo.

No tengo el teléfono de Dita, así que salgo para ir a su casa. Ya no estoy preocupada porque sé que estará allí, la conozco y sé cómo funciona. ¿Cómo no se me habrá ocurrido que estaría allí? Ahora querrá recuperar el tiempo perdido arañando minutos hasta agobiarla y hacer que acabe huyendo.

Al doblar la esquina la veo venir de frente; ella no me ve, está distraída. Camina cogida del brazo de Dita y con la otra mano rodea los hombros de Paula, que parece incómoda por el gesto. Le habla a Dita muy cerca de la oreja, como si estuviera contándole un secreto, y esta asiente con la cabeza. No detengo el coche, paso de largo por su lado mirando por la ventanilla y, a pesar de que solo las he visto un momento, he notado tanta cercanía en ellas que los celos aparecen de repente y a lo grande. Tengo tantas ganas de llorar que cierro los ojos para evitar que las lágrimas escapen, y los abro al escuchar el claxon del coche que tengo detrás avisándome de que el semáforo se ha puesto en verde.

Doy la vuelta y espero a mi madre en su casa, sentada en el sofá con la luz apagada, y cuando entra ni siquiera se da cuenta de que la puerta no estaba cerrada con llave. Da un grito al encender la luz y verme.

—Qué susto, ¿qué haces aquí tan tarde? ¿Ha pasado algo?

—Qué va a pasar, he venido a verte.

—Ahora te iba a llamar, he estado con Dita.

Se sienta a mi lado y empieza a hablar sin parar. Me cuenta lo que han hecho durante el día y lo contenta que está porque todo va mucho mejor de lo que imaginó. Habla de los niños diciendo «mis nietos», como si al verbalizarlo fueran un poco más suyos, como si le perteneciesen un poco más de lo que toca a causa del tiempo perdido. No puede esconder lo feliz que está y no se da cuenta de que algo no va bien hasta que lleva mucho rato hablando.

—¿Estás bien? —pregunta al ver que no he participado en la conversación.

—No. No estoy bien —exploto— porque llevo todo el día intentando saber dónde estabas y si te había pasado algo, todo el día esperando la llamada de algún hospital que me dijera que estabas muerta y tenía que ir a identificar tu cadáver —digo enfadada.

—¡Qué dramática eres! —dice soltando una carcajada para aligerar la tensión, aunque lo que consigue es lo contrario.

—No creo que te hubiera costado mucho decirme que no ibas a estar en casa o coger el teléfono. Te he llamado montones de veces, debías de estar muy ocupada con tu hija y tus nietos, esos que yo no he podido darte.

Aparta la mirada y abre la boca para volver a cerrarla sin decir nada. Me arrepiento de lo que he dicho, pero ya no hay marcha atrás. No había necesidad de hacer daño. No sé qué me ha pasado, imagino que será la tensión del día unida a la imagen que he visto hace un rato y a que cada vez parezco estar más resentida con todo el mundo por no conseguir quedarme embarazada.

Me levanto y, al llegar a la puerta, me detengo un momento por si me dice algo; no quiero irme enfadada. Pero lo único que se escucha es el silencio, un silencio seco y áspero que no va con ella.

Veinte minutos más tarde, estoy en mi casa y no soy capaz de descolgar el teléfono para llamarla. No habría necesidad de pedir perdón, ni siquiera tendría que hacer referencia a lo que ha pasado. Bastaría una llamada para hablar de lo que fuera, es nuestra manera de decir lo siento, un código que solo entendemos ella y yo, pero no lo hago y me voy a la cama sin esperar a Diego y con un sabor amargo en la boca que no me gusta.

15

Oigo a Diego acercarse y, aunque podría ocultar los papeles que descansan encima de la mesa, no lo hago. Su sonrisa se desvanece al ver el membrete de la clínica de reproducción asistida y da paso a una mirada llena de preocupación o compasión, no sé bien cómo definirla. Se sienta y apoya los brazos en la mesa para cogerme las manos. Yo evito mirarlo. Espero a que hable aunque sé lo que va a decirme. Siempre es lo mismo. La misma conversación, las mismas frases dichas en un tono que me hace parecer una niña caprichosa y tonta que se ha empeñado en tener algo que no puede ser. Casi no he dormido, estoy despeinada y llevo puesto un pijama viejo que me niego a tirar porque lleva impresas unas letras que dicen IT WILL HAPPEN. Y me parece que, si lo hago, lo que tanto deseo no será posible. Suelta una de mis manos y me levanta la barbilla para obligarme a mirarlo.

—Nena, pensaba que ya habíamos hablado de esto. ¿De verdad estás dispuesta a pasar otra vez por lo mismo? Estamos bien como estamos, tú y yo. A mí me bastas tú, no me hace falta nadie más. Tenemos todo lo que se necesita para ser felices.

Me habla como le hablaría a una loca, a una persona que ha perdido el juicio y a la que hay que convencer de que está equivocada utilizando palabras melosas.

—Casi todo —digo en voz baja.

—A veces no se puede tener todo.

—Será la última vez, te lo prometo. Si no sale bien, lo olvidaré. —Ahora soy yo la que levanta su cara para que me mire a los ojos, y veo que no me cree—. Si es por el dinero, se lo pediré a mi madre; no me dirá que no.

Todavía no ha amanecido. El viento mueve el hierro de enrollar el toldo, que golpea la barandilla haciendo un ruido que me resulta insoportable.

—Ese ruido me va a volver loca.

Diego se levanta y, al abrir la puerta del balcón, el frío se cuela dentro. Un escalofrío me sacude cuando vuelve a entrar. Me abraza por la espalda y acerca su mejilla a la mía; tiene los brazos y la cara helados.

—No es cuestión de dinero, ya lo sabes, es que no soportaría verte hundida de esa manera otra vez.

No sé qué decir. Sé que Diego me quiere, pero algo en la forma en que me ha dicho esto último me hace pensar que estoy más desquiciada de lo que creo, y por un momento me siento egoísta.

A través de las paredes se escuchan los ruidos de la vida que despierta. El grifo del fregadero del piso de al lado, el taconeo rápido de la vecina de arriba, la tos persistente de la mujer de los tacones, y sobre todo la risa contagiosa de las niñas de los nuevos inquilinos correteando por el pasillo. Yo, al contrario que ellos, me siento incapaz de moverme, de salir a esa vida que me parece que tengo tan vacía. Permanecemos en silencio hasta que Diego me libera de su abrazo.

—Tengo que irme ya mismo. ¿Hablamos luego?

Asiento con la cabeza y, al verlo desaparecer para ir a la ducha, no puedo evitar que unas lágrimas escapen de mis ojos. Ahora tengo una familia nueva, aunque no sé si podré querer a esos niños, desde luego no como si fueran míos. Paula me produce ternura y me da pena; pienso que no es feliz, al menos no como lo son los niños. Su mirada está cargada de desconfianza, te mira con la tensión de quien espera una emboscada en cualquier momento.

Me obligo a levantarme, aunque me quedaría aquí todo el día, pero no quiero llegar tarde. Tengo trabajo atrasado y quiero ir a ver a mi madre, me siento ridícula por lo que le dije ayer. Estaba tan contenta y le estropeé el día, lo que hace que me sienta fatal.

A pesar de que mi trabajo me apasiona, no me concentro. Todo lo que escribo me parece malo, así que abro en el ordenador una carpeta con artículos antiguos y busco algo que pueda amoldar a lo que tengo que redactar. Cambio nombres y fechas y cuando termino y lo leo me siento satisfecha con el resultado.

La calefacción está demasiado alta, hace calor y el ambiente se nota cargado. Observo a mis compañeros y me pregunto qué esconden. Estoy segura de que todos tienen un agujero en su vida, un vacío que algunos se empeñan en llenar con cosas materiales, como Gloria, compradora compulsiva; o con comida, como María, que no puede evitar picar durante todo el día de las chucherías que esconde en su cajón. David levanta la cabeza y su mirada se cruza con la mía; hace un gesto casi imperceptible para saludarme, al que yo correspondo. Me da la sensación de que no es lo que aparenta, un machito ibérico que presume de sus conquistas a diario con los otros hombres de la redacción; con las mujeres es diferente, aunque no se me ocurre ningún motivo para esa forma de actuar.

En el momento en que llego a casa de mi madre, mis compañeros y su supuesta desgraciada vida han pasado a un segundo plano.

Las cosas no suceden porque sí, ocurren por algo, eso me dice siempre mamá, y a fuerza de escucharlo se ha convertido en una verdad para mí. Si es así, ¿para qué habrá pasado esto? Las cosas estaban bien como estaban.

Antes de abrir la puerta la oigo cantar, pero se calla enseguida al escucharme. Tengo que hacer un esfuerzo para que no se note la tirantez que quedó ayer flotando en el aire. Como siempre, ella me lo pone fácil: se acerca y me da los dos besos de rigor con los que nos saludamos. No hay atisbo de rencor ni enfado en su actitud, cosa que me hace sentir peor.

—¿No te has dado cuenta? —inquiere abriendo los brazos y dando vueltas como si bailara. La miro y no veo nada diferente en ella: el pelo y la ropa son los mismos de siempre.

—¿Te has cortado el pelo? —digo por decir algo, sabiendo que no lo ha hecho.

—Qué despistada eres, te pareces a tu padre.

No lo dice para criticarme; sin embargo, no me gusta que me diga que me parezco a él, no me gustaban sus maneras.

—No sé, a primera vista te veo igual.

—Pues abre un poco tu perspectiva, tienes que aprender a mirar más allá de lo que tienes delante.

Al decirme esto, miro alrededor y descubro que los muebles han regresado. El sillón orejero, la mesa de centro, la lámpara de pie y todo lo que había desaparecido ha vuelto, excepto las cosas de mi padre.

—¿Les has pedido los muebles después de habérselos dado? —pregunto refiriéndome a los paquistanís de abajo.

—Ayyy, hija, eso no es lo importante.

—¿Y qué es lo importante?

—Que, a partir de ahora, el tiempo que me quede lo voy a vivir como si no supiera que tengo los días contados. No quiero que Dita sospeche nada —anuncia ya sin la alegría que tenía hace apenas un minuto.

—Nunca he pensado que te fueras a morir porque lo dijera mi abuela. —No sé por qué miento, pero no quiero admitir que tengo miedo.

Me levanto y voy a la cocina con la excusa de beber agua. Ella vuelve a cantar en voz baja. Se podría decir que la alegría de que se haya resuelto bien lo de Dita supera con creces la tristeza de creer que no tendrá una larga vida. Cuando vuelvo al comedor, la veo hablando sola. Quiero acercarme y pedirle perdón por lo de ayer, pero mis pies se quedan pegados al suelo y me pregunto por qué me resulta tan difícil pedirle disculpas, tanto como me cuesta decirle que la quiero. En cuanto me ve se queda en silencio y me mira con dulzura: parecemos dos desconocidas que se encuentran en un ascensor sin saber qué decir. Y de nuevo vuelven los celos que sentí ayer al verla junto a Dita. Da la impresión de que la hija recién aparecida sea yo.

No le digo que voy a volver a someterme a otro tratamiento de fertilidad. Si no funciona, pensaré que no le importa porque ya tiene dos nietos, dos de golpe. Aunque no sea así, porque la conozco y sé que daría su felicidad a cambio de que la tuviera yo, lo pensaré.

—Pasará —afirma rompiendo el silencio.

—¿Qué pasará? —le pregunto. No sé a qué se refiere.

—No sé, tu abuela dice que te lo diga. Pasará.

De repente, un olor a rosas inunda el comedor. Es un olor empalagoso y fuerte, como si hubiera montones de ellas repartidas por todos sitios.

—¿No lo hueles?

Aspira cerrando los ojos y niega con la cabeza.

—No huelo a nada —asegura.

La imito, cierro los ojos, aspiro con fuerza y recuerdo la historia que me contó. Y puedo ver a mi abuela llenando la casa de rosas para tratar de mitigar la pena de su hija. Y por primera vez quiero creer en los espíritus y en el más allá, porque no es posible que mi madre sepa que tengo un pijama con una frase que dice It will happen. Entonces pido con todas mis fuerzas que pase, porque sé que seré una buena madre, y todavía con los ojos cerrados le digo a mi abuela que desde donde quiera que esté me ayude.

—Sofía, ¿qué pasa?

Abro los ojos y la veo delante de mí, parece preocupada.

—Estoy bien, no sé lo que me ha pasado.

—No estarás embarazada y no me lo has dicho, ¿no?

—No. —No entiendo cómo no se da cuenta de que cada vez que me hace esa pregunta me mata un poco.

—Vaya.

—Sí, vaya puta mierda.

—¡Sofía!

Abre mucho los ojos y se aparta como si las palabras la hubieran golpeado. No soy malhablada y me parece que es la primera vez que digo un taco delante de ella.

—¿Qué? ¿No puedo decir «puta»? ¿O te ha molestado más el «mierda»?

—No creo que haya necesidad de ser grosera. ¿Qué te pasa?

No contesto porque en realidad no sé qué decirle sin que me interprete mal, así que me callo.

—Me parece que nunca hago nada bien —se lamenta, adjudicándose la culpa de que yo esté así.

Se deja caer en el sofá y la veo derrotada. Ni siquiera estaba así el día que me anunció que iba a morirse, y siento una pena infinita por ella, porque ahora que ha recuperado una parte de su pasado yo me empeño en que no lo disfrute. Entonces hago una cosa que no hacía desde que era niña: me acerco a ella, me siento a su lado y apoyo la cabeza en su hombro. Al principio estoy incómoda, pero cierro los ojos e intento no pensar en nada.

—Te quiero más que a mi vida, aunque es muy difícil demostrártelo porque no te dejas querer —dice.

Su confesión me sorprende. Nunca he pensado que fuera arisca y poco dada a demostrarme lo que siente por mi actitud, tenía asumido que era una cosa de las dos. Debe de tener razón ella, estoy rígida y no me relajo, tendré que aprender. Igual que ella ha vuelto a por los muebles, yo tendré que volver a buscar los afectos perdidos antes de que sea demasiado tarde.

16

En la calle la gente camina deprisa, como si todos tuvieran claro hacia dónde se dirigen; yo espero a mi madre y no tengo ni idea de a dónde nos llevarán nuestros pasos. Hago un repaso de lo que han sido los últimos días y me sorprende lo que ha ocurrido. Antes no discutíamos por casi nada. En cambio, ahora parece que no podemos estar juntas sin que salten las chispas. Me he propuesto poner todo de mi parte para que no vuelva a pasar. No me gusta estar enfadada con ella, sobre todo porque nunca sé cómo reaccionar después. A veces se muestra ofendida, al punto de parecer que lo que he hecho es un crimen, y me contesta con monosílabos hasta que decide que ya me ha castigado bastante con su indiferencia. Otras, las más frecuentes, no se da por ofendida, cosa que me hace sentir aún peor cuando nos despedimos: yo con un sentimiento de resquemor dentro y ella actuando como si no le hubiera dicho nada que le molestara.

Se abre la puerta y la veo salir cargada de bolsas. La observo detenidamente y sé que ya no se acuerda de lo que pasó ayer. Me bajo del coche para ayudarla y pongo las cosas en el asiento trasero.

—¿Qué llevas ahí? ¿Te mudas? —pregunto de manera irónica refiriéndome a la cantidad de bolsas.

—Unas chucherías para los niños.

De camino a casa de Dita no dejo de mirarla de reojo: habla con alguien ignorando mi presencia. De vez en cuando se gira para dirigirse a quien se supone que viaja en la parte de atrás y, aunque esta imagen es calcada a otras y aparentemente todo parezca transcurrir como antes, nunca volveremos a ser lo que éramos. Agradezco su conversación con quien quiera que sea que esté hablando, así no tengo que hacerlo yo, no me apetece nada. En realidad, no sé por qué le dije que sí cuando me propuso ir a comer a casa de Dita, supongo que porque me sentía culpable por cómo he actuado estos días. Solo hemos estado las tres juntas una vez, el primer día que la llevé allí para que se conocieran, pero ahora será diferente. Ellas se han encontrado más veces y no tengo ni idea de cómo se comportan cuando están juntas, porque no he vuelto a ver a Dita ni a hablar con ella y mi madre no ha mencionado el tema, como si yo no supiera que se ven.

Me preparo para lo peor. Salimos del coche y voy tras ella, que no ha querido que la ayude con las bolsas; parece que quiera que los niños sepan que las compras han sido cosa suya. Toco el timbre porque la puerta de abajo está cerrada, han debido de arreglarla, y abren sin preguntar quién es. La puerta del piso está abierta y mi madre entra delante. La sigo y compruebo que todo sigue igual que las otras veces. Mercedes sentada tejiendo sin parar y a la vista un desorden que parece estar hecho a conciencia, porque es acogedor.

—¡Holaaa! —saluda anunciando nuestra llegada.

La niña, Paula, sale a recibirnos, y al ver las bolsas abre los ojos y la boca, lo que me hace pensar que no es la primera vez que mi madre trae regalos. Bruno está pintando y no se levanta.

—Dale un beso a la abuela —dice Dita, que ha aparecido sonriente.

Paula se acerca y obedece a su madre. Está tensa; es el beso que se le da a una extraña cuando un adulto te obliga a hacerlo, aunque no quieras, y por un momento aborrezco a mi madre y a Dita por cómo han llevado la situación. No tenían derecho a involucrar a los niños hasta este punto, así, tan de repente. Bruno seguramente no se dé cuenta, pero Paula es mayor y, a pesar de lo poco que la he visto, me parece inteligente.

—¡Hola, Sofía! Qué alegría verte.

Dita se acerca a nosotras y advierto que su entusiasmo es sincero: sonríe y no puede ocultar que está contenta de verme. Me da un abrazo, abrazo al que no soy capaz de corresponder. Estoy molesta con ella porque se supone que debería haber sido más cauta. No sé qué le habrá contado a Paula y no me parece normal este cariño que demuestra cuando apenas nos hemos visto. Tampoco entiendo cómo puede haber perdonado a mi madre. Se separa de mí y veo decepción en su mirada, aunque esta dura solo un segundo. Enseguida se recompone para abrazar a mi madre, que sí le corresponde. ¿Cómo puede ser que se traten con tanta familiaridad? Apenas han pasado dos semanas desde que se vieron por primera vez. Desde luego, yo no sería tan generosa como Dita.

—¿Por qué no has venido las otras veces?

Paula se ha puesto a mi lado y habla sin mirarme, mira a su madre y a su recién aparecida abuela, que siguen abrazadas mientras se mecen la una a la otra como si hiciera años que no se ven.

—He estado muy ocupada. Trabajando —añado para dar más credibilidad a mis palabras.

—Ya.

Y en ese «ya» va implícito un reproche, un «No te creo», así que opto por decirle la verdad.

—No me apetecía venir.

—No me extraña —contesta mientras se ajusta las gafas.

Mi madre ahora saluda a su amiga, que la observa con la mirada perdida de los que no tienen memoria. Solo cambia la expresión cuando ve las madejas de lana que le pone en las rodillas; pasa las manos por encima de ellas con la delicadeza de quien toca un tesoro mientras sonríe.

—Sentaos. Vengo enseguida, que tengo el fuego encendido.

Mi madre me pide el abrigo, se quita el suyo y desaparece por el pasillo para entrar en una habitación, de donde sale enseguida con una bata de casa puesta que no le he visto nunca, así que deduzco que no es suya. La habrá comprado para dejarla aquí o será de Dita. Entra en la cocina y oigo el ruido de los platos y el eco de sus voces apagado por el sonido del extractor.

Sigo de pie, en medio del comedor, y me parece estar viendo una película desde dentro, como si estuviera en un lugar que no me corresponde, un lugar en el que nadie me ve.

—Toma.

Paula me hace ver que no soy invisible ni estoy en un sueño. Me da la chaqueta de lana, la misma de las otras veces, y me la pongo.

Me pide ayuda para sacar las cosas de las bolsas y las vamos dejando en el sofá. Son un montón de juguetes de plástico que no durarán ni dos minutos sin que se estropee el mecanismo o se suelte alguna pieza y, a medida que los sacamos, reconozco en cada objeto a mi madre. Le chifla comprar baratijas que no sirven para nada. Y, aunque sé que su intención es buena, se me ocurren montones de cosas en las que podría haber gastado el dinero y a las que ellos les hubieran sacado más provecho.

Paula agarra un perro negro al que parece que se le ha caído el pelo y le da al interruptor que tiene en la barriga. Este se pone a ladrar y a dar volteretas en el aire. Bruno deja lo que está haciendo y se acerca, observa al perro y se sienta delante de él. No dice nada, solo lo mira. Cuando este se queda tumbado, después de una de las muchas vueltas que ha dado, lo levanta y lo pone de pie, dejándolo preparado para otra tanda de piruetas. Ahora ríe con ganas cada vez que el perro salta, como si no se lo esperara y fuera la primera vez que lo ve. Después de todo, a lo mejor la que está equivocada soy yo y no ha sido tan mala idea comprar el montón de objetos inservibles que ahora descansan a nuestros pies.

Seguimos vaciando las bolsas hasta que ya no queda nada, entonces Paula las arruga y ve que hay algo dentro de una de ellas. Mete la mano y saca un atrapasueños; lo mira con curiosidad.

—¿Qué es?

—Es un atrapasueños.

—¿Y para qué sirve?

Debería decirle que para nada, pero prefiero contarle la historia que recuerdo haber leído, adornándola un poco:

—Es un amuleto mágico. Hay que ponerlo en la cabecera de la cama, colgado del techo. La leyenda dice que es capaz de filtrar los sueños dejando pasar solo los buenos. Las pesadillas quedan atrapadas en la red y, con la primera luz del alba, desaparecen. También se dice que ayudan a conseguir tus deseos. Cuando te acuestes por la noche le tienes que pedir lo que quieres. Las redes son mágicas y tienen poderes. A veces te pasarán cosas que te harán pensar que no funciona y que lo que te he contado es un rollo, pero tienes que creer que es verdad, porque si no perderá su magia.

—¿Tú tienes uno?

—No.

—¿Y por qué no te lo compras?

—Te lo tienen que regalar, si no, no sirve para nada.

Me mira como si quisiera adivinar si lo que le he dicho es verdad o, por el contrario, es un cuento.

—¿Me ayudas a colgarlo?

—Claro.

Nos levantamos y la sigo hasta su habitación. Al pasar por la cocina, veo a mi madre y a Dita de espaldas preparando la comida mientras hablan. No me han preguntado si quiero ayudarlas, no han contado conmigo, y, aunque debería darme igual porque entiendo que tienen que recuperar el tiempo perdido, me molesta que me hayan excluido.

La habitación de Paula es pequeña, y por lo que veo la comparte con su hermano. Es la habitación más curiosa que he visto nunca: las camas están pegadas a la pared, al lado de cada una hay una mesita de noche y cada mitad de la habitación está decorada de una manera, como si hubiera un muro invisible entre un lado y el otro y pertenecieran a dos mundos distintos. En la pared que hay a los pies de la cama de Bruno hay un trampantojo gigante: una vía de tren que se pierde en la oscuridad de un túnel. Está tan bien hecho que me pongo delante y me da la sensación de que si doy un paso podré atravesar la pared y caminar por encima de la vía. Me acerco y hago una cosa absurda: toco las piedras que hay en medio de los raíles para asegurarme de que no son de verdad. Toda la mitad de la habitación que le pertenece está decorada como un vagón de tren. Cuando se tumbe en la cama, si lo hace de cara a la pared, podrá mirar a través de una de las ventanas que hay dibujadas y verá el cielo y el humo de la locomotora.

El lado de Paula está inacabado: se adivina un bosque en otoño por las hojas caídas a los pies de los árboles y por el color del cielo. El desorden reina en este lado de la habitación, a diferencia del de su hermano, donde no hay nada fuera de su sitio. Unos calcetines arrugados, envoltorios de chicle, un vaso vacío y pañuelos de papel usados se hacen compañía en la mesita de noche.

—Qué habitación más bonita.

Paula me mira y pienso que, igual que hace un momento, intenta averiguar si creerme o no.

—Lo digo en serio. Cuando esté terminado, quedará precioso —le aseguro señalando su lado de la pared.

—Nunca estará terminado porque nunca hay tiempo para mí.

Lo dice resignada, como quien se ha acostumbrado a una situación que, aunque no le guste, no tiene más remedio que aceptar. Lo ha dicho de la misma manera que Dita me dijo que Bruno era autista. Creía que lo habían dejado a medias por falta de dinero; sé que estas cosas son muy caras, pero al escucharla decir lo del tiempo me pica la curiosidad.

—¿Quién lo ha pintado?

—Mi madre.

Me quedo parada, nunca hubiera imaginado que lo había hecho Dita. Tiene talento y seguramente ni lo sabe, podría dedicarse a esto y ganaría mucho dinero en vez de andar de un sitio a otro con esa maleta llena de rulos y botes de laca.

—¡A comer! —grita mi madre desde la cocina.

—¿Tienes una chincheta? —le pregunto a Paula.

—No.

—¿Y celo? ¿O una grapadora?

—Eso sí.

—Dámelo.

Me da el atrapasueños para que lo sujete mientras revuelve en los cajones de la mesita de noche. Deslío la cuerda y me doy cuenta de que no parece comprado en una tienda de chinos, no tiene aspecto de haber sido fabricado en cadena. El aro es de madera, como la que se utiliza para hacer los cestos de mimbre, y las plumas de colores no parecen sintéticas. Parece hecho a mano: las bolas que cuelgan son semillas o huesos de fruta que no reconozco. Me recuerdan a la vez que fui a una adivina a documentarme para un artículo que tenía que escribir. La adivina, una mujerona negra como la mami de *Lo que el viento se llevó,* agitaba su mano para luego dejar caer encima de la mesa unas semillas negras que separaba en dos montones. ¿Por qué lo habrá comprado mi madre? No me parece una cosa que elegiría ella.

Paula me da una grapadora y me subo en la cama para colgarlo del techo.

—Ya está.

Lo mira y asiente con la cabeza dando su aprobación.

—¿Vamos a comer? —pregunto. Vuelve a asentir y sale de la habitación.

La sigo por el pasillo pensando que en este momento me gustaría estar en cualquier otro sitio.

Como en silencio y veo que la mesa no está puesta con tanta ceremonia como la vez que vine sola. El mantel ha desaparecido; en su lugar, hay un hule con alguna quemadura de cigarro y el dibujo desteñido por el uso. La comida es igual de buena a pesar de estar elaborada con ingredientes básicos. Mi madre me mira de vez en cuando nerviosa, angustiada por lo que yo esté pensando, y decido relajarme. ¿Qué puede salir mal? No sé si mi recién estrenada hermana es una persona interesada y quiere a mi madre para sacar provecho de su generosidad. Si paseo la vista por la casa, veo objetos que antes no estaban y sospecho que los ha traído ella. De momento no me importa, la veo feliz. Más que feliz, ligera, como si el peso de la culpa que llevaba a cuestas hubiera desaparecido. La comida transcurre en un ambiente distendido y sin rastro de tirantez.

17

Al llegar a casa, después de dejar a mi madre, me tumbo en el sofá y pongo música para tapar el silencio. Diego no ha llegado todavía. Debería ordenar un poco la casa, pero no me apetece. Desde hace unas semanas no tengo ganas de nada, ni siquiera le he contado a Diego lo de Dita. Debería habérselo dicho el primer día; ahora no sé cómo hacerlo sin que se moleste por no haberlo hecho antes. Aunque no creo que le importe. Está tan ocupado con el nuevo proyecto que estoy segura de que, si le dijera que me ha dicho el médico que me voy a morir mañana, su respuesta sería que preparara algo para el fin de semana, que esta vez no me fallaría. Me levanto y cojo el abrigo, necesito salir un rato: me ahogo en esta casa tan grande y tan vacía.

Camino sin rumbo. No voy a ningún sitio en concreto. Me conformo con notar el frío en la cara: hace que sienta que estoy un poco más viva. Me detengo en un semáforo y veo pasar un coche fúnebre. Lo sigo con la mirada hasta que lo pierdo de vista y decido ir al cementerio. Me gusta visitarlos, he visto montones de ellos, no vuelvo de ningún viaje sin haber ido antes a ver alguno. No tengo ni prisa ni ganas de volver a casa, así que decido ir a uno que está cerca de donde vive Dita; parece que una fuerza desconocida me empuje hacia ella.

Antes de entrar pongo el móvil en silencio por respeto, aunque no creo que a los habitantes de este lugar les importe.

No me da miedo estar aquí sola, quizá es por haber crecido rodeada de espíritus, aunque nunca viera a ninguno. Paseo entre las lápidas y me detengo en un mausoleo que parece un puesto de feria. Numerosas flores de plástico, dentro de unos jarrones de cerámica, y una cruz gigante de claveles naturales casi no dejan espacio para ver nada más que la foto del difunto. Sigo andando y veo lápidas que parecen abandonadas donde el paso del tiempo ha hecho su trabajo: están cubiertas de verdín y el dorado de las letras se ha oxidado. Giro a la derecha para ver la parte antigua: es la que más me gusta. Me fascina ver las fotos en blanco y negro; invento una vida para cada una de esas imágenes, una vida que seguramente no tendrá nada que ver con la realidad. Miro el reloj. Aunque no me dé miedo estar aquí, no me gustaría quedarme encerrada. En un banco veo a un hombre sentado. Está de espaldas y no me ha visto. Me doy la vuelta porque no quiero molestar, pero piso una rama que delata mi presencia. El desconocido se gira y, al mirarnos, ninguno de los puede disimular su asombro. Se levanta del banco y se acerca a saludarme:

—Hola. Qué casualidad —me dice.

—Hola.

—¿A quién tienes aquí? —pregunta como si en vez de en el cementerio estuviéramos en el hospital.

—A nadie. ¿Y tú?

—A nadie —repite mientras sonríe.

No sé qué decir, ni siquiera logro recordar su nombre, así que meto las manos en los bolsillos del abrigo y encojo los hombros haciendo como que tengo frío.

—¿Tienes prisa? —pregunta él.

—No.

—¿Vamos al sol?

Asiento y lo sigo al banco donde estaba sentado. Me hace un gesto con la mano y espera a que yo me siente para hacerlo él.

—¿Puedo preguntarte qué haces aquí? —le inquiero sin mirarlo.

—Nada. Vengo, me siento y no hago nada, dejo pasar el tiempo para no llegar tan pronto a casa. —Su respuesta me desarma. Podría haber mentido, no tenía necesidad de ser tan sincero; es la segunda vez que nos vemos. Como no contesto, quizá crea que su explicación ha sido escasa, así que sigue hablando—: Antes me sentaba en algún parque, pero la gente debe de estar muy sola, porque siempre había alguien que pretendía mantener una conversación conmigo. Eso aquí no pasa.

—No recuerdo tu nombre —le confieso un poco avergonzada.

—No te preocupes, yo tampoco recuerdo el tuyo. Matías.

—Lo tenía en la punta de la lengua. Sofía —digo recordándole el mío.

—Sofía, es verdad. —Se sube la montura de las gafas en un gesto que me recuerda a su hija—. Qué extraño, ¿verdad?

—¿El qué?

—Encontrarnos aquí.

—Las casualidades existen.

—Es mucha casualidad, aunque es cierto que existen, ¿pero qué probabilidad hay de que dos extraños que solo se han visto una vez se encuentren en un lugar como este?

—Mi madre siempre dice que nada pasa porque sí.

—Entonces tendremos que encontrarle sentido. —Nos quedamos en silencio y se levanta para dar unos pasos y volver a mi lado, pero no se sienta—. Vengo aquí huyendo, huyendo de una mujer a la que adoro, pero que a ratos me agota. Huyendo de un hijo al que nunca podré llevar a ver un partido de fútbol y al que tampoco podré darle las llaves del coche a escondidas de su madre porque no sé si algún día será capaz de conducir. Quiero a Bruno y no lo cambiaría por ningún otro niño, pero me aterra pensar cómo se desenvolverá cuando crezca.

Como estoy sentada no puedo verle la cara si no levanto la cabeza; sigo mirando al frente para no hacerlo sentir incómodo. No sé por qué se ha confesado conmigo. A lo mejor cree que yo vengo aquí porque también necesito huir de algo o puede que no tenga con quién desahogarse. Siempre he pensado que, por muy reservada que sea una persona, en algún momento necesitará compartir lo que le preocupa, sacarlo fuera. De otro modo, las palabras se le atragantarán en la garganta y le impedirán respirar. Permanecemos en silencio hasta que él lo rompe.

—Te preguntarás que por qué aquí precisamente. Podría irme a tomar unas cervezas con los amigos, pero el dinero no sobra en casa, más bien falta. Aquí no hay dónde gastar y no hay que darle explicaciones a nadie, y nadie va a decirle a mi mujer que mi jornada acaba a las seis y no a las siete, o eso espero —dice mirándome.

—Tranquilo, tu secreto está a salvo conmigo. Soy una tumba —lo tranquilizo intentando que suene gracioso.

Empieza a oscurecer y ya pronto cerrarán. Siento que estoy en deuda con él por haberse sincerado conmigo.

—Podría inventar algo para contarte; me da un poco de vergüenza decirte por qué estoy aquí, pero no lo haré. Me gustan los cementerios, es así de simple. Desde niña, no sabría decirte el motivo, me gusta mirar las inscripciones de las lápidas y las fotos. No debería sentirme a gusto en un lugar así porque odio el silencio de mi casa y lo primero que hago al llegar es encender la tele o poner la música para llenar la ausencia de ruido. Así de complicada soy. ¿Puedo decirte algo sin que te molestes?

—Me molestan muy pocas cosas.

—Pienso que eres afortunado por tener a Bruno, aunque sea especial, y que deberías pasar más tiempo con él.

—¿Crees que me gusta venir aquí cada día a sentarme en este banco de piedra donde se me queda el culo helado? Igual me he explicado mal, ya te he dicho que no cambiaría a Bruno por ningún otro niño, pero no sé hacerlo de otra manera.

—Si es tu manera, supongo que será buena para ti, pero ¿te has preguntado si es buena para ellos?

Se quita las gafas y las limpia con el pico de la camisa que le asoma por debajo del jersey. Lo observo con disimulo y veo que es un hombre guapo; no como Diego, a quien se giran a mirar por la calle. Es otro tipo de belleza. Le sobran unos kilos y el corte de pelo es desastroso, igual que la ropa que lleva, que se ve antigua y le queda un poco apretada, y las gafas son demasiado grandes.

—Tengo que irme, es la hora —dice mirando el reloj.

—Yo también me voy.

Caminamos juntos hasta la parada del metro; bajo las escaleras y él se aleja, vamos en direcciones contrarias, igual que nuestras vidas. Yo mataría por tener un hijo y él huye del suyo durante una hora diaria.

18

Hace unos días le dije a Diego que tengo una nueva familia. Se alegró más de lo que se sorprendió. Pensará que ahora que tengo sobrinos se me pasará la obsesión por ser madre. No se enfadó porque no se lo hubiera contado antes, tampoco se interesó mucho por saber cómo eran, ni siquiera se escandalizó cuando le dije que mi madre había tenido un amante; me pareció que me escuchaba a medias. Cuando terminé de hablar, me quedó una sensación de vacío, como si hubiera estado hablando con la pared. Él parecía estar encantado y me ha pedido que organice una comida para conocerlos. Como siempre, tendré que ocuparme yo de todo. Por el dinero no hay problema, me dijo: «Elige el sitio que quieras, paga mi jefe». Debería reservar mesa en ese restaurante tan caro donde lo tratan como a un jeque. Me gustaría ver su cara al ver aparecer a Dita y a su familia. No estaría mal darle un pequeño escarmiento: desde hace un tiempo no me presta atención, el trabajo parece ser más importante que nosotros.

Con Dita me sucede una cosa muy extraña. Empecé a ir a su casa por las tardes, cuando salía del trabajo. Al principio buscaba una excusa, por si le parecía raro que me presentara sin avisar, pero nunca preguntó nada. Hizo de la situación una cosa natural, como si fuéramos unas hermanas corrientes y la visitara desde siempre y sin necesidad de llamar antes. Sin embargo, cuando llevo un rato allí, me arrepiento de haber ido. Es tan cariñosa conmigo que me agobia. Se deshace en atenciones y no para de preguntarme si estoy bien o si necesito algo. A veces le contesto mal o de manera irónica, pero ella no se molesta nunca conmigo; después me siento mal por portarme así. Si está mi madre estoy más tranquila porque no me hacen mucho caso: se meten en la cocina y, cuando salen con la merienda preparada, estudian un diccionario de chino para ver si consiguen entenderse con la china muerta. Sientan a Mercedes con ellas en la mesa, aunque esta no participe de nada porque no tiene memoria. Yo me siento en el sofá y veo la tele o leo algún cuento con Paula. Matías nunca llega antes de que nos vayamos, así que supongo que seguirá con su rutina de robarle una hora al tiempo.

Dita todavía no ha venido a mi casa, no la he invitado. Sin embargo, nunca hace ningún comentario al respecto. Tampoco se me ocurre qué podríamos hacer, ya que no hay nada para que los niños se entretengan. Me siento culpable porque ella es mucho más generosa conmigo que yo con ella. A lo mejor no es una mala idea llenar la casa de ruido por un rato para ver qué se siente. Tendría que llamarla y preguntarle. En un rato, cuando vaya a verla, se lo diré. Estará encantada. Ya puedo ver su cara iluminada, como si le hubieran dicho que ha sido la ganadora de un camión lleno de madejas de lana para su madre.

Suena el teléfono y mi jefa me ordena con esa voz metálica que la caracteriza que vaya a su oficina. Voy con un poco de temor: últimamente no estoy al cien por cien. Al entrar veo sentado a David, mi compañero, ese que mira de forma rara a las mujeres y camina balanceando los hombros como si estuviese en la pasarela de Míster Macho Ibérico. Inclina levemente la cabeza para saludarme. Me siento a su lado y espero para descubrir por qué estoy en el despacho de la directora con un colega con el que no he trabajado nunca y con el que apenas he cruzado un par de frases de cortesía. La directora se hace de rogar. Mueve un montón de papeles haciendo como que busca algo y, después de un rato, dispara:

—Necesito un reportaje.

Me tiende un artículo que habla de una virgen milagrosa que se le aparece a la gente en el sur de Francia y a la que van a ver en peregrinación para pedir el milagro correspondiente. Lo ojeo y se lo paso a David, que lee sin cambiar el gesto, así que no sé lo que piensa.

—Nada de sentimentalismo. Esto suena a fraude y aborrezco a la gente que se aprovecha de la desgracia de los demás. Quiero fotos y quiero que quede claro que hay alguien que se está beneficiando de esta farsa —dice con esa voz áspera de eterna fumadora que la caracteriza.

—¿Y para cuándo tiene que ser? —pregunto.

—Para antes de ayer —contesta. Le encanta decir esa frase. Creo que es de la escena de una película, no sé de cuál, pero ella la ha hecho suya, porque la repite constantemente: todo es para antes de ayer.

—Hoy es viernes, hasta el lunes no podremos salir, y necesitaremos al menos un par de días, tirando por lo bajo.

Miro a David buscando su apoyo, pero este permanece mudo, aunque se remueve incómodo en la silla.

—Tenéis habitación reservada para mañana. Si salís temprano podréis volver el domingo a última hora.

—Imposible, yo mañana no puedo, tendrías que haberme avisado antes. Puedes enviar a alguien que no tenga problema en ir —digo.

—Sí que puedes. Si no vas, se acabó. No hace falta que te diga que no estás rindiendo porque ya lo sabes.

Me molesta que me diga esto delante de mi compañero y se lo hago saber con una mirada que a ella le es indiferente. No tenemos buena relación. Le gusta Diego, lo sé por cómo se comporta cuando hemos coincidido en alguna cena de empresa a la que han venido nuestras parejas. Se preguntará qué hace conmigo pudiendo elegir a alguien como ella. Tira una tarjeta de crédito encima de la mesa, dando por terminada la conversación. Salgo sin despedirme y sin coger la tarjeta, que lo haga David, que parece el convidado de piedra.

Estoy de mal humor. En realidad no tengo nada que hacer, pero me molesta la forma que tiene de manejar la vida de la gente. Antes de salir, me acerco a la mesa de David para organizar el viaje, y estoy tan cabreada con él que, más que hablar, sentencio. No he terminado de hablar cuando él me interrumpe:

—No voy a ir.

Lo dice tan convencido que no soy capaz de preguntarle que de qué está hablando.

—No puedo ir, no este fin de semana.

—¿Qué estás diciendo? ¿Y por qué no se lo has contado a la madre superiora cuando estábamos allí dentro?

No queda nadie en la redacción, solo nosotros dos y la señora de la limpieza, que acaba de entrar y nos ignora mientras vacía papeleras y mueve los labios al compás de la música que le llega a través de los auriculares.

—Cuando salga de aquí, cogeré un avión para ir a buscar a mi hija.

—No sabía que tenías una hija —digo sorprendida.

—No la tenía hasta hace poco porque los maricones, si queremos tener hijos, tenemos que adoptar. ¿Sabes cuál es el tiempo de espera para adoptar un niño en España? De seis a ocho años. No tengo tanto tiempo. No quiero parecer su abuelo en lugar de su padre.

Se me escapa un «oh» involuntario cuando me doy cuenta de la magnitud de lo que acabo de escuchar. No porque piense que los gais no tienen derecho a ser padres, sino porque jamás hubiera imaginado que él lo era. A veces ha hecho comentarios que le hacían parecer una persona homófoba. Me siento a su lado y lo miro. Nos sostenemos la mirada, que yo acabo por bajar primero.

—Mi pareja está allí desde hace semanas, pero quiero que volvamos los tres juntos.

—Podrías habérselo dicho, tienes derecho a que te den días para eso.

—No quiero que se sepa. Al menos aquí.

—Está bien, iré yo sola. —No me ha costado nada decidirlo. Daría todo lo que tengo por estar en su lugar—. Pero soy un desastre haciendo fotos, se dará cuenta al verlas.

—Lo de las fotos ya lo arreglaré. Estaré en deuda contigo para siempre.

—Con que dejes de andar de esa manera tengo suficiente.

Sonríe y ya no hablamos más, no es necesario. ¿Cómo decirle que me muero de envidia y que quizá debería hacer lo mismo que ha hecho él, coger un avión para buscar un poco de felicidad? Salgo de la redacción deprisa porque no quiero arrepentirme de la decisión que he tomado.

Se me ocurre que puede ser que, al final, lo que ha pasado sea para bien. Llamaré a Diego y nos iremos los dos. Hace tiempo que tengo ganas de salir con él, a donde sea, me da igual; los dos solos un fin de semana para estar juntos.

Cuando cuelgo el teléfono tengo ganas de llorar. La idea que me parecía genial se ha desmontado en un santiamén. Como siempre, este fin de semana no podrá ser. Si me trae un collar, se lo tiraré a la cara y después lo tiraré al váter. ¿De qué me sirve que el estómago me siga dando un vuelco cada vez que lo veo y que el roce de sus dedos me encienda en segundos si apenas estamos juntos? Lo quiero tanto que cuando se va de viaje me da miedo que le pase algo y no vuelva a verlo nunca más.

En el estado en que me encuentro no debería ir a casa de Dita porque sé que pagaré mi frustración con ella. Es como un saco de boxeo donde descargo mi mal humor: no se queja nunca y siempre está disponible.

19

Antes de entrar busco en mi bolso, saco el anillo que me regaló Paula y me lo pongo. Me lo quito cuando me voy porque me deja el dedo verde, pero lo traigo siempre que vengo porque, aunque no dice nada, la veo mirar mi mano con disimulo y veo cómo una sonrisa tímida asoma a su boca.

Igual que los otros días, abre la puerta ella. Parece que espere mis visitas. Debería estar con niñas de su edad. La encuentro disfrazada, como cada vez que vengo.

—Hola.

—Hola. ¿De qué vas vestida?

—De cantante pop.

—Ah, está muy bien. —No sé cómo logra ver con esas gafas de espejo encima de las suyas.

—Están en la cocina —comenta, dándome una explicación que no he pedido.

Dita y mi madre salen juntas y se acercan para besarme. Dita me dice lo guapa que estoy y mi madre me pregunta si he comido. Dita parece que vaya disfrazada igual que Paula. ¿Por qué se empeñará en ponerse esa ropa tan apretada? Y, para mi gusto, se maquilla en exceso. Mi madre es la viva imagen de la felicidad. Eso de que la cara es el espejo del alma debe de ser verdad, porque está guapa. Sin embargo, yo me veo reflejada en las gafas de Paula y pienso que no se puede transmitir más tristeza de la que veo en mi cara. No sé si será por las hormonas, porque según mis cálculos debo de estar ovulando, o si es otra cosa, pero al verme tan triste y tan seca por dentro me pongo a llorar.

—Sofía, ¿qué te pasa? —pregunta mi madre alarmada, que gira la cabeza para ver qué es lo que me ha hecho derrumbarme. Por supuesto no ve nada, no cae en la cuenta de que estoy viendo mi imagen. Se acerca y me coge las manos y las aprieta—. ¿Has visto a alguien?

Al decir «alguien» baja la voz y se acerca a mí para que no la escuchen los niños. Se refiere a los espíritus, de los que empiezo a estar un poco cansada.

—No, mamá, no he visto a nadie. No sé qué me ha pasado. Debe de ser el cansancio, no he tenido un buen día en el trabajo.

Me limpio la cara con las manos y cierro los ojos como queriendo que las lágrimas no escapen de ellos.

—Me habías asustado. No será para tanto.

Dita permanece callada, algo inusual en ella, cosa que agradezco. No soportaría escucharla darme consejos, porque no tiene ni idea de cómo es mi vida.

—Déjala que llore, llorar no hace daño a nadie.

Nos volvemos las tres hacia Mercedes, que se ha levantado de su butaca. Es la primera vez que la escucho decir algo un poco coherente.

—Deberíamos ir a la casa de la playa, allí se está tan bien, nunca hace frío y siempre es verano. ¿Has traído las llaves del coche, Ángela?

Ahora desvaría y al hablar se dirige a mí: sigue confundiéndome con mi madre. Dita la mira con pena y me pregunto cómo será vivir en un mundo donde cada día que te levantas es como si nacieras de nuevo, no conoces a nadie y nada te une a las personas que están cerca de ti.

Cuando la miro, pienso que debe de haber sido una mujer frágil. Es lo que transmite. Es como una figura de cristal delicada de esas que nunca se sacan de la vitrina para evitar que se rompan. Si la protegieron para evitar que eso sucediera, no lo lograron. No sé cuándo ocurrió, cuándo se rompió, porque cuando alguien se rompe por dentro no hay ningún ruido que avise a los que están a su lado de lo que ha pasado. Me pregunto si el alzhéimer es una excusa para que la dejen tranquila, una manera de suicidarse sin quitarse la vida, porque la mayoría del tiempo parece que esté muerta. Me gustaría hablar con ella y que me contara de su pasado, pienso que Dita y mi madre no tienen ni idea a pesar de haber convivido con ella.

Dita la acompaña a la butaca y le da las agujas de punto, que ella rechaza con un gesto de la mano. Se sienta, mira a través del cristal de la ventana y adopta un aire sombrío. Las vistas no pueden ser más feas: el bloque de enfrente está tan cerca que da la sensación de que, si estiras la mano, tocarás la ropa que hay tendida en las cuerdas.

—¿No vas a contarnos lo que te pasa?

Mi madre vuelve a la carga y yo no tengo ganas de hablar del tema. No me pasa una cosa, me pasan muchas, un cúmulo de pequeñas tonterías que amenazan con hacerme explotar porque siento que ya no puedo más con mi vida. A pesar de que soy afortunada por todo lo que tengo, no soy capaz de ser feliz.

—Estoy bien.

—Tienes que comer más, y seguro que duermes poco. Te agobias demasiado con el trabajo y haces demasiado ejercicio, eso no puede ser bueno —dice Dita con esa voz cantarina que hoy me irrita más que otros días.

Teniendo en cuenta que no le he contado casi nada de mis rutinas, ha dado en el clavo. Debe de ser cosa de mi madre; las imagino hablando de mí cuando no estoy y criticando todo lo que ellas piensan que debería hacer de otra manera.

—Me asombra lo bien que me conoces y lo pronto que has encontrado una solución a mis problemas. —Le dedico una sonrisa irónica—. Por cierto, hace tiempo que no veo a Matías, ¿mucho trabajo?

La veo ponerse en guardia, aunque su postura dura solo un segundo. Enseguida se relaja de nuevo y me dirige una mirada que no sé interpretar.

—Sí, gracias a Dios ahora no le falta. Tengo el fuego encendido, vuelvo enseguida.

Desaparece y me siento ruin y rastrera por lo que acabo de decirle.

Mi madre le pide a Paula un vaso de agua.

—¿Por qué haces esto? —pregunta una vez que estamos solas.

—No sé de qué hablas.

—Sabes perfectamente de lo que hablo. Deberías comportarte de otra manera con tu hermana, ella no te ha hecho nada.

Paula llega con el agua, aunque la ignoramos, y mi madre me reta con la mirada para que hable. Cojo el vaso y me bebo el contenido de un trago.

—Mamá, ¿puedes venir? Necesito ayuda.

La voz de Dita llega amortiguada por la música de la televisión, que Bruno mira ensimismado. Mi madre se da media vuelta y me deja con Paula, que me quita el vaso vacío que todavía sostengo en la mano. ¿Por qué me resultará tan difícil pedir ayuda? Solo son dos palabras: «Necesito ayuda». ¿Por qué entonces me empeño en guardármelo todo para mí?

Soy reservada, a veces creo que demasiado, por eso todavía no me explico qué me ha hecho hablar y desahogarme con ellas.

Estamos las cuatro sentadas alrededor de la mesa, con el café frío porque nadie lo ha probado, a excepción de Mercedes, que moja en él las galletas y se las come con ganas. De vez en cuando, Paula se acerca a la mesa y coge dos o tres para volver enseguida a buscar más aprovechando que su madre hoy no la controla. No han abierto la boca desde que he empezado a hablar, me han dejado llorar. Deben de pensar que eso ayuda, o quizá están tan asustadas que no me reconocen. Sofía, la mujer fuerte, la que se supone que no echa de menos encontrar a alguien cuando llega a casa, la que no sabe demostrar su amor porque su padre no la enseñó y la que hace de la ironía un escudo para evitar que vean lo que hay debajo. Me gustaría poder levantarme y abrazar a mi madre, abandonarme en sus brazos como cuando era niña, pero parece que tengo el culo pegado a la silla o que una fuerza invisible me empuja hacia abajo, impidiéndome hacerlo.

Cuando termino de hablar permanecemos un momento en silencio, un silencio solo roto por el ruido de fondo de la tele y el golpeteo de la cuchara de Mercedes en el vaso de cristal.

Me tomo el café, que está helado, por tener las manos ocupadas y porque estoy tan incómoda que daría lo que fuera por estar en cualquier otro sitio. Ahora que me he desahogado me parece que estoy siendo exagerada. El único problema que tengo es una carencia, y todos las tenemos. Quitando eso, puedo decir que soy afortunada. ¿Las ausencias de Diego sin el problema añadido de no poder ser madre pesarían tanto como para hacerme estar así? No lo sé.

—Ya sé lo que haremos. —Mi madre habla con ese tono que me da tanto miedo. Se le debe de haber ocurrido algún disparate—. Lo primero es solucionar lo del fin de semana. No porque sea lo más importante, es que es lo más cercano. Dita se irá contigo para que no vayas sola.

La miro como si estuviera loca. Sin embargo, la cara de Dita se ilumina y pienso que más me hubiera valido seguir callada y no haberles dicho nada.

—Me encantaría, nunca voy a ningún sitio.

—No creo que sea buena idea. Será aburrido, es un viaje de trabajo —respondo demasiado deprisa.

—Me imagino que no estarás trabajando las veinticuatro horas —apostilla mi madre.

—No, pero tendré que hablar con gente y no es divertido esperar sin tener nada que hacer.

—Entiendo. No te preocupes, estarás mejor sola —dice Dita, y veo tanta decepción en su mirada que sin pensarlo le digo que sí, que está bien, que puede venir conmigo por el solo hecho de volver a verla sonreír con la mirada.

Y, por segunda vez en el día de hoy, pienso que me arrepentiré de haber cedido.

20

Es muy temprano y ahora me arrepiento de no haber quedado con Dita un poco más tarde. Me temo que tantas horas juntas me pasarán factura. Me he propuesto ser más tolerante con ella, no se merece las contestaciones que le doy. No me he despedido de Diego. Anoche hizo como si no pasara nada, como si ya tuviese que estar acostumbrada a que siempre diga que no. Parecía encantado de que fuera con Dita, dice que así nos conoceremos mejor, que tendremos tiempo para hablar y ponernos al día.

«Un fin de semana de chicas», dijo con esa sonrisa asquerosamente perfecta que me roba el alma.

Tendría que haberle pedido a David una cámara un poco mejor que la que tengo yo. Con la mía sacaré unas fotos de risa, la madre superiora se dará cuenta y tendremos problemas.

Al doblar la esquina y acercarme al portal de Dita, no puedo creer lo que estoy viendo. Detengo el coche y mi hermana, a la que casi no veo porque parece haber desaparecido debajo del abrigo de ante y de un gorro de lana con una borla de color rosa, viene hacia mí. Sonríe mientras arrastra a Bruno con una mano y con la otra una maleta demasiado grande para un fin de semana. Paula camina a su lado con un alzador para Bruno.

—Buenos días. Qué nerviosa estoy. Es la primera vez que viajaremos tan lejos —sigue hablando sola; dice frases cortas que escucho a medias porque tiene medio cuerpo dentro del coche mientras coloca el elevador en el asiento y le pone el cinturón a Bruno. Cuando termina, le ordena a Paula que entre y me acerca la maleta para que la guarde.

—Ayer debería haberme explicado mejor: los niños no pueden venir —le digo todo lo serena que puedo.

—¿Por qué? ¿Qué tiene de malo? No molestarán —contesta sorprendida, como si le hubiera dicho una barbaridad.

—Aunque no molesten, es un viaje de trabajo. Bastante tengo con hacer lo de mi compañero como para hacer de niñera también. Supuse que no tendría que habértelo dicho, que tú sola serías capaz de deducirlo.

—Y yo supuse que ya sabías que no puedo dejar a Bruno. Yo no voy a decirles que no podemos ir, se lo dirás tú. Y Paula te idolatra, por si tampoco te habías dado cuenta de eso.

Cruza los brazos y se da media vuelta, mirando al interior del coche. Se me ocurren montones de cosas que decirle, pero no quiero hacer un espectáculo delante de los niños. No me ha parecido propio de ella chantajearme con el cariño de Paula, eso no le pega. Aun así, rodeo el coche y abro la puerta.

—Tu madre se ha hecho un lío, no podéis venir conmigo. Si se enteran en el trabajo, tendré problemas.

Me mira y, a través de los cristales sucios de sus gafas, puedo ver la decepción escrita en mayúsculas en sus ojos. Me hago a un lado, pero Paula no se mueve, solo me mira, y no puedo soportar más esos ojos taladrándome, así que me acerco y le desabrocho el cinturón mientras murmuro un montón de excusas que me parecen vanas y sin sentido. Tarda unos instantes en moverse, pero finalmente baja del coche, y cierro la puerta de un portazo; odio a Dita. Esta ayuda a Bruno a salir y le da el alzador a Paula. Antes de irme, me agacho delante de ella y le digo que otro fin de semana iremos de viaje. Se lo prometo y le pregunto que si me cree, pero no contesta, solo agarra con fuerza el asiento de su hermano, que balancea golpeándose las rodillas, sin dejar de mirarme. Me subo al coche sin despedirme de Dita y arranco. Por el espejo retrovisor los veo de pie observando cómo me alejo. En este momento, me acuerdo de todos los fines de semana que Diego me ha prometido y no ha cumplido y recuerdo cómo me siento cada vez que me dice que no podrá ser. Sin embargo, no me detengo, sigo conduciendo deprisa para perderlos de vista. Enciendo la radio para no escuchar a mi conciencia y pienso a dónde podría llevar a Paula para compensarla, un sitio que le guste y al que no haya ido nunca. No se me ocurre nada porque no dejo de ver su cara, y sé que nada podrá reparar la desilusión de hoy.

He dejado atrás su barrio, y al pasar por la carretera que conduce al cementerio donde encontré a Matías me siento egoísta, como si también estuviera escapando de algo. He ido a su casa montones de tardes porque me sentía sola y me apetecía estar con ellos, a pesar de que Dita me saque de quicio. Me gusta ponerme esa chaqueta de lana que huele a ella y merendar en el sofá que de tan hundido amenaza con tragarte, y me gusta estar con Paula, sentir sus dedos en mi pelo cuando me cambia el peinado y la manera en que a veces Bruno se sube en mis rodillas y pasa sus manos por mi cara.

Giro bruscamente sin poner el intermitente y doy media vuelta. Conduzco deprisa y pienso en llamar a Dita, pero no es necesario porque están en el mismo sitio donde los he dejado hace diez minutos, a pesar del frío y de que es tan temprano que no hay nadie en la calle y todavía no ha amanecido.

Bruno está sentado en el asiento elevador y Paula en la maleta. Dita está de pie fumando y, al verme llegar, tira la colilla y les pide a los niños que se levanten, y ellos se acercan deprisa hacia el coche.

—¿Qué hacéis aquí con el frío que hace? —le recrimino. Creo que me molesta el hecho de que ella supiera que yo iba a volver.

—Sabía que volverías.

—¿Y cómo estabas tan segura? ¿Y si no lo hubiera hecho?

—La cuestión es que estás aquí. ¿Qué más da, Sofía? Vámonos. —Admiro la forma que tiene de aceptar las cosas, como si la vida fuera complicada porque nosotros la hacemos así.

Arranco de nuevo y saco una chocolatina de la guantera que le lanzo a Paula al asiento trasero. Ella la abre y le da un trozo a Bruno. Dita no dice nada, aunque sé que no quiere que Paula coma chocolate. Si ha querido venir tendrá que aguantarse, será mi manera de vengarme de ella.

El viaje ha ido mejor de lo que esperaba. Me daba miedo que Bruno entrara en una de sus crisis, pero ha estado casi todo el tiempo dormido. Hemos parado alguna vez para que los niños fueran al lavabo y Dita ha llamado mil veces a mi madre, que se ha quedado con Mercedes, para saber si todo está bien. Lo peor ha sido no poder abrir las ventanillas, porque hace frío, y tener que soportar el olor del perfume que se ha puesto Dita. Una de las tardes que fui a su casa le regalé un frasco que me había traído Diego. Debería haberle dicho lo que vale para que lo dosificara.

Mi móvil ha sonado varias veces, pero no lo he cogido. Era Diego. No me apetece hablar con él, y de todas maneras parece que ya estemos separados.

Descargamos las cosas del coche y entramos en el apartahotel. La recepcionista es un poco seca y pone pegas porque la reserva era para dos personas a pesar de que le digo que pagaremos la diferencia. Después de un rato, accede y nos entrega la llave.

Al ver la habitación pienso que las cosas no podrían empezar peor: no es que vayamos a vivir aquí, pero el lugar es de todo menos acogedor. Un sofá cama con una funda antigua y una mesa de centro es lo único que hay en la primera estancia; al otro lado, una nevera pequeña, un fregadero, un fogón y un armario alto, todo viejo y desgastado por el uso. A través de una puerta se accede al cuarto , que no presenta mejor aspecto. La cama ni siquiera tiene cabezal, es un somier con patas, y la manta que la cubre parece de las que utilizan en las mudanzas para proteger los muebles. Dita está encantada, se tumba en la cama y dice que es comodísima. Deja los abrigos en el armario y abre la maleta, de la que empieza a sacar la ropa, que guarda en los estantes.

—Solo estaremos un día y medio, no hace falta que saques las cosas.

—Así es más cómodo y no se arruga. ¿Quieres que deshaga la tuya? —dice señalando mi bolsa de viaje.

—No, estaremos casi todo el día fuera, no tendremos tiempo de cambiarnos de ropa.

Todavía estoy enfadada y se lo hago saber por la manera en que le hablo. Mis planes de portarme bien con ella desaparecieron en el momento en que la vi con los niños en la puerta de su casa.

—Vale, como quieras. Vamos a desayunar, los niños tienen hambre.

Con sorpresa, la veo sacar una bolsa que deja encima de la mesa. Ha traído un bizcocho, batidos de cacao, zumos, galletas y cereales integrales para Paula.

Desayunamos apretujados en el sofá, y, aunque me gustaría poder resistirme y no probar el bizcocho para hacerle ver que sigo enfadada, no soy capaz; está delicioso. Me pregunto cómo pretende que Paula coma cereales integrales teniendo todo esto a la vista. Y no sé cómo lo hace, pero parece que me lea el pensamiento. No es la primera vez que pasa: un pensamiento cruza mi mente y al instante ella reacciona dándome una pequeña lección.

—Mientras desayunáis, voy a cambiarme de ropa. Me pondré cómoda si tenemos que callejear por ahí. Cuando terminéis, ayuda a tu tía a recoger las cosas.

Paula asiente, porque tiene la boca llena de cereales, que escupe en la servilleta en cuanto nos quedamos solas. Se apresura a comerse un trozo de bizcocho que acompaña con un batido; mastica deprisa mirando a la puerta por si vuelve su madre. Nos da tiempo de sobra y, al salir Dita, veo que lleva la misma ropa que traía puesta y las mismas bambas de lentejuelas doradas, no se ha cambiado.

—¿Podemos irnos ya? No quiero perder el tiempo.

—Claro, yo ya estoy lista, cojo un par de cosas y ya está.

Podría ir sola y dejarlos a ellos a su aire, pero me da miedo que se pierdan. Hace ir a los niños al lavabo y ella llena una mochila con botellas de agua, galletas, toallitas húmedas, un plano del metro manoseado y viejo, una muda para Bruno y una caja de pastillas. Yo tengo suficiente con una libreta, un bolígrafo y la cámara digital.

21

Está nublado y el cielo parece de acero, hace frío y la humedad se cuela por la ropa. Intento no pensar demasiado en cómo podré realizar mi trabajo con ellos conmigo. El apartamento está muy cerca de la basílica donde veneran a la santa milagrosa y, al acercarnos, vemos que las calles bullen de actividad.

La cola para entrar es tan larga que me temo que será imposible hacerlo. Los dejo a ellos guardando sitio y voy a curiosear. Vuelvo enseguida sabiendo que tengo un problema. El vigilante de la entrada me ha dicho que la gente hace cola desde muy temprano, así que mañana tendremos el mismo contratiempo. Me he informado del precio de la entrada, que me ha parecido abusivo, y he hablado con la encargada de vender las velas. Parece ser que la madre superiora tenía razón: esto es un negociazo. Si no conseguimos entrar, tendré que inventar algo. Vuelvo a buscarlos y les hago un gesto para que se acerquen.

—¿Qué pasa? ¿Nos van a colar? ¿Les has informado de que eres periodista? —Dita sigue convencida de que pasaremos por delante de la marea humana que rodea la basílica.

—Nos vamos. No podremos entrar, hay muchísima gente; es absurdo estar aquí para nada.

—Pero no podemos irnos. —Se detiene. Casi grita al decirlo.

—¿Por qué? Ya hablaré con la gente del pueblo, siempre tienen algo que contar.

—Pero ¿y el deseo?

—¿Qué deseo?

—El que hemos venido a pedir —dice abatida, y pienso en cómo es capaz de creer en esas cosas.

—Yo no he venido a pedir nada, he venido a trabajar. —Miro a los niños y me doy cuenta de que hoy es la segunda vez que nos ven hablar en un tono más alto del que sería normal en una conversación fluida.

—No puedes perder la fe, ¿qué nos queda entonces?

Le doy la cámara a Paula y le digo que haga fotos de lo que quiera sin alejarse demasiado. Se la dejo preparada y le explico cómo tiene que hacerlo. Cuando estoy segura de que no nos escucha, hablo con Dita.

—No voy a meterme con tu fe, aunque he de decirte que no me pega nada que seas una persona religiosa, pero te pido que tú no te metas con la mía.

—Bruno quiere agua.

Bruno rompe la tensión y lo agradezco, porque no tengo ganas de discutir. Dita no dice nada, me mira y no sé qué es lo que piensa. Su expresión es de tristeza, pero no la clase de tristeza que sientes cuando ha ocurrido una desgracia. Parece que me tenga lástima. Bruno insiste, y cuando aparta la mirada de mí para sacar la botella de la mochila siento alivio.

Dejamos atrás la multitud y curioseamos las tiendas; caminamos en dirección contraria a la gente, todo el mundo se dirige al mismo sitio. Después de un rato, encontramos una iglesia mucho más pequeña que la que hemos dejado atrás y entramos. Está descuidada y sucia, además de vacía. Las imágenes están llenas de polvo, igual que los paños que cubren el altar, y la humedad ha desconchado las paredes. No me explico cómo, estando en un sitio tan turístico, está tan abandonada. En el suelo, al lado de una columna, hay excrementos de paloma; deben de haber anidado en el techo. Paula sigue haciendo fotos a pesar de que hay un letrero en la entrada que lo prohíbe, pero como estamos solos no importa. Vamos rodeando la iglesia y me llama la atención la imagen de una virgen, no por nada en especial, es igual que todas, si no fuera por la cantidad de papeles que hay a sus pies. Hojas dobladas y lanzadas desde la cuerda que hace de barrera y que se amontonan en una pila en el suelo. Algunas están abiertas y puedo leer lo que pone: frases en francés que entiendo a medias. Debe de hacer mucho que están aquí, el paso del tiempo ha amarilleado el papel, dándole un color de pergamino antiguo.

Dita está muda, lo observa todo y se detiene delante de cada imagen con recogimiento para rezar o pedir algo, no sé. Me da reparo mirarla mientras observa las imágenes con la cabeza levantada, como si estuviera hablando con ellas. Solo rompe el silencio al llegar a mi lado y ver los papeles amontonados a los pies de la peana.

—Debe de ser milagrosa, y estos serán los deseos de la gente —dice señalando las hojas dobladas.

—Supongo que no haría muchos milagros a la vista de lo sola que la han dejado para irse a la competencia.

—A veces la gente no elige bien.

Bruno pasa la locomotora del tren por los bancos de madera vacíos y Paula sigue haciendo fotos. No han dado ningún problema ni se han quejado del frío ni del aburrimiento. En realidad, parece que no están.

—Tenemos que pedir un deseo. Si el destino nos ha traído hasta aquí será por algo —dice mi hermana entusiasmada.

—No ha sido el destino, ha sido mi jefa.

No se enfada. Sonríe como hace casi siempre y rebusca en la mochila que lleva colgada a la espalda hasta que saca un paquete de pañuelos de papel.

—Lo escribiremos aquí, no tengo otra cosa.

Yo llevo una libreta en el bolso, pero no se lo digo, no pienso escribir nada. Me da un clínex, que guardo en el bolsillo mientras ella se da la vuelta para que no vea lo que anota. Cuando termina, lo dobla con cuidado y lo lanza encima de la pila.

—¿Y el tuyo?

—Ya lo tiré, cayó por detrás. Espero que eso no sea un obstáculo para que lo lea —me burlo de ella.

—Claro que no. Si lo has pedido con el corazón, ella lo sabrá.

Le digo que mejor salimos ya, aquí dentro no encontraré lo que he venido a buscar. Una vez fuera, y después de haber andado unos pasos, toco mis bolsillos como si buscara algo; después miro en el abrigo, en los tejanos y luego en el bolso.

—Creo que me he dejado el móvil encima de algún sitio: lo saqué y no lo encuentro. Vuelvo enseguida, esperadme aquí.

Echo a correr para evitar que me sigan y entro de nuevo en la iglesia. Voy directamente hasta la imagen donde hace menos de un minuto Dita dejó caer el pañuelo. Miro a mi alrededor, aunque sé que no hay nadie. Busco con la mirada y no me resulta difícil encontrar su «deseo»: es el único que está escrito en un pañuelo de papel. Echo el cuerpo hacia delante, estiro el brazo y lo cojo. Antes de abrirlo, vuelvo a mirar a mi alrededor para asegurarme de que sigo sola.

DESEO QUE MI HERMANA SOFÍA SEA MADRE.

La vergüenza me golpea de lleno cuando leo lo que ha escrito. He vuelto aquí para ver qué cosa absurda se le habrá ocurrido y, a pesar de que a mí se me ocurren montones de ellas que le hubieran hecho la vida más fácil, ella ha pedido algo para mí. Vuelvo a doblar el papel con cuidado y lo dejo donde estaba. Salgo de la iglesia y, al ver a Dita a lo lejos posando con Bruno y con Paula mientras alguien les hace una foto, siento envidia de ella. La primera vez que la vi pensé que parecía feliz, y no me equivoqué. A pesar de que no tiene una vida fácil, porque estar con Bruno es agotador, nunca la he escuchado quejarse. La mayor parte del tiempo él está como ausente, pero cuando se empeña en que no quiere hacer algo es casi imposible lograr que lo haga. No puedes mantener una conversación coherente con él y solo habla cuando quiere. Además de la falta de dinero, que no ayuda.

Tengo la manía de comparar a las personas con animales. Antes pensaba que si Dita fuera un animal, sería una ardilla: es menuda y nerviosa, no para, va de un sitio a otro, siempre deprisa y con las manos ocupadas. En cambio, ahora que la veo agarrando a sus hijos de los hombros y acercándolos a ella, veo a una leona que haría cualquier cosa por protegerlos. Me arrepiento de haber leído lo que ha escrito, no porque piense que no se cumplirá, no creo en milagros, sino porque hace que me sienta peor persona. Yo nunca hubiera pedido nada para ella.

El sol intenta abrirse paso a través de las nubes, que parecen de algodón de azúcar. Dita, al verme, me hace un gesto con la mano para que me dé prisa y le pide al hombre que les hacía la foto que nos haga una a los cuatro.

—Sáquenos guapas —le dice. Aunque seguramente él no entienda nada, sonríe y nos pide con un gesto que nos juntemos un poco más.

Le da las gracias más veces de lo que sería necesario. Y no sé si será porque el sitio donde estamos es precioso y parece que tiene magia —las calles estrechas con las casas de piedra, la muralla que rodea la ciudad— o porque me ha emocionado lo que he descubierto cuando he vuelto a la capilla, pero no me molesta que lo haga, ni me avergüenzo de ella como me ha pasado en otras ocasiones. Decido disfrutar del día con ellos dejando aparcado el reportaje: será imposible entrar en la basílica. Si puedo, aprovecharé las fotos que hizo Paula; si no, buscaré en Google alguna del interior, debe de estar lleno de ellas.

Buscamos un sitio para comer ahora que todavía es temprano; Bruno tiene hambre y después habrá cola en todos los sitios. Entramos en una pizzería, nada típico, pero es lo que mejor comerá él. A diferencia de la recepcionista, la camarera es muy agradable, y la decoración es bonita y el sitio está limpio. Miro el móvil y veo que tengo un montón de wasaps de Diego, pero no los abro, lo castigo con mi indiferencia. Me pregunto si Matías hoy también irá al cementerio o se irá a casa a sentarse en el sofá y tomarse una cerveza mientras lee un libro. Dita coge el teléfono con la intención de volver a llamar a nuestra madre y se lo quito de las manos para guardarlo en mi bolso.

—Nada de móviles. Cuando crucemos la frontera te lo devolveré.

—Tengo que saber cómo está mi madre.

Me parece extraño que siga llamando «mi madre» tanto a su tía como a su madre biológica, que también es la mía.

—Tu madre estará bien, está con la mía —bromeo.

—¡Qué sitio más bonito! —dice después de resignarse a quedarse sin móvil—. ¿Sabes cuánto tiempo hace que no vamos a comer a un restaurante?

—No sé. ¿Unos meses? ¿Desde las vacaciones de verano?

—Desde el bautizo de Bruno.

No lo dice resentida, ni triste o resignada, sino como simple información, como todas las cosas que me cuenta que a ella le parecen naturales y a mí me producen tristeza. Me había dado cuenta de que no nadan en la abundancia; sin embargo, no imaginaba que no pudieran permitirse algún capricho de vez en cuando. Por eso me parece más generosa, y yo me siento más egoísta por no saber disfrutar de lo que tengo. Mientras comemos no para de hablar, me recuerda a nuestra madre, y cada vez que viene la chica que nos atiende le recuerda lo guapa que es. Le pide que nos haga una foto y volvemos a posar los cuatro juntos.

—¡Sonríeee! —me dice entre dientes sin dejar de mirar a la cámara.

22

—¿Te has dado cuenta de que «mamá» se dice igual o de forma muy parecida en todos los idiomas del mundo? —me pregunta Dita mientras mira a un niño que se ha caído y llama a su madre, que se acerca presurosa a consolarlo—. Cuando descubrí que a la que llamaba mamá no lo era, ya era tarde para dejar de hacerlo.

Su confesión me pilla desprevenida; estamos sentadas al sol en un parque mientras Paula y Bruno se tiran por el tobogán y se balancean en el columpio por turnos.

—No sé si eso será realmente así, ¿lo has buscado en internet? —Quizá no es la respuesta que ella esperaba, pero estoy agotada psicológicamente. El no poder tener hijos me supera y hace que me convierta en un ser espantoso a ratos. Debería ser más empática y mostrar más interés en conocer su pasado. Al fin y al cabo somos hermanas, aunque no la sienta como tal.

—No recuerdo con qué edad me di cuenta de que mis padres no eran como los de mis amigas. No dormían juntos, no se besaban ni se llamaban «cariño» o alguna cosa parecida, como hacían los otros padres. —Dita parece que no se ha dado por aludida ante mi falta de interés y sigue hablando—: Al principio pensaba que no se querían y que cualquier día se iban a separar. Los observaba para ver si encontraba pistas de que eso fuera a suceder, pero era otra cosa diferente. Que se querían era evidente, así que no podía ser eso. Un día, mi padre me dijo que iba a contarme un cuento. Yo ya era mayor para eso y recuerdo que sentí vergüenza al estar con él escuchando una historia que me parecía de niños pequeños. A medida que avanzaba el relato, me di cuenta de que la historia que me estaba contando era la nuestra. No es la misma que sé ahora: la adornó de manera que nadie quedara mal. Cuando terminó, quise a mi tía mucho más de lo que la quería ya. Por eso, cuando deshago lo que teje durante el día porque no tengo para comprarle lana nueva, pienso que soy una desagradecida y que no le estoy pagando todo lo que hizo por mí. ¿Te parezco una mala persona por eso?

—No digas tonterías, las malas personas hacen otras cosas.

—No me puedo creer que Dita considere que es una mala persona por deshacer la labor de punto que hace su tía cada noche. Eso me demuestra que tiene mucho mejor fondo de lo que ya pensaba.

Dita se queda en silencio y tengo curiosidad por saber qué le dijo su padre sobre nuestra madre. Sin embargo, yo también permanezco en silencio porque creo que esa parte de su historia no me pertenece saberla.

—¿Por qué no se casó nunca? —pregunto.

—¿Mi tía o mi padre?

—Cualquiera de los dos.

—Ella no lo sé. Mi padre estoy segura de que no pudo olvidar. No sería de mucha ayuda tener en casa una réplica de la mujer a la que había querido. Mamá me ha enseñado fotos de cuando era joven y es increíble el parecido que tenemos.

—¿Se lo has dicho a ella?

—¿Que la quería?

—Sí.

De repente tengo ganas de llorar. Mi madre no se merecía que el destino la tratara así en asuntos del corazón, y me propongo ser más generosa con ella y con su relación con Dita.

—¿Puedo preguntarte una cosa? —le digo sin mirarla.

—Claro, somos hermanas —contesta repitiendo la broma que hace a menudo. Parece que necesite decir que somos hermanas a cada momento, como si a fuerza de decírmelo muchas veces quisiera convencerme porque yo tengo dudas.

—Tus abuelos eran ricos, algo tuvo que pasar para que viváis con estrecheces.

Dita suelta una carcajada y me mira divertida.

—¿Quién te ha dicho eso?

—Mamá.

—Ser ricos en un pueblo que es casi una aldea no tiene ningún mérito. Las cosas aquí no fueron tan fáciles, y, aunque hubiera sido así, mi padre nunca tuvo buena relación con ellos y mi tía tampoco. No tengo muchos recuerdos de ellos, los vi poquísimo.

Permanecemos unos instantes en silencio, y no sé si es por el ambiente del lugar donde estamos, pero siento la necesidad de preguntarle otra cosa.

—¿Si te pregunto algo, serás sincera conmigo?

—Siempre lo soy, no me gustan las mentiras —dice molesta, como si con mi pregunta estuviera cuestionando todas las cosas que me ha contado hasta ahora.

—¿Crees que mamá ve a los muertos de verdad y que habla con ellos?

—Claro que sí. ¿Por qué iba a fingir algo así?

—Puede que sea una manera de poner en boca de otros lo que no se atreve a decir ella para evitar una situación incómoda.

—A veces hay que inventarse otro mundo para sobrevivir. Es una forma de adornar lo que te ha tocado vivir porque, de lo contrario, perderías la cordura. Si les pasara algo a Bruno o a Paula, no podría superarlo. No sé de qué manera podría hacerlo, pero tendría que encontrar una. La suya me parece tan buena como otra cualquiera.

Dita me descoloca. Afirma que cree a mi madre y al instante dice que puede que sea una invención. No debería haberle preguntado nada.

De repente saca un espejo del bolso y se retoca el pintalabios, se limpia los dientes que se había manchado de rojo y me pregunta si tiene restos de carmín mientras me enseña la dentadura.

—Perfecto —dice cuando le respondo que no—. Sin las gafas de cerca no veo bien.

Dita habla de las cosas profundas como lo haría de cualquier situación cotidiana y sin importancia, y no sé si eso es bueno o malo, pero, si a ella le ha servido para sobrevivir, me parece bien.

Al llegar al apartahotel me dejo caer en el sofá, estoy cansada. En cambio, Dita prepara la ropa de Bruno y se lo lleva a la ducha. Paula se sienta a mi lado y me pide que veamos las fotos que ha hecho. Hay montones, ha fotografiado todo lo que ha visto. La mayoría no sirven para nada, están borrosas, pero algunas pueden salvarse. Al llegar a las que estamos los cuatro me detengo a observarlas. Aunque la que me devuelve la mirada desde la pantalla soy yo, no me lo parece. Tengo una familia a la que hace unas semanas no conocía. En mi vida solo había soledad y vacío, ahora que podría llenarla me siento igual de vacía y de sola. Soy injusta con Dita y no me explico por qué. Debería hacer un esfuerzo. Si no la veo la echo en falta, y cuando llevo un rato con ella me desquicia. Si miro a mi madre cuando estamos las tres juntas, la veo en tensión, esperando a que yo diga cualquier cosa de manera seca o fuera de lugar, y pienso que no se merece mi comportamiento.

—Qué guapa estás —dice Paula señalándome en la pantalla de la cámara.

—Qué va, si salgo fatal. Tú sí que estás guapa.

—Yo no soy guapa.

—¿Quién ha dicho eso?

—Las niñas de mi clase —susurra.

—Bah, qué sabrán ellas. Eres muy guapa, se inventan eso porque son unas envidiosas.

Me mira, duda de si la estoy engañando o si creo de verdad en lo que le he dicho.

—La apariencia física no es lo más importante de este mundo —le digo.

—Eso lo dirán las guapas.

—Hay personas que brillan, tienen luz y desprenden magia, pero ellas no lo saben, por eso se esconden dentro de una concha. Tú tienes todo eso. Te darás cuenta cuando seas mayor. Yo lo vi el primer día que te conocí.

Baja la mirada, como si le diera vergüenza escuchar halagos hacia ella porque no está acostumbrada.

—¿Mi madre brilla? —pregunta mirándome de nuevo.

—Sí. —No tengo que pararme a pensarlo. Dita brilla y desprende magia, siempre tiene las manos cálidas y, a pesar de ser un remolino, transmite sosiego y paz cuando te toca.

Desde el baño llega el eco de la lucha que mantiene con Bruno, que no quiere meterse en la bañera; no está acostumbrado a salir de sus rutinas.

—¿Qué te parece si vas a ayudar a tu madre?

Me quedo sola y cierro los ojos para escuchar y empaparme del ruido, porque es la primera vez desde hace tiempo que a esta hora de la tarde no estoy rodeada de silencio.

El sonido de un wasap me hace abrir los ojos y estirar la mano para coger el móvil. Es de mi compañero David, una foto. La abro y lo veo con un bebé en brazos. Amplío la imagen. No para mirar a la niña, sino para mirarlo a él. Su sonrisa traspasa la pantalla y me llega al alma desde miles de kilómetros, y me alegro por él.

23

Hace un rato que hemos terminado de cenar. No cabemos los cuatro en el sofá, por lo que estamos incómodos, así que propongo que nos vayamos a dormir; mañana tenemos que madrugar. Abrimos el sofá cama y ponemos las sábanas, Dita en un lado y yo en el otro. Ella no las ajusta bien, no las remete por debajo de los cojines y las deja arrugadas, tira de la manta hacia arriba de cualquier manera, dejando que arrastre por la parte de abajo.

—¿Te importa poner la manta bien y estirar un poco las sábanas? —le pregunto.

—Si solo será para una noche, ¿qué más da?

—No podré dormir si la cama no está bien hecha.

Me mira y me gustaría que me dijera que no, que no las estira porque en ese lado dormirá ella o cualquier otra cosa. Me molesta que siempre quiera complacerme. Por un instante pienso que lo hará y la empujo con la mente: «Venga, dilo, di que no», y por una milésima de segundo veo en sus ojos las ganas de decir que no. Solo dura eso, una milésima de segundo; enseguida cambia el gesto y sonríe.

—No me importa, no cuesta nada. Es que estoy acostumbrada a hacer las camas deprisa por las mañanas.

Mientras habla, tira de las sábanas con fuerza, alisándolas con las manos una y otra vez. Coloca el embozo de tal manera que ahora el lado que parece mal hecho es el mío.

—Ya está. Yo dormiré con Bruno, ¿te importa dormir con Paula?

—No, está bien. Dormiremos aquí, Bruno estará mejor en la cama.

—Ahora te la mando. Si quieres, que duerma en ese lado —dice señalando con la cabeza la parte que hice yo, que comparada con la suya se ve desastrosa.

Es su manera de decirme que sabe que lo de no poder dormir no era verdad. No lo hace con malicia, lo sé, y me siento mal otra vez por pincharla continuamente. Nadie me obligó a venir con ellos. Al contrario: di la vuelta para recogerlos. No debería estar enfadada con ella, sobre todo porque no es la culpable de que me moleste su forma de ser.

Me estoy poniendo el pijama y la veo asomar la cabeza por la puerta.

—Buenas noches y gracias por traernos contigo.

—Buenas noches.

Me acuesto en mi lado de la cama y desordeno un poco el otro antes de que llegue Paula.

Se mete debajo de las sábanas. Siento cómo se mueve y escucho el clic de las patillas de las gafas al cerrarlas. Estoy bocarriba, ella se acuesta de lado dándome la espalda y tira de la ropa de cama. No estoy cómoda. Desde que vivo con Diego no he dormido nunca con nadie más, ni siquiera con mis amigas cuando hemos hecho alguna escapada, y la cercanía de Paula se me hace rara. No para de moverse, cambia de postura mil veces hasta que parece haber encontrado la que le gusta y se queda quieta. Espero un rato y, cuando creo que se ha dormido, cojo el móvil y le escribo a Diego. Me arrepiento de no haberlo hecho antes. No debe de entender nada, ahora mi comportamiento me parece infantil e inmaduro. Tenemos cosas que arreglar, pero esta no es la manera. ¿Por qué últimamente tengo la sensación de que no hago nada bien?

Paula se da la vuelta y de un manotazo me tira el móvil: se ha quedado dormida. Lo busco a tientas y, cuando lo encuentro, alumbro de lejos su cara. La observo detenidamente y reparo en lo guapa que es. Tiene las pestañas muy largas y espesas y los labios son carnosos y bien perfilados. Me atrevo a decir que dentro de unos años será una belleza y las niñas que ahora se ríen de ella la envidiarán. Aparto el móvil bruscamente porque vuelve a cambiar de postura, aunque no se despierta. Cierro los ojos, si no la veo y para de moverse será como si estuviera sola. Entonces la huelo, el olor del champú que ya me resulta familiar me recuerda que estoy acompañada. He cerrado los ojos para no verla, pero no puedo dejar de respirar, así que intento relajarme. No entiendo por qué estoy tan tensa, puede que se deba al hecho de haber crecido sola o a lo poco cariñoso que era mi padre; el caso es que no logro dormir.

Diego ha visto mi mensaje y no me ha contestado, estará enfadado. Paula hace un ruido al respirar que me recuerda a un aspersor cuando escupe el agua, bup, bup, bup... La muevo con cuidado a ver si para: ese ruido me pone nerviosa. Entonces se gira y estira el brazo, dejándolo caer encima de mí. La agarro por la muñeca y le levanto el brazo para intentar deshacerme de ella. Debe de estar soñando, porque murmura algo que no entiendo y se acerca más a mí. Me siento secuestrada, pero por lo menos ya respira con normalidad.

Cuando abro los ojos, Dita espera sentada en una silla con la maleta a su lado. Bruno está encima de sus piernas con la mirada perdida; me gustaría saber qué piensa cuando está así.

—¿Por qué no me has despertado? —le pregunto incómoda pensando que ha estado observándome mientras dormía.

—Me daba pena, y no tenemos prisa.

Paula ya no está en el sofá conmigo. Oigo el sonido del agua en el lavabo, estará arreglándose. Voy a vestirme a la habitación y, cuando salgo, Dita ha quitado las sábanas, las ha doblado y ha cerrado el sofá.

El cuerpo me pide decirle que por qué lo ha hecho. Las sábanas las van a lavar y se supone que en un hotel no has de hacer la cama. Esta vez me callo y no digo nada. Ha preparado el desayuno con los restos de lo que traía y no nos terminamos ayer. Después de desayunar, se empeña en fregar los vasos, y dejo que lo haga. Me he propuesto no decirle nada, que haga lo que quiera, a ver si soy capaz.

Paseamos un rato por las mismas calles estrechas por las que lo hicimos ayer y decidimos que será mejor irnos ya y comer en casa. Dita dice «en casa» como si su casa fuera también la mía, por eso cuando llegamos los llevo a mi piso.

Es un piso grande, aunque la decoración es sencilla: a Diego y a mí no nos gustan los ambientes recargados, pero Dita parece que esté visitando el palacio de Buckingham. Lo observa todo mientras pasa la mano por los muebles, diciéndome lo bonito y acogedor que es. Pedimos comida preparada y ella protesta alegando que es un gasto innecesario, aunque en el fondo está encantada. Comemos deprisa y los llevo a su casa; estoy cansada del viaje y no quiero que Diego los encuentre cuando llegue. Hoy no es el día para que se conozcan, primero tenemos que arreglar lo nuestro.

Dita les dice a los niños que suban y nos quedamos solas. Me preparo para una escena sentimental donde me da las gracias por haberlos llevado conmigo, por lo bien que lo han pasado, por no haberla dejado pagar nada y muchas cosas más. Como casi siempre, me sorprende. Se acerca a mí y mira a los lados como si fuera a contarme un secreto.

—¿Te acuerdas de la china muerta?

—Sí, cómo olvidarla —digo poniendo los ojos en blanco.

—Creo que sé quién la mató.

—No digas disparates, ni siquiera sabes si la mataron.

Estoy muy cansada y todavía tengo que escribir el artículo; no tengo ni una foto que pueda aprovechar, y si no hago algo medio bueno, la que estará muerta mañana seré yo.

—No me crees —musita entristecida.

No me apetece empezar una de esas conversaciones como las que tengo con mi madre y en las que nunca nos ponemos de acuerdo.

—No es eso, es que no tienes pruebas y así será muy difícil demostrarlo —le respondo muy seria. Parece no darse cuenta de que me estoy burlando de ella.

—No había pensado en eso. Me da pena esa mujer, tú no la has visto. Aunque está muerta, está desesperada. Buscaré pruebas. Si las consigo, ¿me ayudarás?

—Claro, pero no puede ser cualquier cosa, tienen que ser pruebas determinantes —digo mirando a ambos lados, igual que hizo ella antes. Me estoy divirtiendo y me cuesta contener la risa. ¿Cómo puede ser tan ingenua?

—Me voy, mañana hablamos.

Me da un beso y sé que me habrá dejado la marca de los labios estampada en la mejilla, además del olor a fruta dulce del perfume pegado en la piel. La veo alejarse y me pregunto si realmente es mi hermana, porque no podemos ser más diferentes.

De camino a casa llamo a mi madre; el ruido de fondo me dice que está en casa de Dita. Cuelgo enseguida: es imposible hablar con ella, interrumpe nuestra conversación a cada momento para contestarle a ella.

Al abrir la puerta veo que la llave está echada. Pensaba que estaría Diego, hoy es domingo, se supone que no trabaja. Me recibe el mismo silencio de siempre y al que no me acostumbro. Llamo a casa de Dita.

—¿Sí?

No contesto, simplemente escucho ruido: el sonido de fondo de la tele, el pito de la locomotora que Bruno tiene casi siempre en marcha, la voz de mi madre que llega lejana, Paula llamando a su madre...

—¿Sí? —repite Dita—. ¿Os podéis callar un momento?, no escucho nada. —Esto último suena lejano, parece que hubiera girado la cabeza para dirigirse a ellos.

No contesto. Permanezco en silencio escuchando.

—¿Sofía, eres tú?

Cuelgo deprisa como si pudiera verme a través del teléfono y descubrir que soy yo. Enciendo la tele: una película antigua en blanco y negro aparece en la pantalla. Me da igual, no cambio de canal, solo subo el volumen. Enciendo también la de la cocina y la de la habitación, meto un cedé en el equipo de música y le doy al Play, conecto el móvil al altavoz y pongo un vídeo de YouTube. Cuando no queda ni un solo aparato en casa del que pueda sacar algo de ruido, me meto en la ducha, y cuando estoy debajo del agua, lloro por la ausencia de sonidos en mi vida.

Cuando llega Diego, me encuentra en el sofá con el pijama viejo, ese que lleva escrita esa frase y que me empeño en ponerme porque me niego a pensar que no sucederá, y con todos los aparatos encendidos. Me mira con pena; no se asombra, al menos es lo que me parece cuando nuestros ojos se encuentran.

—Nena, ¿estás bien? —pregunta mientras me aparta el pelo de la cara.

Alarga la mano para coger el mando de la tele, pero yo soy más rápida y lo agarro primero. Intenta quitármelo con cuidado, lo miro y retira la mano despacio. Se levanta y coge su móvil; lo veo deslizar los dedos por la pantalla y enseguida suena una canción, es una que sabe que me gusta mucho y que escucho cuando estoy baja de moral, que últimamente es casi siempre. Me gustaría que se acercara y me abrazara, pero he debido de darle miedo, porque tira el móvil encima del sofá y me deja sola. Enseguida oigo el sonido del agua. Me levanto y entro en el lavabo, me meto en la ducha con él sin desnudarme; no me ha escuchado entrar a causa del ruido que hay, por eso se sobresalta cuando lo abrazo por la espalada. Se da la vuelta despacio y me abraza. No dice nada, solo me abraza, y así estamos un rato, dejando que el agua que nos cae encima se lleve mis lágrimas.

24

Al levantarme doy gracias por estar sola. No sé qué le diría a Diego, creo que no me entiende. Siento como si la cabeza me pesara una tonelada y no he escrito nada para llevarle a mi jefa. Enciendo el ordenador, paso las fotos que hizo Paula y elijo una donde se ve la fila de personas que esperan para entrar a la iglesia, que está hecha desde atrás, por lo que toda la gente aparece de espaldas.

No me había dado cuenta, pero hay una mujer que destaca entre las demás personas. Hago grande la imagen y la miro con detenimiento. El abrigo y los zapatos de tacón que lleva son muy bonitos y parecen caros, igual que el bolso. Es la única que está girada hacia la cámara, se ha puesto un pañuelo en la cabeza y unas gafas de sol grandes de pasta negra a pesar de que ese día estaba nublado. Parece de otra época, una mujer de los años sesenta. Me pregunto qué problema la atormentará para ir a pedir un milagro. Da la sensación de ser una persona culta, no me pega verla ahí.

Edito la foto y la paso a blanco y negro dejándola en color solo a ella. Es un recurso manido, pero en esta ocasión me gusta. El resultado es bueno, parece que esté hecho a conciencia, que se haya puesto ahí para la foto sin que ese fuera su sitio, una mujer refinada rodeada de gente tosca. Escribo algo rápido para salir del paso, omito el fraude al que se supone que están sometiendo a quien se quiere dejar engañar, hablo de lo que me ha transmitido esa mujer de la foto: desesperación y esperanza a partes iguales. Leo el texto y lo dejo tal cual, no corrijo nada. Es un texto sencillo, con toques sensibles, sin caer en lo cursi. Salgo pitando para la oficina, no quiero llegar tarde.

La mañana no ha ido tan mal. La madre superiora nos ha felicitado por nuestro trabajo, aunque no ha dejado de apostillar que no era lo que había pedido. Debe de ser mucho mejor de lo que creo. De lo contrario me hubiera lanzado los papeles a la cara para terminar diciendo que no puedo desobedecer sus órdenes y que no me paga para que escriba basura. Salgo a comer y a poner un poco de orden en el caos que reina en mi mente.

En la entrada me encuentro a mi madre hablando con la chica de recepción.

—Mamá, ¿qué haces aquí?

Resulta evidente que está disgustada. Sonríe al acercarse, pero es una sonrisa forzada.

—Ha pasado algo.

—¿Qué ha pasado? —No se me ocurre qué puede ser—. ¿Estás bien? —digo cogiéndola de los brazos.

—Sí, no me pasa nada. Es Paula.

Cuando la escucho nombrarla me doy cuenta de que en ningún momento pensé en mi nueva familia. No me he acostumbrado a que ya no somos dos. Llevamos tanto tiempo solas que no me habitúo a que ahora ya no lo estamos.

—¿Paula? —repito sin atreverme a preguntarle qué le ha pasado.

—Está en el hospital.

—¿En el hospital? —vuelvo a repetir. Mi madre asiente y yo no digo nada, espero a que sea ella la que hable porque tengo miedo de escuchar lo que va a decirme.

—No te preocupes, no es grave. La han agredido unas niñas del colegio, no sé nada más, es todo lo que me ha dicho Dita cuando me ha llamado. ¿Vendrás conmigo?

—Claro.

De camino al coche, se agarra de mi brazo; yo ando deprisa y tengo que tirar de ella. Durante el trayecto no para de hablar, como hace siempre, pero no la escucho. Pienso en Paula y en cómo ha debido de sentirse mientras esas niñas la golpeaban, y lo peor de todo es cómo va a poder volver al colegio.

Entramos en el hospital y al final del pasillo veo a Matías con las manos en los bolsillos paseando delante de la puerta de la habitación. Cuando llegamos, mi madre lo abraza, y me gustaría decirle que lo deje porque parece que le esté dando el pésame.

—Hola —lo saludo cuando mi madre lo libera de su abrazo.

—Hola. Podéis pasar si queréis, yo estoy aquí porque dentro hace un calor insoportable —dice, dando una explicación que no le hemos pedido. Asomo la cabeza y no veo a Bruno, le pregunto por él a Matías y me comenta que está con la logopeda; es la única que puede hacer de canguro con él.

Al entrar en la habitación y ver a Paula en la camilla siento una pena infinita por ella y odio hacia las niñas que le han hecho esto. Dita se levanta y nos besa.

—Estamos esperando los resultados de la ecografía —nos informa mientras se retuerce las manos.

Desde que la conozco es la primera vez que la veo así: parece haber encogido, y la pintura de los ojos se le ha corrido a causa del llanto y la hace asemejarse a un mapache.

—Hola —le digo a Paula mientras me acerco a ella, que se da la vuelta en la camilla y nos da la espalda. Dita se acerca, le pone una mano en el hombro con cuidado y le pregunta si está bien, ella se mueve para librarse de su contacto y no contesta.

—Vamos a tomar un café —le ofrece mi madre a Dita.

—No me apetece.

—Yo me quedaré con ella, te irá bien ese café.

Dita me mira como si estuviera valorando dejar a Paula aunque esté conmigo. Finalmente sale de la habitación y nos quedamos solas. Cojo la silla y la pongo al otro lado de la cama para estar frente a Paula. Cuando me ve, cierra los ojos. Siento tanta pena al mirarla que me atrevo a decir que nunca he sentido un dolor tan grande, ni siquiera cuando murió mi padre, ni tampoco cuando veo esa mancha cada mes en mis bragas, esa que me recuerda que no seré madre, al menos no todavía.

Le han roto las gafas, que alguien ha pegado con esparadrapo, y el cuello de la camiseta está rasgado. En el labio, que tiene hinchado, hay restos de sangre seca y un arañazo le cruza la mejilla.

—¿Sabes una cosa? —No contesta ni se mueve, sigue con los ojos cerrados. Me gustaría quitarle un mechón de pelo que le tapa un ojo, pero no lo hago porque no quiero que vuelva a darme la espalda—. He entregado el reportaje de la virgen milagrosa y mi jefa me ha felicitado. Lo que más le ha gustado ha sido la foto. Es una de las que hiciste tú, dice que es de lo mejor que ha visto desde hace tiempo y que quiere conocerte porque tienes talento para la fotografía. Mi jefa es una bruja, y si ha dicho eso es que lo piensa de verdad, nunca le parece que nadie haga nada bien. Mi compañero, el fotógrafo, me ha comentado lo mismo y también quiere conocerte para felicitarte. ¿Qué opinas? ¿Vendrás un día a mi oficina? Será divertido y yo presumiré de sobrina. ¿Qué crees que dirían si se enteraran las niñas que te han hecho esto?

Aunque sigue con los ojos cerrados y no se ha movido, noto cómo tensa los hombros al escucharme nombrarlas.

—¿No vas a decirme qué ha pasado? Me gustaría saberlo. No se lo contaré a nadie, será un secreto, nuestro secreto. Te prometo que no se lo diré a nadie. Solo lo sabremos tú y yo.

Paula sigue en silencio, encogida en la cama en posición fetal, y no sé qué hacer.

—¿Prefieres que me vaya?

Niega con la cabeza.

—Haremos una cosa: me sentaré al otro lado y como no me verás parecerá que no estoy. Ya verás como así es más fácil, será como si estuvieras sola.

Me levanto y me llevo la silla al otro lado, me siento y espero. Pasa un rato y, cuando pienso que no va a decirme nada, empieza a hablar.

—Han dicho que mi madre parece una puta y que mi hermano es retrasado, entonces las he empujado y les he tirado del pelo, pero ellas eran más.

De repente siento que la sangre ha abandonado mi cuerpo. Tengo ganas de vomitar y una saliva espesa me llena la boca.

Veo cómo se sacuden sus hombros a causa del llanto. Me quito los zapatos y me tumbo en el poco espacio que queda libre en la camilla y la abrazo por la espalda, como hace Diego conmigo cuando tengo una de mis crisis. La dejo llorar y maldigo a Dita por ser tan excesiva y no darse cuenta y por empeñarse en llevar a Paula a ese colegio de pago que no puede permitirse porque piensa que es mejor para ella y donde desentona al lado de las otras niñas.

—Eso no es verdad y no debería afectarte lo que piensan unas niñas tontas y presumidas.

No puedo romper mi promesa, así que no le diré nada a Dita. De todas maneras, no se me ocurre cómo se lo podría contar sin herirla, así que será mucho mejor no decir nada. Cuando Paula deja de llorar, me bajo de la camilla y le digo que encontraremos la manera de arreglar las cosas. Me siento de nuevo en la silla, ahora de frente, y me pregunto si estaré preparada para el sufrimiento que conlleva ser madre. En este instante, de lo único que tengo ganas es de ir a buscar a las madres de esas niñas y arrastrarlas del pelo por haber educado a unos monstruos.

25

Salimos del hospital todos juntos y Matías se marcha en metro para recoger a Bruno, que está con la logopeda. Acerco a Dita y a Paula a su casa. Durante el camino no hablamos, ni siquiera mi madre, que mueve la cabeza y de vez en cuando se limpia una lágrima con disimulo. Miro por el retrovisor y veo cómo Dita pone la mano encima de la rodilla de Paula y cómo esta se aparta como hizo antes en el hospital. Me da pena Dita, no debe de entender por qué su hija está enfadada con ella.

Detengo el coche en la puerta; mi madre dice que subirá un momento, yo prefiero no hacerlo. Me giro y miro a Paula, que no se ha bajado del coche, ni siquiera se ha quitado el cinturón.

—¿Te parece bien que mañana venga a buscarte y vamos a comprarte unas gafas nuevas? Será a cambio de las fotos.

—¿Las dos solas? —pregunta en voz baja.

—Si tú quieres.

Se encoge de hombros y me lo tomo como un sí.

—¿Quieres que vaya a buscarte al colegio?

—No voy a ir.

—Paula, mírame. —Tiene la vista baja y juega con el botón del abrigo—. Eh, mírame. —Levanta la vista y se sube las gafas—. Mañana no tendrás que ir si no quieres, pero tendrás que hacerlo antes o después y, si no, tendrás que cambiar de colegio. Voy a preguntarte una cosa y no quiero que me mientas: ¿se han metido contigo más veces? ¿Te molestan o te insultan o ha sido solo lo de hoy?

—Solo lo de hoy. No me insultan, es solo que no juegan conmigo ni me invitan a los cumpleaños.

Lo dice tan bajo que apenas la escucho. Miro por la ventanilla y veo a mi madre y a Dita, que nos miran como si estuvieran viendo una película muda.

—Mañana, cuando venga a buscarte, te traeré unas fotos y te contaré una cosa. Me escaparé del trabajo a mediodía para venir a ver cómo estás. No te enfades con tu madre, ella no tiene la culpa.

Se desabrocha el cinturón y se baja del coche, pasa al lado de Dita y de mi madre sin mirarlas, estas la siguen y las veo desaparecer dentro del portal.

Me quedo un rato en el coche antes de irme, me siento impotente porque no sé cómo podré ayudarla.

No voy a mi casa. No quiero ver a Diego porque no sé qué nos está pasando. Le escribo un mensaje diciéndole que mi madre no se encuentra bien y que me quedo a dormir con ella. Ignoro si me cree o no porque no ha preguntado nada ni me ha llamado, simplemente me ha mandado un «ok» como respuesta.

Entro en mi habitación, que está igual que cuando me fui. Los peluches encima de la cama, las fotos con mis amigas, alguna con Diego antes de casarnos. Abro el armario y veo la ropa doblada como si estuviera esperándome. Saco una sudadera gris y un pantalón de chándal y me cambio. Rebusco un poco por los cajones y encuentro montones de cosas de las que ya ni me acordaba. Apuntes de la universidad, bisutería pasada de moda, alguna nota de un amor de adolescencia...

¿Por qué guardará mi madre todo esto? Es la única habitación que está igual. Se ha deshecho de las cosas de mi padre enseguida, la casa se ve desierta, no ha dejado más que lo imprescindible. Como si por hacer desaparecer los objetos también lo hiciera el recuerdo de la persona que los habitaba. Voy a la cocina y, al abrir la nevera, veo que está casi vacía, lo que me dice que debe de pasar la mayor parte del tiempo en casa de Dita. Me siento a esperarla en el sofá y llamo a Dita para ver cómo está Paula. Me comenta que está en su habitación, que no ha querido cenar y que no sabe por qué no quiere hablar con ella. A diferencia de otras veces, no llega ningún sonido a través del teléfono, ni siquiera el tren de Bruno, que siempre está en marcha. Silencio igual que aquí.

Al colgar me doy cuenta de que, igual que en mi casa, el silencio es absoluto, y pienso en que mi madre también debía de sentirse muy sola a pesar de estar con mi padre. Él no le hablaba apenas, lo que me parece todavía más triste; Diego, al menos el poco tiempo que está en casa, no pasa desapercibido. Ahora me siento mal por no haber venido más a verla. No me extraña que pase tanto tiempo con Dita.

Mi madre se asusta al verme cuando entra en casa.

—Sofía, ¿qué haces aquí? ¿Por qué no me has llamado? Hubiera venido antes.

—No importa.

—¿Has discutido con Diego?

—No.

—¿Entonces?

—No me apetecía ir a casa.

—¿Y por qué estás a oscuras? Y en silencio. Pon la tele.

Coge el mando y la enciende. En realidad no hacía falta: mi madre con su sola presencia llena el silencio y el espacio. Mientras se cambia me habla desde su habitación, su voz se mezcla con la que sale de la televisión, por lo que solo escucho palabras sueltas.

—Qué día más terrible —dice sentándose a mi lado cuando vuelve—. ¿Por qué le habrán pegado esas niñas? Tan pequeñas y ya con tanto rencor dentro.

Permanecemos en silencio unos instantes y se oye una carcajada que sale de la tele y que parece que se burle de nosotras. Mi madre coge el mando y la apaga.

—¿No vas a contarme por qué estás aquí?

—No lo sé. Aunque no te lo creas, no te estoy mintiendo. No he discutido con Diego, ni ha ocurrido nada por lo que no hayamos pasado antes, es solo que cada vez me parece que hay más distancia entre nosotros. No está casi nunca en casa y no le da la misma importancia que yo al hecho de no tener hijos. Cuando hablamos del tema, me hace sentir como una niña caprichosa que se ha empeñado en tener algo que no puede ser.

—A veces nos obsesionamos con algo y, mientras perseguimos ese algo, vamos dejando escapar otras cosas, cosas a las que no les damos importancia y que solo echamos de menos cuando ya no las tenemos.

—Tú te podrías haber conformado con tenerme a mí, ¿por qué entonces esa necesidad de buscar a tu otra hija?, deberías entenderme mejor que nadie —le digo algo molesta. No lo he dicho con intención de ofenderla, ni siquiera es un reproche, pero me ha parecido que no me entendía. Se lo ha debido de tomar mal, porque se levanta para irse a su habitación.

—Me voy a dormir, estoy cansada. Buenas noches —se despide con un tono de voz frío.

Mierda, ¿por qué últimamente no hago más que meter la pata con ella? Me voy a mi habitación, pero no me acuesto: me pongo las botas y el abrigo sin quitarme el chándal y espero no encontrarme con nadie conocido para que no me vea con esta pinta.

Me voy sin despedirme. Mañana la llamaré y haremos como siempre: ella estará un poco seca al principio y contestará con monosílabos y yo actuaré como si todo estuviera bien, aunque la verdad es que me parece que nada lo está.

Sacudo a Diego, que está dormido. No se extraña al verme ni se sobresalta por haberlo despertado. De hecho, se sienta en la cama; da la impresión de que me estaba esperando.

—Tenemos que hablar.

—¿Y tiene que ser ahora? —Se frota los ojos con los dedos y bosteza.

—Sí.

—¿Y qué es eso tan urgente que no puede esperar?

—Me siento sola, y me parece que no me tomas en serio cuando te digo que quiero intentarlo otra vez.

Ahora que me escucho hablar, creo que no estoy siendo razonable.

—¿Intentar el qué? —pregunta pasándose la mano por el pelo.

Sabe de sobra a qué me refiero, no voy a decirlo en voz alta porque él quiera. Me pasa como a algunos enfermos de cáncer, que evitan nombrar la enfermedad, como si así fuera menos verdad o estuviera menos presente.

—Ya sabes lo que quiero decir.

—Nena, es muy tarde, mejor hablamos mañana.

Me coge de la muñeca para intentar que me meta en la cama con él. No sé si es por la forma en que me ha dicho «nena» o si es por su manera de mirarme. El caso es que me siento ridícula.

—Mañana será tarde, tiene que ser ahora —digo soltándome de su mano.

—Está bien, habla. Vamos, ¿qué es eso que quieres decirme y no puede esperar? —Se sienta más derecho y me mira, instándome a hablar.

—Te pasas todo el día fuera de casa, llegas tardísimo y nunca podemos ir a ningún sitio el fin de semana porque siempre tienes trabajo. A veces me da la sensación de que sigo soltera. Cada vez que te propongo salir nunca puede ser porque estás ocupado. No has mostrado ningún interés en conocer a mi hermana y estoy cansada de estar sola. —Hablo enfadada y en voz alta. Diego no me contesta, se limita a mirarme—. Ni siquiera viniste al entierro de mi padre. Esto no es lo que esperaba cuando decidí compartir mi vida contigo. —La última frase la digo en voz tan baja que dudo que me haya escuchado.

Me quedo de pie delante de él, que sigue sentado.

—Sofía... —Nunca me llama Sofía y me suena raro—. No sé qué es lo que esperabas, siento haberte decepcionado. ¿Te has preguntado alguna vez qué es lo que esperaba yo? Me mato a trabajar para poder pagar las facturas de la clínica de fertilidad. Si no fuera por eso, llegaría mucho antes. Podríamos pasar más tiempo juntos si tú no tuvieras la necesidad de que fuéramos más de dos. A mí me basta y me sobra con estar contigo, te lo digo cada vez que hablamos de esto. Parece que la que no tiene bastante conmigo eres tú.

—Estás siendo injusto y lo sabes —le recrimino.

—¿De verdad crees que estoy siendo injusto? Estoy empezando a estar un poco harto de esta situación. No puedo hacer más de lo que hago. Decide tú qué quieres hacer y, cuando lo tengas claro, me lo dices.

Se mete en la cama, se tapa y me da la espalda. No me puedo creer que haya dado el tema por zanjado. Miro hacia abajo y veo las botas asomando por debajo del chándal y me las quito porque me parece que mis palabras tienen menos fuerza si las digo medio disfrazada. Las lanzo al otro lado de la cama y una de ellas golpea un cuadro, haciéndolo caer y romperse. Diego se levanta sobresaltado, me mira primero a mí y después al cuadro, que ha quedado apoyado en la cómoda y que acaba cayendo al suelo, como si lo hubiéramos empujado con la mirada.

—Si no somos capaces de llegar a un entendimiento, a lo mejor es que no tenemos que estar juntos —sentencio.

—Por fin estamos de acuerdo en algo.

Sus palabras me descuadran por completo y me hieren. Me sorprende que me deje ir tan fácilmente. Cruzo la habitación, cojo las botas y salgo con ellas en la mano dando un portazo.

26

Me levanto y me visto sin hacer ruido: no quiero que mi madre sepa que he dormido aquí. Anoche cuando llegué estaba en la cama, así que entré a oscuras y en silencio; me sorprende que no se diera cuenta. O tiene el sueño muy ligero o pensó que más valdría dejar las cosas como estaban. No he dormido nada. La cama se me ha hecho pequeña, cada vez que me daba la vuelta me golpeaba con la pared. Hago la cama y, antes de salir, echo un vistazo para comprobar que no hay nada fuera de su sitio y que la haga sospechar que he dormido aquí, aunque lo sabrá, siempre me dice que las madres lo saben todo, y si no se lo dirá mi abuela.

Llego a la redacción y, como esperaba, no hay nadie: es muy temprano. Salí de casa de mi madre como una ladrona y todavía no había amanecido. Cojo el neceser del cajón de mi mesa y voy al lavabo. Me lavo la cara y los dientes y, al verme reflejada en el espejo, cierro los ojos. Qué desastre, estoy horrible, tengo ojeras y el pelo se me ve graso. Me pica todo y me siento sucia, necesito mi ducha matutina. Me recojo el pelo y el resultado es todavía peor, por lo que vuelvo a soltármelo para que me tape la cara. Me maquillo para ver si consigo disimular mi mal aspecto. No dejo de pensar por qué las cosas se han desarrollado así. A medida que pasa el tiempo me parece que lo que he hecho ha sido una chiquillada. ¿Por qué me fui anoche de casa? Si pienso en lo infeliz que fue mi madre, viviendo con un hombre al que no quería y que la castigó por lo que hizo con su silencio y su indiferencia, me siento una privilegiada. Yo sí quiero a Diego y, a pesar de la escena de anoche, siento que él a mí también. Hago una lista mentalmente con las cosas que no me gustan de mi vida con él y, cuando llevo un par, no soy capaz de seguir porque no hay más.

Esta noche hablaré con él, le pediré perdón y, si tengo que renunciar a ser madre, me acostumbraré a vivir con ese vacío. Salgo del lavabo y al pasar por la mesa de David veo unos patucos de color rosa que cuelgan de la pantalla del ordenador como un amuleto. Nadie excepto yo sabe lo del bebé. Cuando le han preguntado ha dicho que son de una sobrina recién nacida. Nunca había pensado en la adopción. Se me antojaba un proceso largo y difícil, aunque no sé si más que el de someter a mi cuerpo a la tortura de una prueba tras otra y al bombardeo constante de hormonas, por no hablar del desastre emocional que arrastro conmigo después de cada fracaso.

Dejo aparcado el tema en un rincón de mi mente y enciendo el ordenador. Ayer le dije a Paula que iríamos a comprar unas gafas nuevas y que le llevaría unas fotos. Busco en Google el título de una película que vi hace poco un fin de semana en el que Diego no estaba. La película no valía nada, un drama barato de esos en que desde el primer momento adivinas lo que va a pasar. Busco fotos de la niña protagonista sin éxito: la película no se estrenó en el cine. La niña me recuerda a Paula físicamente. Miro el reloj y veo que tengo tiempo, por lo que busco la película, la pongo y bajo el volumen por si llega alguien. Avanzo y retrocedo, la detengo cuando encuentro las secuencias que quiero y hago fotos de la pantalla con el móvil. Esto no puede salir bien, qué chapuza.

Edito las fotos, pongo filtros, las recorto dejando a la niña sola y, cuando las tengo listas, se las envío a David para que las imprima en papel fotográfico. El resultado no puede ser peor, aunque me tendrá que servir porque no tengo otra cosa.

Si alguien se extraña de verme aquí la primera y con esta pinta, lo disimula muy bien; nadie hace ningún comentario. El día pasa sin que deje de pensar en lo que le diré a Diego y sin poder quitarme el sentimiento de rabia por lo que le han hecho a Paula y el de frustración por no saber cómo ayudarla.

Al entrar en casa de Dita me parece que me he equivocado y he entrado en la de otra persona por error; Bruno es el único que actúa como siempre.

—Hola, Sofía.

—Hola, Bruno. ¿Cómo estás?

Se aleja y sigue con lo que estaba haciendo. Ya me ha saludado, así que no hay nada más que hablar. Dita parece haber encogido. Es la primera vez que la veo con un pantalón ancho y un jersey que debe ser de Matías. No lleva ni gota de maquillaje, está muy guapa y se lo digo.

—¡Qué va! Estoy horrible, no he pegado ojo en toda la noche. ¿Quieres un café?

—No. No quiero entretenerme, tengo cosas que hacer. Me llevo a Paula. ¿Dónde está?

—En su habitación.

—¿Cómo le ha ido el colegio?

—No ha querido ir y no he sido capaz de obligarla. He ido a hablar con su profesora.

—No sé qué decirte. Si me pongo en tu piel no debe de ser fácil pasar por esto como madre.

—Es lo más duro que me ha pasado nunca, mucho más que descubrir que Bruno era autista. Cuando la veo escondida en su cuarto me pongo furiosa con esas niñas malvadas y perversas. Hoy en el colegio las madres me han evitado, han hecho como que no me han visto. Debería haberme arreglado, ¿te puedes creer que haya ido con esta facha? —Tira del jersey y se limpia las lágrimas con la manga.

—Estás muy guapa —le repito, y se lo digo de verdad. El maquillaje la hace parecer más mayor, está mucho más natural así que con la ropa apretada y llamativa que se pone siempre.

—¿Has visto a mamá? —me pregunta.

—No.

—Hoy no ha venido y me ha extrañado. La noté rara cuando llamó por teléfono.

No le digo nada de lo que pasó anoche, no sabría explicárselo y todavía me siento mal por lo que le dije.

—Voy a buscar a Paula, tenemos que irnos ya. En un rato la traigo.

Me asomo a la habitación y la veo sentada encima de la cama, apoyada en la pared y con las piernas encogidas.

—Hola —la saludo después de golpear la puerta con los nudillos suavemente.

—Hola —susurra sin mirarme.

—¿Nos vamos?

Se levanta, coge el abrigo, pasa por mi lado y sale sin despedirse de nadie. Dita me mira y en sus ojos leo: «Devuélveme a mi hija». No será fácil que vuelva a recuperar la confianza: todavía se observan las secuelas de la pelea, y, aunque hoy arreglemos lo de las gafas y los arañazos de la cara desaparezcan en unos días, las otras heridas serán más difíciles de curar.

En el camino hasta la óptica no consigo arrancarle más que monosílabos, «sí» o «no» es todo lo que dice.

Por suerte, la chica que nos atiende es encantadora. No se cansa de sacar modelos y de decirle a Paula lo guapa que está cada vez que se las prueba. Va descartando las que a ella no le parecen bien sin consultarnos y las guarda en el cajón.

Después de un rato en el que yo empiezo a ver todas las monturas iguales, deja tres encima de la mesa y se marcha para que decidamos nosotras.

—¿Qué? —le pregunto.

—No sé.

—Estás guapa con todas. ¿Cuáles te gustan más?

Coge unas y me las da.

—Estas son muy bonitas.

—Es que no me veo bien sin mis gafas.

—Me las pondré yo a ver qué te parecen.

Ella se pone las suyas y yo la montura sin cristales. Hago una mueca y veo cómo sonríe mientras se sube las gafas en ese gesto que repite constantemente.

—Esas me gustan.

—Entonces ya está, decidido.

La dependienta nos dice que pasemos a buscarlas en dos horas: tienen que adaptar los cristales a la nueva montura. Salimos de la óptica, Paula sin gafas y yo mirando el reloj. Pensaba que tendríamos que volver otro día a buscarlas, no me dará tiempo de ir a ver a mi madre y quiero hablar con Diego. No me ha llamado después de que anoche me fuera de casa y no sé cómo tomármelo.

Para hacer tiempo vamos a merendar. Pedimos dos helados con doble cobertura de chocolate y le pido que no le diga nada a su madre. Come con ganas, pero yo no puedo acabar el mío, tengo miedo de mi encuentro con Diego. No solemos discutir y desde luego nunca lo habíamos hecho como anoche.

Saco las fotos del bolso y se las acerco por encima de la mesa.

—Las fotos que te prometí ayer.

Aparta la copa vacía del helado y las coge. Se las acerca mucho a los ojos y doy gracias de que no lleve las gafas: cualquiera se daría cuenta de que no son unas fotos normales. No hay ni una en que la niña parezca que está posando, en todas está en movimiento, como si se las hubieran hecho sin que se diera cuenta.

—¿Quién es?

—Soy yo.

Bajo la vista para evitar que vea la mentira escrita en mi cara, aunque dudo que vea algo sin gafas. Me mira con los ojos entrecerrados. Pido perdón en silencio por mentirle. No soy partidaria de hacerlo, no me gusta y no lo hago nunca, pero esta es una mentira piadosa.

—No te pareces —afirma sin dejar de mirar las fotos.

—Han pasado muchos años.

—Eras gorda como yo.

Lo dice sorprendida. Da la sensación de que acaba de descubrir que se puede cambiar.

—Todavía eres pequeña, cambiarás, ya lo verás, pero no tendríamos que habernos comido este helado gigante, esto no ayuda nada. Te dije el otro día que no hay que darle tanta importancia a la apariencia física, lo que importa es lo de dentro. También te dije que eres guapa y que no lo sabes, pero, aunque no lo fueras, yo te querría igual.

Noto cómo el rubor enciende mis mejillas. No estoy acostumbrada a decirle a nadie que lo quiero, excepto a Diego. Baja la vista hacia las fotos y las separa con los dedos como si estuviera colocándolas para una tirada del tarot. Supongo que le da vergüenza escucharme hablar así.

—A mí me gusta estar contigo —dice en voz baja.

—Pues tendremos que hacer más cosas juntas.

—¿No vas a terminarte el helado?

Niego con la cabeza y ella me pide permiso para terminárselo. Se lo acerco y pienso que le pueden más las ganas de comer que las de estar delgada.

Una vez que hemos recogido las gafas, nos vamos a casa. No he conseguido que vuelva a ser la misma que antes de que la agredieran, pero me ha parecido que estaba un poco más receptiva. Pongo la radio del coche y suena una canción pegadiza que está muy de moda. Empiezo a cantar y Paula me sigue. Al principio lo hacemos en voz baja, como si nos diera vergüenza, pero a medida que avanza la canción nos vamos animando. Golpeo el volante con las manos siguiendo el ritmo y Paula baila moviendo los brazos. Me gusta verla así. Ojalá lo que sucedió no se convierta en costumbre.

Al llegar la acompaño al portal y espero a que entre. Cuando está en la puerta del ascensor, canta la estrofa de la canción mientras baila, me hace una reverencia y me dice adiós con la mano antes de entrar. Igual que ella, me inclino y le devuelvo el saludo.

27

Voy a casa deprisa: quiero ducharme antes de que llegue Diego, me noto el pelo pegado y estoy deseando quitarme esta ropa y ponerme algo limpio.

Al entrar y verlo en el sofá me quedo parada, nunca está aquí a esta hora. Todavía me sorprende más ver que no está solo. Lo acompañan tres hombres que no conozco y que él se apresura a presentarme como antiguos compañeros de trabajo. Está claro que no me esperaban: en la mesa hay unas latas de cerveza y un cuenco pequeño que hace de cenicero. Sabe que odio el olor a tabaco, y cuando han venido amigos que fuman lo han hecho en el balcón.

Estamos todos de pie y nadie dice nada. La situación se me antojaría cómica si no fuera por lo enfadada que estoy. Me he pasado todo el día preocupada pensando que me había portado de forma ridícula y parece ser que a él le da igual. Ni siquiera me ha llamado para ver cómo estaba o si tenía intención de venir hoy, ha dado por hecho que no lo haría.

—Sentaos, por favor, como si yo no estuviera —les pido mirando a Diego—. He venido a buscar unas cosas, me marcho enseguida.

Entro a la habitación y saco la maleta de debajo de la cama, empiezo a llenarla de ropa sin fijarme bien en lo que pongo dentro.

—¿Qué estás haciendo? —dice en voz baja para evitar que lo oigan sus compañeros.

—La maleta, ¿no lo ves? —contesto en voz alta.

—¿No te parece que estás llevando las cosas demasiado lejos?

Cierra la puerta y se acerca, y después cierra la maleta.

—No voy a discutir contigo.

—¿A qué viene esto?

Dejo la ropa y lo miro.

—¿Me lo estás preguntando en serio? Anoche te parecía que no teníamos que estar juntos.

Abro la maleta y sigo metiendo la ropa, arrugada de cualquier manera. Me coge del brazo y me detiene.

—La que dijiste eso fuiste tú.

—Y a ti te pareció una buena idea —contesto enfadada.

—Vamos, Sofía, estaba cabreado.

Otra vez ha vuelto a llamarme Sofía. Me suelto de su agarre de un tirón y él retrocede un poco, como si le hubiera dado una bofetada.

—Ya veo lo que te afectó que anoche me fuera —digo señalando con la cabeza hacia el salón, desde el que no llega más que el ruido de la tele. Los amigos deben de estar alucinando con el numerito.

—No digas chorradas. Me los encontré aquí al lado y les dije que subieran a tomar unas cervezas. Hacía años que no nos veíamos.

Bajo la maleta de la cama y salgo de la habitación arrastrándola. Deseo con toda mi alma que me detenga, que me diga que no me vaya. Si me lo pide me quedaré, ya lo arreglaremos, estoy segura de que podremos. Paso por delante de sus amigos sin despedirme. Ya en la puerta cojo la bufanda que está en el perchero y me la anudo en el cuello. Diego permanece de pie con las manos en los bolsillos. Antes de salir lo miro con la esperanza de que me diga algo que me haga quedarme. No lo hace, baja la vista al suelo y yo salgo sin cerrar la puerta.

Al entrar en el ascensor apoyo la cabeza en el espejo y, aunque querría llorar, no puedo. Es como si estuviera seca por dentro. Qué mal me parece que he gestionado esta crisis. A pesar de eso no vuelvo: él tampoco ha estado muy acertado.

Entro en casa de mi madre, me planto en medio del comedor y miro a mi alrededor. La sala se ve vacía, parece que aquí no viva nadie. Se ha ido llevando sus cosas a casa de Dita poco a poco porque pasa allí todo el día. Aquí solo viene a dormir. Me meto en la ducha y la cortina se me pega al cuerpo. Ya no me acordaba de cuánto me molestaba cuando vivía aquí. Mantengo una lucha con ella, la ataco con el chorro del agua para apartarla de mí y me pego a la pared para evitar que me roce.

Cuando salgo, mi madre todavía no ha llegado. Tampoco me ha llamado. Claro que también podría haberlo hecho yo. No sé qué le diré cuando vuelva. En realidad, todavía me pregunto qué hago aquí y qué me ha llevado a irme de casa. Tengo que rebobinar una y otra vez y recordar lo que ha pasado. Aun así, no me acabo de creer que esté aquí.

Me siento en el sofá con la luz apagada. Por primera vez desde hace mucho tiempo, hoy no me molesta el silencio. Al oír la puerta me pongo tensa.

—Mamá —digo en voz baja. No quiero asustarla.

—Sofía.

Pronuncia mi nombre con tristeza, con un deje de pena que me hace encogerme. Subo los pies al sofá y me abrazo las piernas. Se repone enseguida y cambia el tono de voz, volviendo a ser la de siempre.

—¿Has cenado?

—Sí —miento. No tengo ganas de discutir con ella si me obliga a comer algo, no me entra nada en el estómago.

—Voy a cambiarme, ahora vengo. —Lanza el diccionario chino al sofá y, al pasar por mi lado, me besa en la cabeza.

Sonrío a pesar de que en este momento no tengo ganas más que de llorar. ¿Cómo pretenderá entenderse con la china muerta con un diccionario? Lo abro y lo ojeo y todavía me parece más difícil.

—¿Tienes frío?

—No. —Levanto la vista y la veo con una manta en la mano—. Bueno, un poco sí.

Se sienta a mi lado y me tapa las piernas. Después, tira de la manta para taparse ella también. Me quita el libro y lo abre por una página que tiene una esquina doblada.

—Hemos hecho avances.

—¿Ya habéis descubierto lo que le pasa?

—Nooo —se ríe con esa risa que tanto se parece a la de Dita—. Sabemos cómo se llama.

—¿Os lo ha dicho ella?

—Sí. Repetía todo el rato lo mismo, y cuando se lo decimos nosotras asiente con la cabeza y se da golpes con la mano en el pecho.

—Y ¿cómo se llama?

—Sunda.

—¿Sunda? No me parece un nombre.

—Será Sandra pero en chino. Aunque, como habla tan deprisa, no la entendemos.

Agradezco que no me pregunte nada, que haga como si lo más normal del mundo fuera encontrarme en su sofá con la luz apagada y el pijama viejo donde pone It will happen y que ahora me estorba y quisiera quitarme porque dudo que suceda nada y mucho menos lo que tanto deseo.

—Paula está muy guapa con las gafas nuevas. Todavía no le habla a su madre. ¿Qué le habrá pasado y qué le dirían esas niñas? La profesora dice que empezó ella la pelea. Aunque hubiera sido así, eso no les da derecho a hacer lo que hicieron. ¿No te ha comentado nada?

—No —miento.

—Hoy Bruno ha tirado el plato de la cena al suelo. Ha sido de repente, no había manera de que lo recogiera y Dita se ha enfadado con él. Nunca lo había visto así, debe de notar que las cosas no están bien. Matías parecía que estaba asustado, se ha levantado y ha salido a tirar la basura.

Hace una pausa larga antes de continuar hablando.

—¿Tú crees que bebe? —pregunta.

—¿Por qué dices eso?

—Ha tardado mucho en volver, ¿qué podría estar haciendo?

—Se me ocurren montones de cosas que no tienen nada que ver con beber. Puede que se haya encontrado con alguien.

—Ay, es verdad, no debería ser mal pensada.

—¿Y Mercedes? ¿Te ha reconocido?

—No, y me apena. Me gustaría tanto que me contara cosas de su hermano. No sé por qué no lo veo. Estoy harta de ver a gente que no conozco de nada y, en cambio, él no viene. ¿Será que no me ha perdonado? Tu abuela dice que no lo ha visto. Al principio pensaba que no estaba muerto y que Dita me engañaba, ahora sé que no haría una cosa así.

Soy incapaz de contestar porque tengo un nudo en la garganta. Ver a mi madre limpiándose las lágrimas al recordar a ese hombre me puede. Después de tantos años, le sigue doliendo hablar de él, y pienso que los amores eternos son los que están destinados a no ser. Seguramente, si hubieran estado juntos, la rutina habría hecho su trabajo y habría desgastado la relación, como pasa casi siempre. De esta manera, en su memoria sigue intacto el recuerdo de lo vivido, y fue tan breve que no dio tiempo a que el desencanto y la decepción hicieran su aparición.

—A veces pienso que no me ha encontrado y por eso no lo he visto. No me reconocería, han pasado muchos años. La última vez que lo vi era joven y guapa y mira ahora. —Tira de la piel de su mano hacia arriba—. Huesos y pellejo.

—No digas eso, sabes que sigues siendo guapa. «Quien tuvo retuvo» nunca estuvo mejor dicho que en tu caso. Si te pregunto una cosa, ¿me dirás la verdad?

—Claro, a mi edad y después de lo que te he contado no tengo necesidad de mentir.

—¿Por eso tienes tantas fotos de cuando eras joven repartidas por casa?

—Sí, así le será más fácil encontrarme. Estoy segura de que, si yo lo viera, lo reconocería a pesar de los años, pero los hombres son diferentes.

No tengo ni idea de cómo funciona el más allá, ni sé si los muertos lo ven todo o vagan en un limbo donde se comunican entre ellos cuando quieren saber de alguien, eso suponiendo que sea verdad lo que mi madre cuenta. Me gustaría creerla y me gustaría poder ver a los muertos como ella para ayudarla a buscarlo.

—¿Nos vamos a la cama? —pregunta pasándome la mano por la espalda.

—Sí, estoy cansada.

—No hay nada para desayunar mañana. Ahora almuerzo con Dita, así la ayudo con Mercedes, que es como una niña pequeña.

—No importa, tomaré algo de camino.

—Que descanses. —Se acerca y me da un beso en la frente mientras me aprieta los hombros con las manos, como si quisiera darme ánimos, o dándome a entender que estará a mi lado para lo que necesite, sin hacer preguntas, hasta que yo sienta la necesidad de hablar.

Al acostarme echo de menos a Diego. A pesar de que la cama ayer me parecía pequeña, hoy la siento inmensa, me sobra la mitad. Me encojo, me da miedo dormir aquí sola, oigo ruidos que no logro identificar y que, aunque son los típicos de las casas cuando están en silencio, a mí me suenan a lamentos, da la sensación de que las paredes se quejan por tener que soportar tanta pena.

28

El día no ha podido ser más largo y tedioso. Me molesta estar rodeada de gente, no soporto a mi compañera de mesa, aunque sea la misma de ayer; la que está diferente soy yo. Ha faltado un pelo para que le diga que no me importa nada su vida, que me parece aburrida y monótona y que no sé cómo puede ser feliz con una existencia tan insulsa. La he mirado y ha debido de notar lo poco que me importaba lo que me estaba contando, porque se ha quedado callada de repente, ni siquiera ha terminado la frase. La ha dejado a medias.

David me ha invitado a almorzar para darme las gracias por cubrirlo con lo del viaje a Francia. No sé si será porque conozco su secreto, pero ahora me parece que sus andares son diferentes, como si se hubiera relajado porque no tiene que demostrar nada a nadie. Es la primera vez que hemos estado juntos fuera del trabajo. No me caía bien; me parecía el típico chulito machista que se cree superior a las mujeres. Pura fachada. No ha hecho más que enseñarme fotos de su hija, con la que se le cae la baba. Me he confesado con él. Le he hablado de mi deseo de ser madre. Al principio quería sacarle información sobre el proceso del vientre de alquiler, pero, a medida que hablábamos me iba apeteciendo más contárselo. Me he sentido identificada con él. Esa necesidad apremiante de tener a alguien para darle cariño, descubrir lo que es el amor incondicional y entregar tu vida a un ser diminuto al que quieres mucho antes de conocer. Me he quedado helada cuando me ha dicho el dinero que se ha gastado; en mi cabeza han empezado a aparecer números. Imposible, no podemos permitírnoslo.

Una punzada en el estómago hace que me encoja. «Podemos» en este momento no está en mi vocabulario, debería haber dicho «puedo», ahora mismo estoy sola. Diego no me ha llamado y yo tampoco a él. El caso es que no he sentido la necesidad de hacerlo. Ayer pensaba que mi reacción había sido exagerada, hoy pienso que la bronca de la otra noche fue la gota que colmó el vaso. Las ausencias, la falta de tiempo para nosotros, hacer planes y quedarme más de una vez con la maleta hecha y tantas cosas que he justificado y que ahora me duele recordar.

Estoy parada delante del portal de Dita y no me atrevo a tocar el timbre. Me siento como una intrusa, como un elemento que está fuera de lugar, desubicada.

No me apetece dar explicaciones y no sé si mi madre le habrá dicho algo y si Dita será tan discreta como ella y no hará preguntas. Me doy la vuelta con la intención de irme y me encuentro de cara con Matías.

—Hola —digo, extrañada de verlo llegar tan temprano.

—Hola. ¿Te marchas? ¿Tan pronto?

—Sí. —Intento buscar una excusa creíble de por qué estoy en la puerta de su casa y me voy sin subir. No se me ocurre nada, así que me callo.

No sabemos qué decirnos y permanecemos en silencio unos instantes.

—Quédate a cenar, a Paula le gusta estar contigo y ahora le haces falta.

Escucharlo decir eso me asombra. Su vocabulario es básico, exento de sentimentalismos o frases hechas, y me ha gustado el modo en que lo ha dicho, me gusta sentirme necesaria para alguien que no está pasando por su mejor momento.

—Con una condición.

—Si no es muy difícil...

—No vale levantarse a sacar la basura, ni recoger la mesa o irse a fregar los platos. Tendrás que quedarte con nosotros hasta que terminemos el postre.

—¿Y eso por qué?

—Porque no se puede estar huyendo todo el tiempo.

Me sostiene la mirada hasta que la baja unos segundos para luego volver a mirarme, y pienso que no debería haberle dicho eso.

—¿Vamos? —pregunta.

Le sonrío y asiento con la cabeza. Caminamos en silencio y no volvemos a hablar hasta que entramos en su casa.

Bruno es el primero que sale a recibirnos: en cuanto oye que se abre la puerta, se acerca.

—Hola, papá; hola, Sofía.

—Hola, Bruno. ¿Qué tal estás? —le pregunto agachándome para quedar a su altura. Él no contesta y mira a su padre.

—Hola, campeón —le dice Matías mientras le revuelve el pelo.

Paula asoma la cabeza por la puerta del pasillo y cuando nos ve se esconde de nuevo. Matías me mira preocupado, la situación lo supera.

—Se le pasará —le aseguro apretándole el brazo para darle ánimos.

No le da tiempo a contestarme: enseguida la vemos venir con la chaqueta de lana en la mano. Me la da y me coge el bolso, como si así se asegurara de que no voy a irme. Me quito el abrigo y se lo doy. Me pongo la chaqueta y me abrocho el cinturón bien fuerte. Me siento arropada, pero no es por la prenda, es la casa.

Paula se lleva el abrigo y el bolso y yo voy a la cocina a ver a mi madre y a Dita.

—Hola.

Se giran al oírme; mi madre se seca las manos y se acerca.

—Sofía. Qué sorpresa, ahora me iba a casa para cenar contigo. —Señala unas bolsas que hay encima del mármol como demostrándome que no me está mintiendo.

—De eso nada, te quedas a cenar con nosotros —dice Dita mientras me pone bien el cuello de la chaqueta, y veo una tristeza infinita en sus ojos.

No tenía intención de quedarme a cenar, quería ir a mi casa a buscar unas cosas antes de que llegara Diego; sin embargo, me digo que por qué no. Huele de maravilla y veo a mi madre tan feliz que pienso que ya iré mañana.

—¿Necesitáis ayuda? ¿O puedo irme a hablar con Paula? —pregunto.

—¿Qué dices? Sal de aquí inmediatamente, no cabemos y ya está todo preparado. —Dita me empuja cariñosamente hacia fuera y cierra la puerta.

Paula está tumbada en la cama, de lado, de cara a la pared. Toco con los nudillos en la puerta antes de entrar.

—¿Qué haces?

—Nada.

Dibuja algo en la pared con el dedo y me digo que ninguna niña de su edad debería estar así de triste. No es lo que toca. Me siento en la cama de Bruno.

—¿Cómo ha ido en el colegio?

—Como siempre.

—¿Y con tu madre?

No contesta.

—Cuando yo era pequeña, a veces me daban vergüenza las cosas que hacía mi madre. Un día fuimos a la piscina y las otras niñas no querían que jugara con ellas, no me acuerdo de por qué, solo recuerdo cómo me sentía. Estaban sentadas en círculo y yo de pie detrás, no me dejaban sitio y no me contestaban cuando les preguntaba si podía jugar con ellas. Desde donde estaba, veía a mi madre observándonos sin intervenir. Llevaba unas gafas de sol muy grandes y, a pesar de eso, era capaz de ver el fuego que salía de sus ojos, como si quisiera fundir a las niñas y hacerlas desaparecer.

Estuve un rato así, suplicando que me hicieran un hueco, hasta que una de ellas se levantó y me pegó con una botella de agua en la cabeza para volver corriendo a su sitio mientras las otras se reían y aplaudían. Vi venir a mi madre hacia nosotras, se había quitado las gafas y las había tirado al césped, y ahora sí que daba miedo mirarla a los ojos. Le quitó la botella a la niña y pasó de largo. La seguimos con la mirada para ver hacia dónde iba. Se detuvo delante de un grupo de mujeres que estaban sentadas en el bordillo con las piernas dentro del agua. La escuchamos decirle a una de ellas que le dijera a su hija que me dejara tranquila, porque la próxima vez que me pegara la tiraría a la piscina y le aguantaría la cabeza debajo del agua. La mujer se levantó y le dijo que la iba a denunciar.

»A pesar del tiempo que ha pasado, todavía puedo ver a mi madre empujándola al agua. Veo caer a la mujer a cámara lenta mientras ella se arregla un tirante del bañador, como si la cosa no fuera con ella, para volverse y venir hacia donde estábamos. Se detuvo delante de nosotras y, emulando a una actriz de Hollywood, le tendió la botella a la niña que me había pegado. «Tu botella, guapa», le dijo. Esta estiró la mano de tal forma que parecía que iba a meterla dentro de la boca de un cocodrilo.

»Mi madre se alejó majestuosa para recoger las gafas y volver a sentarse de nuevo con el libro en las manos, fingiendo que no había pasado nada. Nosotras nos metimos en el agua. Por supuesto, yo apartada de ellas, que me miraban, no sé si con miedo o con asombro.

No recuerdo muchas cosas de cuando era pequeña; sin embargo, esa no se me olvida, y puedo ver la imagen proyectándose como una película. Podría decirte cómo era su bañador y cómo se le ajustaba al cuerpo, y de qué color eran las sandalias de tacón. Mi madre era la única que iba a la piscina con ese tipo de calzado. También recuerdo el revuelo que se formó después y al socorrista queriendo poner orden. Y todavía puedo escuchar su voz diciéndome: «Sofía, despídete de tus amigas, que nos vamos», como si nos fuéramos porque quisiéramos y no porque el socorrista nos invitara a hacerlo educadamente.

»Esa noche la escuché hablar con mi abuela. Le decía que estaba arrepentida de lo que había hecho, que ahora sería peor, que había dado un espectáculo y algunas cosas que no llegaba a entender porque hablaba en voz baja. Estuve muchos días enfadada con ella, a pesar de que mis amigas al día siguiente volvieron a aceptarme fingiendo que no había pasado nada. Después se me olvidó, porque seguramente otro pequeño drama se instalaría en mi vida, pero esa escena permanecía almacenada en mi memoria para salir de su escondite de vez en cuando y hacer que me avergonzara de ella. No fue hasta que fui más mayor que la entendí y la perdoné. Ella era así, y me demostraba cada día que me quería más que a nada. ¿Qué importaba entonces si se ponía una pamela gigante en verano para andar por la calle porque decía que el sol le estropeaba la piel? No pienses que ha cambiado, sigue haciendo cosas que a mí no me gustan, aunque no me importa.

Me quedo en silencio y Paula se gira y se sienta frente a mí. Ya no se sube las gafas porque las nuevas no se le caen, y echo de menos ese gesto.

—Mi madre siempre le dice al chino de la tienda de las lanas que se corte las uñas, que es más higiénico —replica, y me reta con la mirada.

—¿Sabes que, cuando alguien se va al cielo, su familia se reúne para despedirlo y organizan una ceremonia? —Paula asiente con la cabeza—. Mi madre va al tanatorio y, si ve que hay alguna sala vacía o con poca gente, se queda allí para que la persona que va a ir al cielo esté acompañada. Además, le habla como si lo conociera desde siempre, aunque no tenga ni idea de quién es.

Paula abre los ojos y piensa unos instantes en lo que le he dicho antes de continuar buscando algo que lo supere.

—Mi madre, a veces, cuando viene «la puta de la casera», nos hace callar y cambia la voz para decirle que no puede abrir, que su madre no está y que está sola en casa.

—Mi madre va a misa el último miércoles de cada mes. Se sienta en el primer banco y, a mitad del sermón, se pone de pie y dice en voz alta: «Padre, tengo una pregunta. Si Dios existe, ¿por qué permite que ocurran tantas desgracias?». Cada miércoles hace la misma pregunta y, cuando el cura responde cada semana una cosa diferente, casi siempre es lo mismo pero expresado de otra manera, ella le contesta: «Esa respuesta no me sirve», y sale caminando por el pasillo igual de majestuosa que el día de la piscina.

—Mi madre no compra servilletas, las roba en el McDonald's que hay al lado de la casa donde trabaja. Igual que las pajitas —dice Paula, que se sienta en el borde de la cama y me desafía con la mirada esperando a que hable.

—Mi madre…

—¡A comer!

Un grito que llega de la cocina hace que nos quedemos en silencio. Cuando miro a Paula, veo un atisbo de sonrisa en sus labios. Es muy pequeño, un leve gesto que me hace pensar que no está todo perdido. Al sentarnos a la mesa, lo primero que hago es buscar las servilletas. Paula me mira y hace un gesto con los ojos que hace que rompa a reír. No puedo parar, es una risa nerviosa de esas que te entran en el peor momento. No sé por qué me río, supongo que son los nervios de los últimos días que escapan en forma de carcajada.

Todos excepto Paula me observan extrañados, después se miran entre ellos preguntándose qué me pasa. Una risa se une a la mía. Mercedes, la mujer silenciosa que no habla nunca, ríe a carcajadas. Bruno se levanta y aplaude mientras baila y también se ríe.

—Perdón —logro decir entre las risas.

Paula rompe a reír tapándose la boca con las manos, como si no quisiera hacerlo porque sigue enfadada con su madre y no es lo que toca.

—¿Se puede saber qué es eso tan gracioso? —pregunta mi madre sonriendo.

Dita se encoge de hombros y levanta las palmas de las manos como diciendo «Yo no sé nada» mientras nosotros seguimos riendo sin parar. Mercedes se limpia los ojos y ya no me parece una mujer ida.

De repente, las lágrimas aparecen en mis ojos. Esas que se negaban a salir y permanecían encerradas a cal y canto en algún lugar dentro de mí, esperando para escapar libres. Y paso de la risa al llanto. Y lloro desconsolada porque no sé qué va a pasar con Diego y conmigo y no me imagino sola porque no puedo pensar en una vida sin él. Ahora ya no se ríe nadie. Bruno se pone de rodillas en el suelo y se abraza a mis piernas y Mercedes se ha vuelto a convertir en el convidado de piedra. Cuando creo que ya no me quedan más lágrimas por derramar, pido perdón mientras me limpio los mocos con una de las servilletas que me provocó el ataque de risa. Seguimos cenando como si no hubiera pasado nada gracias a Dita, que ha conseguido darle la vuelta a lo que ha ocurrido hace unos instantes. Me pregunto de qué pasta está hecha para hacer ver que todo está en orden y para fingir normalidad cuando sé que está rota por dentro por lo que le ha pasado a Paula.

29

Al ver a mi madre guardar la compra, pienso que le estoy robando tiempo. Hace semanas que solo viene aquí a dormir, pasa todo el día con Dita y no necesita tener la despensa llena. Las cosas que ha comprado son las mismas que me gustaban cuando era niña, y me apena ver que no conoce mis gustos de ahora; quizá hemos estado más alejadas de lo que yo pensaba. Hace años que no como esas galletas, y hace años que no me tomo un ColaCao.

—Me ha gustado verte reír —dice mientras le da vueltas en la mano a un paquete de chocolate—. No me has contado por qué estás aquí. Podría preguntarle a tu abuela, pero quiero que me lo digas tú.

—Ahora no tengo ganas de hablar.

Respira hondo y guarda el chocolate en el armario. Es evidente que no lo está pasando bien con esta situación. Cuando ya lo ha recogido todo, se sienta enfrente de mí. Nos miramos sin decir nada durante unos segundos hasta que ella rompe el silencio.

—¿Vas a dejar a Diego?

Su pregunta me pilla por sorpresa. En ningún momento he pensado en separarme; sin embargo, no sé si él se lo ha planteado. Me muevo incómoda en la silla y leo la angustia en sus ojos.

—No, ¿por qué iba a separarme?

—Tampoco pasaría nada, yo lo que quiero es que seas feliz. No me gustaría que desperdiciaras tu vida como hice yo.

—Siento que pienses que has desaprovechado tu vida. Todavía estás a tiempo de hacer con lo que te queda de ella lo que te dé la gana.

—¿Quieres un ColaCao?

Asiento con la cabeza y sonrío al verla como es ella siempre. Pasa de lo importante a lo insignificante en cuestión de segundos, y pienso en cómo se parece Dita a ella en eso. Pone la taza delante de mí y se sienta a observarme mientras me lo tomo, y la escena me transporta a mi infancia, cuando me vigilaba por las mañanas antes de ir al colegio porque yo comía fatal y no se fiaba de que me terminara el desayuno. No se levantaba hasta que le enseñaba el vaso vacío y abría la boca para que comprobara que no me había guardado nada para escupirlo cuando se fuera. Pero ya no soy una niña y ella no es joven, y desearía con toda mi alma que la vida me diera la oportunidad de poder sentarme a la hora del desayuno con mi hija, esa que no sé si tendré algún día, no para vigilarla, simplemente por el placer de contemplarla y compartir con ella mi tiempo.

Al girar la vista me parece ver a mi abuela sentada con nosotras. Se deshace la trenza que se hacía para dormir y que se desenroscaba cada mañana para hacerse un moño. Por supuesto, no veo nada, ha sido solo una ilusión, las ganas de volver al pasado, aunque fuera durante un rato.

—Mamá, ¿quieres dejarte el pelo tranquilo, que estamos en la mesa?

Mi madre mira hacia la silla vacía donde hace un momento creí ver a mi abuela y donde ahora no veo a nadie. Un leve escalofrío me hace estremecerme. Será una casualidad, tiene que serlo.

—No me has ayudado en nada. ¿De qué te sirve poder verlo todo si no sabes adónde mirar? Vaya ayuda. Sí, ya lo sé, ya se lo he dicho. Mañana por la mañana. Si piensas que eso funcionará, adelante.

La conversación no tiene ni pies ni cabeza porque solo escucho lo que dice mi madre, la réplica de mi abuela tengo que inventarla y no me da tiempo, ya que mamá habla deprisa. Me olvido de ellas y pienso que, al hacernos mayores, las cosas saben diferente. Me meto una galleta en la boca y, al masticarla, no me parece tan buena como cuando era pequeña. Me pasa igual con el vaso de cacao, el sabor no es el que recuerdo.

No me creo que Diego no me haya llamado, o que no haya venido a verme aquí o a buscarme al trabajo. A lo mejor mi madre tenía razón cuando me insinuaba que mi marido no estaba nunca.

Al meterme en la cama lloro porque no puedo creerme que sea tan cabezota y tan orgulloso. Es verdad que podría dar yo el primer paso, pero pienso que el que se ha portado mal ha sido él. Esta situación es absurda, tenemos que hablar, si no, cada día que pase será más difícil. Cierro los ojos deseando poder dormir, pero no tengo nada de sueño y por mi mente los pensamientos circulan a una velocidad de vértigo, chocando unos con otros como si fueran los autos de choque de la feria. Mañana tendré una cara espantosa, suerte que es sábado y no tengo que ir a trabajar. Respiro hondo para dejar salir el aire despacio, como me enseñaron en las clases de yoga. Inspiro, retengo el aire, espiro y cuento: uno, dos, tres, cuatro...

30

Me despierta la luz que se cuela a través de la persiana. Miro la hora y con asombro veo que son las once. Me he debido de quedar dormida cuando ya era de día; recuerdo que la última vez que miré el reloj eran las seis y media. Me quedo un rato en la cama pensando qué haré. Había barajado la idea de ir a buscar algo de ropa a mi casa. Podría llamar a Diego para decirle que iré, si quiere que hablemos no creo que le suponga mucho sacrificio dejar el trabajo por un rato. Además, es sábado, hoy en teoría tiene fiesta.

Al entrar a la cocina veo a mi madre sentada ojeando el diccionario chino.

—Buenos días, perezosa —dice al verme entrar.

—Buenos días.

—Estaba esperándote para desayunar. —Se levanta y pone la cafetera al fuego.

—No hacía falta que me esperaras, es muy tarde.

—Claro que hacía falta ¿Y qué prisa tenemos?

—Me refería a que podrías haberte ido a casa de Dita.

—Dita está acompañada y tú estás sola.

Sola. No ha querido hacerme daño al decirlo, ni siquiera se habrá dado cuenta de que me ha molestado; sin embargo, tengo la sensación de que la energía me abandona, como si escapara de mi cuerpo cada vez que espiro. Siento los brazos laxos y sin fuerza. Ella sigue hablando de espaldas a mí, aunque no escucho lo que dice, los oídos me pitan y todo me da vueltas. Agacho la cabeza y la pongo entre las piernas para ver si se me pasa, y de repente un chorro de vómito sale de mi boca, poniendo el suelo perdido. No me ha dado tiempo a levantarme.

—Sofía, ¿qué te pasa? ¿Estás bien?

Continúo con la cabeza baja, me retiro el pelo por si vuelvo a vomitar y descubro con asco que ya es tarde: mi madre me acerca un paño mojado con el que me limpio la boca y las manos.

—Levántate, vamos al lavabo.

—No sé qué me ha pasado, estaba bien. Ha sido de repente, no me ha dado tiempo a levantarme, lo siento.

—No digas tonterías. Deja la puerta abierta por si te mareas.

Antes de meterme en la ducha, me enjuago la boca para quitarme el sabor del vómito y me mojo la cara con agua helada. Una vez dentro, me froto el pelo con fuerza para quitar los restos de comida. Qué asco. ¿Qué me habrá pasado? Repaso lo que cené anoche por si hay alguna cosa que me hubiera podido sentar mal, pero no encuentro nada, y a mi cabeza vuelven las imágenes de los embarazos psicológicos que he tenido. No quiero volver a pasar por eso, no ahora, porque no podría soportarlo.

Una vez que salgo de la ducha ya me encuentro mejor. Me pongo un tejano y una camiseta y vuelvo a la cocina, donde mi madre ya ha limpiado el desastre, aunque todavía flota en el aire un olor ácido que nos recuerda lo que ha pasado.

—Voy a acercarme a mi casa un momento. Si quieres, después podemos comer en casa de Dita. ¿La avisas tú?

—¿Ya te encuentras bien?

—Sí, algo debió de sentarme mal anoche.

—¿Qué te apetece comer? —pregunta solícita.

—Me da igual.

—Si tengo que comprar de todas maneras, ¿qué más me da una cosa que otra?

—Te parecerá raro después de lo que ha pasado, pero me comería una paella.

—Una paella. —No es una pregunta, es una afirmación. Lo repite como si a partir de haberle dicho esas dos palabras tuviera que descifrar un enigma—. Llamaré a Dita para avisarla. Me voy entonces, tengo que parar en varios sitios a comprar.

—Si es mucha faena da igual, la verdad es que me comería cualquier cosa.

—A Dita le encanta cocinar, no sé a quién ha salido. Yo llevaré los ingredientes y ella que se encargue.

Me da un beso y, cuando está en la puerta, me grita:

—¡Compra algo de postre, que no vaya yo tan cargada!

—Valeee.

Entro en mi casa sin saber si está Diego: no lo he llamado. Descubro decepcionada que no está, tenía la esperanza de que pudiéramos hablar. Doy una vuelta y compruebo que ya se nota mi ausencia. En la mesa hay un trozo de pizza reseca y unas latas de cerveza vacías. El resto de la casa no presenta mejor aspecto: la cama está hecha de cualquier manera y hay ropa desordenada en la habitación. El cuadro que se cayó sigue en el suelo con el cristal hecho pedazos. Intento unir los trozos y me pincho el dedo. Una gota de sangre cae en la foto y la tiñe de rojo. Me chupo la yema y coloco el cristal hasta dejarlo bien, aunque se notan las grietas, y pienso que así está nuestra relación: hecha pedazos. Me siento en el sofá y saco el móvil del bolso para llamar a Diego.

Cuando creo que saltará el contestador, oigo su voz y me desarmo por completo. El enfado se me pasa al momento y pienso que no se puede ser más tonta por haber provocado esta situación que ahora me parece absurda.

—Nena, ¿cómo estás?

—Estoy en casa.

—¿Por qué no me has llamado antes? —pregunta, y tengo que hacer un esfuerzo para no decirle que también podía haberlo hecho él, pero no lo hago porque no quiero estropear más las cosas. No lo he llamado para discutir.

—No sabía sí tenías planes.

—Podría haberlos cambiado. No hay nada más importante que tú. Siento lo que ha pasado.

Escucho risas de fondo y cómo alguien grita su nombre y le dice que lo están esperando.

—¿Estás trabajando?

—Se podría decir que sí. Hay que sembrar para recoger.

—Iba a comer a casa de Dita con mi madre, pero si vienes me quedo aquí y comemos juntos.

—No cambies tus planes, ve con ellas y disfruta. Nos vemos después. Te esperaré en casa. Te quiero.

Vuelvo a escuchar cómo lo llaman de nuevo y casi puedo verlo hacer un gesto con la mano para decir que esperen un momento, que ya va.

—Hasta luego —contesto decepcionada.

Cuando cuelgo el teléfono, no sé si estoy más enfadada que decepcionada. Podría haber dicho que sí; me molesta que sea más importante lo que sea que esté haciendo que arreglar lo nuestro. Me levanto para irme, pero antes de hacerlo entro en la habitación y abro el armario. No están la bolsa de deporte ni la raqueta de tenis. Su contestación me ha hecho sospechar que no estaba trabajando. «Se podría decir que sí». Una respuesta ambigua con la que no miente porque seguramente esté jugando al tenis con sus jefes o algún cliente importante de la empresa.

Dejo todo como está, aunque me molesta ver las cosas por medio, y me encamino al club de tenis. Busco aparcamiento, y mientras lo hago miro a través de la valla metálica que rodea las instalaciones. Las pistas están llenas, igual que las mesas, donde la gente vestida con ropa de deporte disfruta del día de sol. En una de las mesas veo a Diego. Está sentado con otros tres hombres y dos mujeres. Detengo el coche y observo: se le ve relajado y disfrutando de la compañía. Se ríen de algo que dice una de las mujeres y Diego llama al camarero con un gesto de la mano para pedir otra ronda.

Un coche que hay detrás de mí toca el claxon para que circule. Miro por el retrovisor, pero no me muevo. Vuelvo la vista a la mesa donde está mi marido, ese que nunca tiene tiempo para mí y que parece estar pasándoselo bien con otra gente que no soy yo. El tipo del coche vuelve a tocar el claxon con insistencia y saca la cabeza por la ventana para gritarme algo que no entiendo. La gente se gira para ver qué pasa, entre ellos Diego, y su mirada se encuentra con la mía y no puede reprimir un gesto de sorpresa. Se levanta y empieza a caminar hacia la salida para venir a mi encuentro. El hombre del coche de atrás está furioso. Acelero y me alejo antes de que Diego llegue hasta mí. Una llamada suena en el móvil, no lo cojo, ni siquiera miro quién es porque sé que es él. Después de unos instantes se queda en silencio para volver a sonar de nuevo una y otra vez. Meto la mano en el bolso, que está en el asiento del copiloto, revuelvo dentro hasta dar con él y lo lanzo al asiento trasero con tanta fuerza que rebota y cae al suelo. El sonido ahora llega amortiguado y más lejano. Subo el volumen de la radio, donde suena una canción demasiado triste, y lloro. Le echo la culpa a la letra de la canción. Es mucho más fácil eso que culparme a mí o a Diego por lo que hemos hecho mal.

31

Cuando veo la paella en la mesa ya no me apetece. Mareo el arroz en el plato y lo escondo debajo de los mejillones, como hacía cuando era pequeña. Mi madre y Dita están muy raras, se miran como si fueran poseedoras de un secreto que solo conocen ellas dos. Estoy deseando irme, no me encuentro bien. Debo de tener mala cara porque, cuando terminamos el postre, que yo apenas he probado, me obligan a tumbarme en la cama de Paula mientras ellas friegan los platos. Matías ha salido a tirar la basura hace un rato, imagino que estará caminando o sentado en algún sitio haciendo tiempo para volver. Hasta la habitación me llega el olor del café recién hecho. No conozco a nadie que tome más café que ellas, y me dan náuseas. Cierro los ojos para ver si se me pasa y noto cómo el colchón se hunde al lado de mis piernas. Es Paula. Arrastro los pies hacia arriba y los pego a mis nalgas para dejarle sitio. Se quita los zapatos y se sube en la cama, apoya la espalda en la pared y estira las piernas.

—¿Qué les pasa hoy a nuestras madres? —le pregunto sin abrir los ojos.

—Se piensan que estás embarazada.

—¿Qué? ¿Y por qué piensan eso? —Me incorporo y apoyo los codos en el colchón para ver a Paula.

—No lo sé. Las escuché decirlo en la cocina.

Me vuelvo a dejar caer y cierro los ojos. Lo que menos necesito ahora es a mi madre y a Dita fabulando y mirándome con lupa para descubrir si están en lo cierto. ¿Por qué se les habrá ocurrido esa idea absurda del embarazo?

—No estoy embarazada, vomité esta mañana porque algo me sentó mal anoche.

—También han dicho que te vas a separar.

—Pues, mira, a lo mejor en eso no se equivocan.

Me molesta que mi madre y Dita hablen de mis problemas con Diego a mis espaldas, sobre todo porque no les he explicado nada de lo que ha pasado.

—¿Me puedes traer el bolso, por favor? —le pido a Paula. Iría a buscarlo yo misma, pero no quiero verlas porque les diré algo inoportuno.

Cuando vuelve, me siento en la cama y saco el móvil del bolso. Miro el buzón de voz, donde hay más de quince mensajes. Lo vacío sin escuchar ninguno. De repente siento la necesidad de salir a la calle: el olor del café y el recuerdo de lo que ha pasado hace unas horas me revuelve el estómago.

—¿Quieres que salgamos un rato?

—Vale.

Le decimos a Matías, que ya volvió y está leyendo en el sofá, que nos vamos a dar una vuelta, y salimos. Apenas hay gente en la calle, es hora de la siesta, los cafés y la sobremesa, por lo que pasear es un placer. Hace sol y la temperatura es agradable. Caminamos un rato en silencio; no tengo necesidad de hablarle a Paula de cualquier tontería para que esté entretenida, es una niña muy callada, quizá por sus problemas en el colegio.

—Tengo que hacer una llamada. ¿Te importa si nos sentamos?

—Me da igual.

Nos sentamos en el banco de un parque huérfano de niños por la hora que es. Busco en la agenda del móvil y espero un poco antes de llamar, no sé si estoy segura de querer hacerlo.

—¿Si tuvieras muchas ganas de conseguir algo y supieras que es muy difícil, aunque no imposible, intentarías conseguirlo a pesar de saber que perderías otras cosas que tienes? —Después de formularle la pregunta, creo que no me habrá entendido.

Me mira y piensa un momento antes de contestar:

—No tengo muchas cosas que perder. Me gustan mis disfraces, los collares... Y ya no tengo más cosas que me gusten. Bueno, sí, las gafas nuevas me gustan mucho, y sí que tengo muchas ganas de conseguir algo. Entonces me daría igual perder esas cosas.

Todo en ella tiene un aura de tristeza, me apena que solo tenga un par de cosas que le gusten. Aun así, estaría dispuesta a renunciar a lo que tiene por conseguir lo que desea. ¿Y yo? ¿A qué estoy dispuesta a renunciar: a lo que deseo o a lo que tengo?

Hago esa llamada y, mientras oigo los tonos, el corazón me late tan fuerte que me da la sensación de que es demasiado grande y se va a salir de mi cuerpo para caer al suelo y empezar a botar como un pez fuera del agua.

—Hola. Tenía programada una visita para el jueves que viene. Sí, espero. —Una melodía que da sueño me llega a través del teléfono; cesa la música y vuelve la voz amable de la recepcionista, que me pregunta para qué tenía hora—. Para un tratamiento de fertilidad. Quiero anularla.

Aunque estoy de frente, por el rabillo del ojo puedo ver cómo Paula me mira. La recepcionista debe de estar entrenada para saber lo que tiene que decir en estos casos. Intenta convencerme de que no lo haga y aparto el teléfono de la oreja para no escucharla, porque no quiero que me convenza. La decisión está tomada.

Pasan unos segundos y me acerco de nuevo el teléfono a la oreja para comprobar si la mujer sigue hablando. Después de un rato, le digo que tengo que colgar, a lo que ella me contesta que por teléfono no se puede anular la visita, que tendré que ir en persona. Le contesto que sí por quitármela de encima y cuelgo.

32

Le he dicho a mi madre que no quería ir a casa de Dita a comer, que no me apetecía porque no me encuentro bien. Me ha respondido que entonces ella tampoco iba. Me hace chantaje, sabe que después me sentiré culpable y que terminaré claudicando. Sin embargo, no sabe que hoy no cederé. Me da igual oírla hacer ruido para hacerse notar, me da igual si entra mil veces a mi habitación con cualquier excusa, y me da igual escucharla hablar con Dita por teléfono diciéndole que hoy no podrá ir, que tendrán que dejar el arreglo de la ropa para otro día. No puedo quitarme de la cabeza la imagen de Diego sentado a la mesa con esa gente a la que no conozco pasándoselo bien mientras yo estaba hecha polvo y me sentía culpable por mi actitud. Tampoco soy capaz de perdonarle que no viniera a darme una explicación. Suena el timbre, será alguna vecina.

—Ya voy yo. —La voz de mi madre llega amortiguada a través de la puerta. Me doy la vuelta en la cama y me tapo la cabeza.

Escucho la voz de Dita y me enfado con mi madre por haberle dicho que venga. No me apetece ver a nadie. No sé qué me pasa, no soy capaz de llorar a pesar de que siento una tristeza enorme. No tengo ganas de hacer nada y mañana me va a costar la vida ir a trabajar. Diego me ha vuelto a llamar. Tengo el contestador repleto de mensajes que no escucho, y cuando el buzón está lleno lo vacío. Así de simple. No entiendo por qué me llama tanto y después no es capaz de venir a verme.

Alguien entra en la habitación. Me arrebujo más en las mantas, como si así pudiera desaparecer, y cierro los ojos.

—Hola, Sofía.

Noto la cara de Bruno muy cerca de la mía.

—Hola, Bruno.

—¿Sofía tiene sueño?

—Sí, tengo mucho sueño. —Abro los ojos y veo su cara a escasos centímetros de la mía. Está de rodillas en el suelo y apoya los brazos en la cama.

—Sofía, despierta, no es la hora de dormir.

Cierro los ojos y él intenta levantarme los párpados. Le aparto las manos y vuelve a abrirme los ojos a la fuerza.

—Sofía, despierta.

—Luego iré a jugar contigo, ahora me duele la barriga.

—Bruno, deja a tu tía. Vete con tu hermana.

Dita lo levanta con cuidado y lo empuja fuera de la habitación, y vuelvo a cerrar los ojos para no verla. Se sienta en la cama y me sorprende que no diga nada: nunca está en silencio. No abro los ojos, esperaré a que se canse y se vaya, no tengo ganas de estar con nadie. Escucho a mi madre hablar con Paula y el sonido de la tele; están dando los dibujos que Bruno mira a todas horas. Pasan los minutos y seguimos en silencio. Empiezo a estar incómoda.

—Me gustaría estar sola —le digo.

—Sola. No hay una palabra más triste que esa. ¿No lo habías pensado nunca? No me gusta nada. La mayoría de las mujeres a las que voy a peinar a su casa están solas y no se darían cuenta si les pusiera el pelo de color rosa o lila, porque ni siquiera se miran al espejo cuando termino de hacer mi trabajo. ¿Qué les importa estar más o menos guapas si nadie va a visitarlas? Solo quieren que vaya por estar acompañadas.

»Paula está sola. Entiéndeme, nos tiene a nosotros, pero no tiene muchas amigas. Eso es terrible, lo peor que le puede pasar a un niño es estar solo. Por eso, si pudiera, borraría esa palabra del diccionario, porque no sabes lo que supone mirar a tu hija y sentir que está tan triste. Aborrezco a esas niñas y a sus madres, les deseo lo peor, que sean tan infelices como es Paula, y después me detesto por tener esos sentimientos hacia ellas, aunque, si pudiera encontrar la manera de hacerles pasar por lo que está pasando Paula, lo haría para que supieran lo que se siente. Bruno también está solo la mayoría del tiempo; a pesar de no estarlo físicamente, sí lo está. ¿Y mi madre? Sola también, sin mantener una conversación coherente con nadie desde hace tanto tiempo. —Por lo que comenta, sé que habla de Mercedes y no de nuestra madre—. Sin decirme que me quiere, como hacía antes de ponerse enferma. ¿De verdad te apetece estar sola?

—Sí, Dita, quiero estar sola, necesito estar sola, me asfixio si estoy con gente. Mañana no podré elegir, permíteme que hoy disfrute de mi soledad.

—¿No vas a contarme qué te ha pasado? —insiste, y, aunque sé que lo hace porque está preocupada, me molesta que no se dé cuenta de que debería dejarme mi espacio.

Me doy la vuelta en la cama y quedo de espaldas a ella, me siento ridícula hablando con los ojos cerrados.

—Me voy, ya no te molesto más.

Sale de la habitación y cierra la puerta. Me arrepiento de cómo le he contestado: después de confesarse conmigo, voy yo y le suelto un bufido. Me siento en la cama y encojo los pies cuando estos tocan el suelo: está helado. Busco los calcetines por debajo de las sábanas y me los pongo.

Al salir al comedor, todos excepto Mercedes me miran. «Ya estamos todos», pienso al ver que también la han traído con ellos.

—Hola, Sofía. —Bruno me saluda como si no hiciera menos de diez minutos que lo hizo.

—Hola, Bruno.

Enseguida vuelve a jugar con un loro de plástico que repite todo lo que él dice.

—¿Por qué me miráis así? —pregunto.

—Estás horrible —dice Dita.

—Muchas gracias. Tú tampoco estás muy bien que digamos.

Lleva un jersey que le queda estrecho y una falda que le va grande. Mi madre está de rodillas cogiéndole el bajo y la cinturilla con alfileres.

—La verdad es que dais pena las dos. ¿Tú qué opinas, Paula? —le pregunta mi madre, que intenta que participe de alguna manera en las conversaciones por no verla tan callada.

—No me gusta ese jersey —dice mirando a su madre.

Aunque en un primer momento me alegro de la contestación, porque se ha puesto de mi parte haciendo ese comentario sin importancia, me da pena Dita: Paula todavía no la ha perdonado por ser como es.

Me siento en el sofá al lado de Mercedes, que hace punto ajena a nuestra conversación.

—¿Has empezado una labor nueva? —Paso la mano por lo que está tejiendo.

—¿Te gusta? —me pregunta mirándome con curiosidad, como si me conociera y no lograra recordar de qué.

—Es muy bonito.

—Cuando lo termine, te lo quedas. En la casa de la playa hace frío por las tardes.

No sé qué debe de pasar por la mente de Mercedes, ni si los recuerdos se entremezclan en ella, porque hace unas semanas me dijo que en la casa de la playa siempre es verano.

Miro a mi madre y veo un gesto de dolor en su cara que dura solo unos segundos. No entiendo cómo, después de tantos años, no ha podido olvidar a ese hombre. Si ella no me lo hubiera explicado, nunca habría intuido que ha sido infeliz; ni siquiera la relación tan fría y distante que tuvo con mi padre le quitó las ganas de reír.

—¿Por qué no nos vamos el fin de semana que viene a la playa? Ahora es invierno, un fin de semana no puede salir muy caro. Lo pasamos muy bien cuando fuimos a Francia. Puedo sacar algo de la hucha. Además, me ha salido una clienta nueva. —Dita lo dice como si irnos fuera una tabla de salvación. Una balsa en medio del océano donde subirnos para evitar ahogarnos.

—Hace años que no voy a ningún sitio. —Mi madre está emocionada—. Me parece una idea estupenda. Lo pagaré yo. ¿Para qué quiero el dinero si no es para gastarlo con vosotros?

Se levanta y deja a Dita con la falda a medias para sentarse a mi lado.

—Tenemos que mirarlo ya. Si lo dejamos, luego no iremos.

No tengo ni idea de qué habrá pasado con Diego de aquí a la semana que viene; por cómo va la cosa creo que estaremos igual o peor. Pase lo que pase, no tengo ganas de irme un fin de semana con mi madre y con Dita, las dos juntas son demasiado para mí con el estado de ánimo que tengo ahora. Por suerte, suena el timbre, y este las distrae de sus planes. Quienquiera que sea no puede venir en mejor momento.

Abre mi madre, la escucho hablar bajito. No sé quién será, porque solo la oigo a ella. Cierra la puerta y no sé si la visita ha entrado o se ha ido. Al oírla volver, miro al pasillo para ver si viene sola y me quiero morir cuando veo a Diego detrás de ella.

—Hola —dice en general. Supongo que no esperaría tanto público.

Bruno se levanta del suelo de un salto y se planta delante de él.

—Hola. ¿Tú cómo te llamas?

—Me llamo Diego. ¿Y tú cómo te llamas?

—Yo me llamo Bruno.

Una vez que ha saludado, Bruno vuelve a su sitio y Diego se queda solo de pie en medio del comedor, que ahora parece más pequeño porque nunca antes hubo tanta gente reunida. Dita se acerca a él.

—Hola, yo soy Dita. Imagino que Sofía te habrá hablado de mí. —Se pone de puntillas para darle dos besos; está descalza y todavía se ve más pequeña a su lado. Con una mano se agarra la cinturilla de la falda para evitar que se le caiga y con la otra le hace un gesto a Paula para que se levante—. Y esta es Paula.

Diego está cohibido: no esperaría encontrarse a nadie. Yo no me muevo del sofá, espero a ver qué hace. Paula se levanta porque Dita insiste en que se acerque, se queda parada delante de él y su madre la empuja con disimulo para que le dé los dos besos de rigor, pero esta no se mueve.

—Hola, Paula. —Diego le revuelve el pelo en un gesto cariñoso y ella vuelve a sentarse a mi lado, esta vez más cerca, como si quisiera hacerle saber que forma parte de mi equipo. Dita sigue hablando, pero llega un momento en que ya no tiene nada que decir y nos quedamos todos en silencio, excepto Bruno y el loro de plástico. Hasta aquí me llega el olor de Diego, ese aroma tan familiar que reconocería entre mil, y lo que más me gustaría es levantarme y abrazarlo. No lo hago, estoy cansada, siento que he dado yo mucho más que él y no tengo ganas de dar más. Estoy harta de excusas y ausencias y no voy a permitir que me haga sentir culpable.

—Siéntate, no te quedes ahí de pie. —Mi madre intenta romper un poco la tensión.

—Me gustaría hablar con Sofía. —Se lo dice como pidiéndole permiso y como si yo no estuviera presente y no tuviera nada que decir.

—Claro, nosotras vamos preparando la comida.

Dita hace un gesto con la cabeza a Paula, que se levanta y se va con ellas. Se llevan a Bruno y dejan a Mercedes en el sofá conmigo. No se han dado cuenta, hace tan poco ruido que a veces se nos olvida que está presente.

Diego está muy guapo; la camisa bien planchada y los tejanos desgastados que le quedan perfectos contrastan con el aspecto desastroso que tengo yo. Eso es lo que menos debería importarme en este momento. Sin embargo, siempre tuve un poco de miedo a que encontrara a alguien mejor que yo. Eso sucede cuando quieres tanto a alguien y temes perder a esa persona. Miedo a que le pase algo cuando se va de viaje y no vuelva a verlo más, miedo a que conozca a otra mujer que lo haga reír más que yo, que no sea tan complicada y que no le pida tanto como yo.

—Sofía, ¿podemos hablar a solas?

No soporto que me llame Sofía, no lo hace nunca y no parece que me hable él.

—Estamos solos.

Mira a Mercedes, que sigue haciendo punto. Parece que la que está sola es ella.

—Ella no cuenta, es como si no estuviera.

Avanza unos pasos y se sienta a mi lado. Se pasa los dedos por los ojos y los deja un instante en el puente de la nariz. Se pone de lado para mirarme cuando habla.

—Todavía no sé qué ha pasado. Ni por qué te has ido de casa. ¿No te parece que estás llevando esto demasiado lejos?

—He llamado a la clínica para anular la visita, ya no tendrás que trabajar tantas horas por mi culpa.

No puede disimular la sorpresa que le produce oírme decir esto.

—Eso es un golpe bajo. He venido aquí para intentar arreglar lo nuestro y lo primero que haces es escupirme a la cara una cosa que sabes que dije porque estaba enfadado. ¿Qué te pasa, Sofía?

—No me llames Sofía, no lo soporto —digo con pena.

—Ahora mismo no podría llamarte de otra manera.

Nos quedamos en silencio y Mercedes, la mujer que casi nunca abre la boca, lo rompe para recordarnos que no estamos solos, aunque hace un momento yo le haya dicho lo contrario a Diego.

—Sofía es un nombre muy bonito, ¿no te gusta?

Si había alguna posibilidad de retomar la conversación, se acaba de esfumar.

—Sí, claro que me gusta —respondo mirándola.

—Me había parecido que no.

Vuelve a su labor y ya nadie dice nada. Diego se levanta y me coge la barbilla con la mano para obligarme a mirarlo, y el enfado desaparece al instante.

—Esto me parece un sin sentido. Vámonos a casa. Hablemos.

Me levanto después de unos instantes, quizá demasiado deprisa para lo enfadada que estaba, pero no quiero perder a Diego. Lo necesito y pienso que podemos reconducir nuestra vida en común.

—¿Me esperas dos minutos?

—Dos minutos, nena, ni uno más.

Me da un cachete en el culo empujándome a la habitación y vuelo para cambiarme de ropa.

—Mercedes, dile a mi madre que no me quedo a comer, que luego la llamo —le pido cuando salgo de la habitación sabiendo que no será capaz de decirle nada, pero me parece mal irme sin despedirme de ella, aunque no se dé cuenta de las cosas.

Ella me mira y no dice nada, sigue tejiendo una prenda eterna que nunca termina porque Dita se encarga de deshacerla un poco cada noche.

33

Cuando me he despertado esta mañana me hubiera gustado poder detener el tiempo, quedarme para siempre en la cama abrazada a Diego. Estoy sentada delante del balcón, he corrido las cortinas y me he levantado el vestido ancho y cómodo que utilizo para estar en casa para que me dé el sol en las piernas. Diego está en la ducha y aprovecho para llamar a mi madre.

—¿Sí?

—Mamá, soy yo.

—Hola. Ahora mismo le estaba diciendo a tu hermana que iba a llamarte.

Sonrío. Siempre que la llamo por teléfono me dice que iba a hacerlo ella.

—Ayer me fui deprisa. ¿Te dijo Mercedes que no me quedaba a comer? —Hago la pregunta sabiendo de sobra que no le dijo nada. Es una manera de disculparme por haberme venido sin despedirme.

—No tiene importancia. ¿Todo bien?

—Sí, ya está todo arreglado.

—Me alegro. Ya sabes que lo que quiero es que estés bien.

—Ya lo sé. Estoy bien, de verdad. ¿Sigue en pie la visita a la playa del fin de semana? —Acabo de decirlo y ya me arrepiento, pero estoy tan contenta que pienso que podré superarlo sin salir demasiado damnificada. Solo serán dos días.

—Creía que ya no iríamos. Me encantaría. Dita está muy preocupada por Paula —dice en voz baja para evitar que la escuchen.

—Lo miro y mañana voy a veros y os digo. —Diego vuelve del baño, se sienta en el brazo del sillón y me pasa la mano por el cuello—. Tengo que colgar. Mañana nos vemos.

—Hasta mañana.

Me levanto, le dejo el sitio a Diego y me siento encima de sus piernas, encojo las rodillas y le rodeo el cuello con los brazos.

—El fin de semana que viene me voy con ellas a la playa, con el frío que hace, ¿podrás soportar mi ausencia? —pregunto mientras reparto besos por su cara.

—Yo sí. ¿Y tú? ¿Podrás soportar la mía?

Desliza la mano dentro de mi escote y el roce me quema la piel.

—Si sigues tocándome así no me iré, y después tendrás que soportar que mi madre y mi hermana te martiricen por desbaratar sus planes.

Nos vamos a la cama, volvemos a hacer el amor y me siento la mujer más afortunada del mundo, a pesar de que haya una parcela en mi vida que esté incompleta. Vacía. Yerma. Me acostumbraré. Dicen que no se echa de menos lo que no se conoce; no es verdad, pero no puedo ser una desagradecida con la vida. No me ha tratado del todo mal.

Diego me ha prometido que pasaremos más tiempo juntos y yo le he prometido que no habrá más tratamientos ni pruebas y que intentaré que lo que se ha convertido en una obsesión se vaya desvaneciendo poco a poco. Evidentemente, discutiremos por otras cosas, o puede que alguno de los dos no cumpla sus promesas. Ahora no me preocupa, no pienso adelantarme al tiempo.

Me siento tan bien que me parece que si abriera los brazos podría volar. No me imagino mi vida sin Diego. Si miro los patucos colgados del ordenador de David todavía se me encoge el estómago, por eso procuro no hacerlo, no quiero que nada empañe mi alegría. No tengo mucho trabajo, así que estoy mirando apartamentos para el fin de semana. Busco algo que esté bien. Ahora es temporada baja y es más barato, y Dita y mi madre no van nunca a ningún sitio, por lo que quiero sorprenderlas. Para evitar que vea lo que hago, cierro la página cuando María, la chica de recepción, se acerca a mi mesa.

—Hay un hombre que te busca.

—¿Un hombre? ¿Es guapo? —bromeo.

—Normal.

—¿No te ha dicho qué quiere?

—No. No ha querido decirme nada. Se le ve muy nervioso.

Me levanto y a lo lejos veo a Matías paseando de un lado a otro, agitado. Me acerco a él sin saber qué puede querer.

—Matías, ¿qué haces aquí? ¿Ha pasado algo?

—Perdona que te moleste, no sabía a quién acudir.

—No me molestas, ¿qué ha pasado?

Mira a María, que se ha quedado de pie a mi lado.

—Vamos fuera un momento —le digo cogiéndolo del brazo.

En el corto recorrido que hay desde la recepción hasta la puerta, imagino mil cosas y ninguna es buena: no se me ocurre nada bueno por lo que Matías haya venido a buscarme a la oficina. Ni siquiera sé cómo ha averiguado dónde trabajo.

Nos apartamos de la entrada para no entorpecer el paso y Matías me mira sin atreverse a hablar. Hace pocos días mi madre vino a decirme que habían agredido a Paula, y ahora Matías me mira con tanto miedo que me aterroriza escuchar lo que me va a decir.

—Dita ha tenido un accidente —termina de hablar y empieza a llorar. Baja la cabeza como si le diera vergüenza que lo viera. Apoyo una mano en su hombro, que se sacude con violencia, y no me sale la voz.

—¿Un accidente? ¿Qué clase de accidente? ¿Qué ha pasado? —digo en voz baja, tanto que dudo que me haya escuchado. Aun así, no he preguntado si está bien. Me da miedo saber la respuesta.

—Estaba ayudando a una señora de las que va a peinar a recoger las cosas que se le habían caído de la bolsa de la compra. Salió detrás de unas naranjas que rodaron hacia la carretera y no vio venir un coche, que se la llevó por delante.

—¿Y por qué no estás en el hospital? —pregunto temiéndome lo peor y siendo incapaz de preguntar si está bien directamente.

—Está en la UCI, ahora no es horario de visitas. Yo me quedaré en la sala de espera, ya sabes que no le gusta estar sola. He pensado que le gustaría sentir que también estás allí.

Oírlo decir que Dita está viva hace que sienta tanto alivio que yo también rompo a llorar. Matías me acaricia el brazo para consolarme y, aunque me gustaría abrazarlo, no lo hago: no estaría cómoda y creo que él tampoco.

—Voy a llamar a mi madre para que vaya a recoger a los niños al colegio. De momento no le diré nada, prefiero hacerlo en persona. Subo a buscar mis cosas, bajo enseguida.

Corro escaleras arriba mientras suplico que Dita se ponga bien. No tardo ni un minuto en bajar. Tengo que mantener la compostura porque Matías está desesperado y, aunque al verlo a través del cristal de la puerta me contagio de esa desesperación, respiro hondo antes de salir a su encuentro.

34

Estamos solos en la sala de espera. Matías y yo. No hablamos. No es preciso. Las enfermeras que vienen de vez en cuando a sacar un café de la máquina no nos miran, como si formáramos parte del mobiliario. Después de un rato se ha acercado el médico a decirnos que será mejor que nos vayamos a descansar. No saben cuánto tiempo tardará Dita en despertar, y en caso de que lo haga nos necesitará en plena forma. Después ha seguido hablando, aunque yo no he escuchado lo que ha dicho. No quiero pensar cómo se lo diré a mi madre y prefiero no saber nada para no tener que mentir. Volveremos a las ocho, que es la hora a la que nos dejarán verla.

Cuando llegamos a casa de Dita, mi madre no está. Tardará, se ha llevado a Mercedes y salir con ella es tener que detenerse a cada momento porque parece que lo ve todo por primera vez. La casa aún conserva el olor de Dita, y recuerdo la cantidad de perfume que se pone y cómo una vez le dije que parecía un ambientador con patas. Mi madre ha dejado una nota para Dita encima de la mesa. No quiero leerla porque me parece que, si lo hago, estoy dando por hecho que ella no podrá hacerlo nunca. No sé cómo decírselo a Matías sin sentirme ridícula, así que la doblo y la guardo en el bolsillo del abrigo sin que me vea. Agradezco que mi madre no esté, necesito pensar qué voy a decirle.

Matías vuelve del lavabo. No se ha quitado la chaqueta y yo tampoco, como si estuviéramos esperando a salir corriendo porque nos llamarán del hospital. Es un hombre poco hablador, y yo en esta ocasión tampoco sé qué decir.

—¿Qué le voy a decir a los niños? —pregunta afligido.

Ha dicho «los niños», ni que Bruno fuera a entender lo que ha pasado. Y Paula, ¿qué sentirá? Cuando era pequeña y me enfadaba con mi madre, recuerdo que pensaba que ojalá desapareciera, porque así ya no tendría que ponerme la ropa que no me gustaba ni tendría que escucharla hablar con los muertos. Si le hubiera ocurrido algo, me habría sentido culpable pensando que había sido por mi culpa. Ojalá Paula ya la haya perdonado, pero no ha pasado el tiempo suficiente y ella todavía no ha cerrado la herida que le produjo lo que ocurrió en el colegio. Sacudo la cabeza y me enfado por tener estos pensamientos porque, igual que hice antes al no leer la nota, parece que ya la doy por perdida.

Al oír el sonido de la llave en la puerta nos ponemos tensos. Bruno entra el primero y nos saluda como siempre.

—Hola, Sofía; hola, papá.

—Hola, Bruno.

Matías se agacha y le da un beso, incapaz de hablar.

—¿Cómo ha ido la comida? —Mi madre se acerca y se sorprende al ver a Matías conmigo en vez de a Dita, porque se suponía que estábamos comiendo juntas. Es la excusa que le puse para que fuera a recoger a los niños.

—Hola, Paula. —No contesto a mi madre, no quiero hacerlo delante de Paula.

—Hola. ¿Te quedas a cenar?

—Sí.

Mi madre me interroga con la mirada, sabe que algo no va bien. Cuando Paula se va a su habitación, se acerca a mí y me agarra las manos.

—Sofía, ¿qué ha pasado? —me pregunta en voz baja.

Esto es lo más difícil que he tenido que hacer nunca. A pesar de haber repetido en mi mente lo que iba a decir montones de veces, ahora no me salen las palabras. Miro a Matías pidiéndole ayuda, una ayuda que no encuentro porque me mira como si él tampoco supiera lo que ha pasado y esperara mi explicación igual que ella.

—Haced el favor de decir algo, me estáis asustando —insiste mi madre.

—Bruno tiene sed, Bruno quiere agua.

Matías se adelanta y se va con Bruno a la cocina, dejándonos solas. Mercedes ya está sentada en su butaca y mira a través de la ventana. Da la impresión de que está viendo una película y no le importa lo que ocurre aquí dentro.

—Vamos a sentarnos —digo cogiendo a mi madre del brazo.

—Sofía, te pido por favor que me digas dónde está Dita. —Se suelta de mi mano enfadada y no se mueve.

No puedo hacerlo. La miro y pienso que no soportará escucharme. Un suspiro involuntario escapa de mi boca y empiezo a hablar.

—Dita ha tenido un accidente. La han atropellado y está en el hospital.

—Y si está en el hospital, ¿qué hacéis aquí, por qué no estáis con ella?

Se deja caer en una silla y se aguanta la cabeza con la mano, como si no pudiera soportar su peso. Está blanca como la cera y me temo que se va a desmayar.

—Está en coma.

No le digo nada más. La frase me parece lo suficientemente dura como para suavizarla con mentiras o adornarla para que parezca menos grave. Al escucharme decir esto se derrumba, como esos edificios que se derriban con una explosión controlada. Empieza a temblar y me asusto al verla. Llora en silencio, tapándose la cara con las manos y cogiendo aire de vez en cuando, como si lo que quisiera fuera dejar de respirar pero no consiguiera hacerlo. Me levanto, me pongo detrás de ella y la abrazo, intentando evitar que se venga abajo. Apoyo la cara en su cabeza y lloro con ella. Lloro con desesperación y con la culpa a cuestas por haberle dicho tantas veces a Dita que lo peor que podría pasarle sería quedarse sin voz, refiriéndome a que no era capaz de estar en silencio ni un momento. Ahora está sin voz y daría lo que fuera por volver a oírla hablar sin parar como hacía siempre. No se oye nada más que los lamentos de mi madre y una canción que sale de la tele y que parece burlarse de nosotras.

Paula sale de su habitación y mi madre y yo intentamos recomponernos.

—¿Dónde está mamá? —pregunta mirando primero a su padre, que ya volvió de la cocina, y después a mí.

Miro a Matías pidiéndole ayuda, pero antes de que abra la boca me acerco a ella y le digo que hoy no vendrá a dormir porque la señora a la que va a peinar se ha puesto enferma y no tiene familia, así que se quedará con ella en el hospital. Se da media vuelta, entra en su habitación y cierra la puerta. Matías se pasea de un lado a otro del comedor como un león enjaulado y yo me dejo caer junto a mi madre y la cojo de la mano.

Después de un rato, me acerco a Mercedes, que está en su butaca, y la ayudo para que se siente al lado de mi madre. Ella se agarra de mi brazo y se deja llevar. No haría falta decirle nada porque no va a entenderlo, pero creo que no debemos excluirla de lo que ha pasado. Sonrío cuando me mira y me parece que la sonrisa que me devuelve es de agradecimiento, por contar con ella y no dejarla apartada. Arrastro una silla para sentarme enfrente de ellas y veo que mi madre mueve los labios en una plegaria silenciosa.

—Mamá, no sabemos lo que pasará, no podemos hacer que Paula note que estamos angustiadas. Tenemos que ser fuertes. Estoy segura de que Dita se va a recuperar.

No se me ocurre decir nada más. En unas horas, su nueva vida se ha puesto patas arriba. Ha vuelto a perder a la hija que recuperó. Ahora es como si mi padre hubiera ganado la partida. Si viniera a verla, como ella dice que hacen los que ya no están, le diría: «Puedes tirar mis cosas y vaciar la casa para borrar mi presencia, pero esta guerra la he ganado yo».

—Mamá, ¿no vas a decir nada?

Se levanta y ayuda a Mercedes, a quien pide que la acompañe a la cocina.

—Vamos a preparar la cena, así cuando llegue Dita ya estará hecha.

Me quedo sola en el comedor con Bruno y pienso que esto va a ser muy duro. ¿Qué vamos a hacer?

Llamo a Diego y lloro al explicarle lo que ha pasado, la presión de todo el día escapa ahora como un torrente. Me dice que viene para acompañarnos, pero le pido que no lo haga. En un rato estaré en casa. No ha venido nunca y no conoce a Matías, no me parece que sea buena idea que Paula lo vea hoy, precisamente cuando su madre no está. Seguramente no pensaría nada, pero por si acaso.

Desde la cocina, escucho a mi madre dando órdenes a Mercedes como hacía antes con Dita. La diferencia es que falta la risa contagiosa de esta y se nota tanto su ausencia que la casa parece que esté muerta.

35

Ya hace una semana que Dita desapareció. Y digo desapareció porque su ausencia pesa tanto que es como si se la hubiera tragado la tierra y no fuéramos a verla nunca más. Siete días interminables con siete noches más largas todavía.

Mi madre se ha mudado a su casa, no ha pedido permiso y Matías no ha dicho si le incomoda o no, lo ha aceptado, como parece que ha hecho con la ausencia de su mujer. Por la tarde me espera en la puerta de la oficina y vamos juntos al hospital, donde no saben qué decirnos.

Bruno está muy rebelde: apenas come, habla muy poco y cuando lo hace es para preguntar por su madre.

Pienso en Paula y en mi madre y en cómo se sentirán. Paula no hace preguntas, como si le diera miedo escuchar la respuesta. Sigue creyendo que su madre está cuidando a esa señora que no tiene familia, o eso es lo que hace ver. Aunque no podremos ocultarle lo que ha pasado mucho más tiempo, tendremos que maquillar la verdad, pero no se me ocurre cómo. Mi madre está destrozada.

Levanto la vista al notar una presencia a mi lado, aunque estaba tan absorta en mis pensamientos que no la he oído llegar. Mi jefa tira un ejemplar de la revista encima de mi mesa. En sus páginas, una mujer desesperada me mira a través de sus gafas de sol. Es la foto que hizo Paula cuando fuimos a Francia.

—Desde arriba me han pedido que te felicite por el reportaje, por lo visto está haciendo mucho ruido en las redes sociales.

Vuelvo a mirar a la mujer de la foto, que parece que quiera decirme algo, y de repente siento la necesidad de hacer una cosa. Es una idea absurda y descabellada, pero si no lo hago me parecerá que no podré estar en paz. Miro el reloj y veo que todavía estoy a tiempo.

—Necesito el resto del día libre. Recuperaré las horas.

Un leve asentimiento me da a entender que puedo irme. Abro el cajón y revuelvo desesperada hasta dar con el típex, que meto en el bolso antes de salir corriendo. Cuando entro en la autopista llamo a Diego; no lo coge y le dejo un mensaje. Conduzco deprisa porque el paisaje y la urgencia de lo que me propongo no invitan a hacerlo de otra manera. Tampoco disfrutaría de él aunque fuera diferente, así que agradezco que el día no acompañe y sea gris.

Después de poco más de dos horas, dejo el coche en el aparcamiento y me envuelvo en el abrigo para pasar desapercibida, aunque aquí no me conozca nadie. No sigo a la gente, que va toda en la misma dirección. Camino por calles desiertas de suelo empedrado y casas viejas con los postigos cerrados.

La puerta de la iglesia está abierta. Antes de entrar, apoyo la mano en la pared de piedra y cierro los ojos, como queriendo hacerle saber que estoy aquí y que necesito su ayuda.

Igual que la otra vez, no hay nadie, está desierta. Una paloma vuela asustada al escuchar el eco de mis pasos, que han roto el silencio. Voy directa hasta la imagen de la virgen donde Dita dejó caer el papel con su deseo. Miro alrededor para asegurarme de que no hay nadie y salto por encima del cordón que me separa de la figura de escayola, que ahora me parece más grande. Evito mirarla y revuelvo entre los cientos de papeles que hay a sus pies. Descarto uno tras otro. Aunque lo hago deprisa, voy con cuidado: me parece que estoy profanando los deseos de otras personas. No encuentro el de Dita.

Pensé que sería más fácil, ya que lo escribió en un pañuelo de papel; hay papeles de todas clases: cuadriculado, en blanco, pautado…, pero no hay ningún deseo escrito en un clínex.

Me da miedo que cierren la puerta y me dejen aquí atrapada. Sigo buscando y pienso que, si entrara alguien y me viera, pensaría que estoy trastornada, de rodillas en el suelo, apartando papeles que lanzo por encima de la cuerda hacia el otro lado para evitar volver a tropezar con el mismo dos veces. Tengo que encontrarlo; si no lo hago, será como una señal. Cada vez me parezco más a mi madre. Me burlo de ella porque no me creo que hable con los muertos y aquí estoy, tirada en el suelo de una iglesia medio abandonada buscando un deseo no concedido para cambiarlo por otro.

De repente lo veo en una esquina alejado de los otros. Gateo hasta él, lo desdoblo y ahí está la letra de Dita. Apoyo la espalda en una columna, estiro las piernas y siento tanto alivio que parece que haya leído un parte médico de Dita donde dijera que está bien en vez de un deseo escrito en este estúpido papel. Lloro al leer lo que escribió y descubro que la quiero, a pesar del poco tiempo que hace que nos conocemos y de que sus maneras me saquen de quicio. Vuelvo gateando hasta donde dejé el bolso y saco el típex. Borro lo que Dita escribió, presionando lo justo para evitar que se rompa el papel, y dejo escrito solo su nombre. Lo agito y espero a que se seque.

QUIERO VOLVER A CASA Y VER CRECER A MIS HIJOS.

Mi letra desentona con la de la firma de Dita, pero no creo que eso importe porque sé que eso es lo que desearía ella. Recojo los papeles y los vuelvo a dejar donde estaban, los amontono en una pila y pongo el de Dita encima de los otros, el primero, y siento que estoy haciendo trampas, por eso evito mirar hacia arriba, para no ver la imagen de la Virgen.

Salgo de la iglesia sintiéndome como una ladrona de deseos.

36

No me gusta conducir, he llegado agotada y sudando. Me ducho deprisa para llegar cuanto antes a casa de Dita, como si sus habitantes necesitaran de mi presencia para seguir con su vida. Me pongo ropa cómoda y llamo a Diego para decirle que hoy tampoco cenaremos juntos. Ahora que él está más tiempo en casa, la que falta soy yo. No puedo dejar a mi madre sola, parece que le hayan dado una paliza de la que no se recupera. Apenas habla, y cuando lo hace es para dirigirse a los espíritus, a los que les pide ayuda para que Dita encuentre el camino de regreso. Me da miedo que pierda el juicio. ¿Cómo se vuelve loca una persona? ¿Sucede de un día para otro? ¿Es como un cortocircuito que deja el cerebro apagado, que hace saltar la luz y te obliga a andar a oscuras?

Antes de tocar el timbre, acerco la oreja a la puerta. ¿Qué estarán haciendo? No se escucha nada, solo el sonido de la tele, es la única que habla ahora en esta casa. Espero unos instantes, porque detesto el silencio que escapa por debajo de la puerta; casi puedo verlo como una nube densa y espesa intentando colarse dentro de mí.

Al otro lado, mi madre estará cocinando, preparando la cena, haciendo los mismos platos que hacía Dita cuando estaba. Matías, ahora, llega mucho antes como para devolverles todo el tiempo robado anteriormente, pero eso no es posible.

Y Paula estará tumbada en la cama sin hacer nada, mirando al techo. O quizá escribiendo en ese diario que tiene y que cierra con un candado diminuto para evitar que nadie lea lo escrito. La única que está feliz es Mercedes, porque ya nadie deshace su labor por las noches. Está tejiendo una colcha, y es tan grande que si la extendiéramos cubriría toda la superficie del piso. Ahora mismo descansa a sus pies como un mar de olas de colores. Mi madre compra madejas y se las trae cada día aunque no se le hayan terminado; las deja a su lado en una caja que siempre está llena.

Cuando abre la puerta veo que, a diferencia de otros días, ni siquiera se esfuerza en aparentar una energía que no tiene.

—Hola.

Me abraza tan fuerte que parece que quiere meterse dentro de mí para desaparecer por un rato. Desde que Dita está en el hospital, me abraza constantemente: lo hace cuando llego y cuando me marcho y cada vez que me ve mirarla con disimulo, intentando hacerle una radiografía del alma, para saber cómo se siente porque no soy capaz de preguntárselo.

Actuamos como si, en vez de estar en coma, Dita estuviera de viaje y fuera a volver en cualquier momento. Pero no conseguiríamos engañar a nadie con nuestra actuación porque, aunque no supieran lo que ha pasado, se darían cuenta de que no somos unas personas normales. Eso ahora no es posible, ahora somos imperfectos. Se podría decir que tenemos una tara, pero no en el ADN, sino en los sentimientos.

Da la impresión de que mi madre ha estado siempre al mando de la casa y de que mi llegada por las tardes es una señal de que todo está bien. Aunque no es así, porque desde que Dita falta nada está bien. No creo que esto sea sano. Yo hablo con Diego de lo que ha pasado, pero ella no lo hace con nadie. Los espíritus no me sirven, como no le sirven a ella para darle ninguna pista, a pesar de que la veo hablar en voz baja con ellos continuamente.

Me deshago de su abrazo apartándola despacio y la cojo de las manos.

—¿Todo bien?

Ella asiente y me aprieta las manos para dar veracidad a su gesto, aunque las dos sabemos que no es verdad. Por las mañanas es ella la que va al hospital porque Matías y yo trabajamos. Mercedes, que parece haber encogido un poco, como si lo que le ha ocurrido a Dita le hubiera robado un pedazo de su ser, se queda con la vecina. Por las tardes vamos Matías y yo. Una hora es el rato que nos dejan estar con ella. Yo me paso la mayoría del tiempo en la sala de espera. Primero, porque no soy capaz de ver a Dita en ese estado y, segundo, porque creo que Matías está más cómodo si no estoy yo. No sé si le hablará, como dicen que hay que hacer con las personas que están en coma, o si por el contrario permanecerá en silencio como ella. No le pregunto nada ni él me lo explica. Durante el rato que estamos juntos apenas hablamos; cualquier cosa que digamos nos parece vacía y sin sentido.

—Ponte cómoda. No he sido capaz de meter a Bruno en la bañera, ¿quieres intentarlo? —pregunta mi madre.

—Sí, ya me encargo yo.

Se aleja y entra en la cocina, su territorio, donde pasaba la mayor parte del tiempo cuando estaba Dita. Saludo a Mercedes, que mira por la ventana y ni siquiera se gira. No sé qué verá a través de los cristales, dudo que lo mismo que yo: un patio de luz oscuro y sucio con la pintura desconchada atravesado por cuerdas con ropa mal tendida. La dejo con la mirada perdida y voy a ver a Paula.

Al entrar en la habitación me parece que estoy haciendo la ronda en un hospital, visitando a los internos, que aquí están enfermos del alma. La encuentro como siempre, tumbada en la cama sin hacer nada, y me mata de pena verla así. Ya le hemos contado lo que ha ocurrido y no ha derramado ni una lágrima ni ha dicho nada al respecto. También se ha quedado sin voz, igual que su madre.

—¿Qué haces?

Qué pregunta más absurda, ya veo que no hace nada. Podría haberle preguntado «¿Qué piensas?», pero no sé si quiero saberlo.

—Nada.

No abre los ojos, que cerró al verme entrar, ni se mueve. La corriente de aire que se cuela por la ventana abierta hace que el atrapasueños se balancee y que los huesos de madera choquen unos con otros. Al oír el ruido me mira.

—Quiero que te lleves eso —dice mientras señala el techo.

—¿Por qué?

—Trae mala suerte.

Me subo en la cama y tiro de las plumas con fuerza.

—Ya está.

Ella se gira y mira hacia arriba para asegurarse de que no miento a pesar de que ha visto el atrapasueños en mi mano. Su cara es una máscara rígida, parece que se prepare para lo que se le viene encima. No tiene expresión, si la miras no consigues saber si está asustada o angustiada, ni puedes intuir cómo se siente. Me da miedo verla así con esos ojos que no dicen nada, es como si estuviera vacía. Estoy a punto de acercarme y abrazarla, pero soy incapaz, y me acuerdo de una mujer india que viaja por el mundo para abrazar a la gente, que hace cola para recibir un abrazo de ella. Leí que ha llegado a estar veinte horas abrazando a desconocidos. En cambio, yo no soy capaz de hacerlo con las personas a las que quiero. Ahora saldré al comedor, consolaré a mi madre, pero tampoco le daré un abrazo, será ella la que se acerque a mí para hacerlo. Aparto los ojos de la cama para no verla. Encima del escritorio sigue el desorden de siempre, y detrás de su diario veo unos pinceles, que supongo que serán los que utilizaba Dita para hacer los trampantojos, y se me ocurre una cosa.

—Necesito tu ayuda. Me gustaría llevar a tu abuela a la playa y yo sola no puedo.

Despierto su curiosidad, porque apoya los codos en el colchón y me mira.

—¿A qué abuela?

—¿Por qué no a las dos?

Cojo los pinceles y le pido que me ayude. Mientras ella busca las pinturas en el lavadero, aparto el sillón donde está sentada Mercedes al lado de la ventana y descuelgo las cortinas.

Bruno, al vernos, quiere pintar; le doy un pincel y pongo pintura en unos vasos de plástico a su lado en el suelo. Dibujo un cuadrado grande en la pared y le digo que procure no salirse y que después tendrá que bañarse o, de lo contrario, no podrá pintar otro día. Asiente convencido y se pone manos a la obra. Paula y yo empezamos cada una por una hoja de la ventana; estamos muy juntas y le hablo en voz baja.

—En el hospital no dejan entrar a los niños, pero mañana traeré la cámara y os haré unas fotos para enseñárselas a tu madre. —Deja de pintar y me mira, aunque yo no lo hago: sigo deslizando el pincel por encima del cristal. Estamos a la misma altura porque está subida en un taburete, y noto cómo sus ojos me taladran y entran en mi cabeza para leer mis pensamientos—. Tenemos que dejar esto bien bonito para cuando vuelva.

Cuando me quedo en silencio, empieza a pintar de nuevo. Aprieta el pincel con fuerza y los trazos son bastos, y diría que hasta agresivos. Me siento ridícula y torpe por lo que le he dicho, que sea una niña no quiere decir que sea tonta. Se me debería haber ocurrido otra cosa, pero no tengo hijos y no estoy acostumbrada a tratar con niños. Si me pregunta que por qué no llama por teléfono, no sabré qué decir.

Seguimos pintando un rato en silencio; nos hemos puesto perdidas y el resultado deja mucho que desear. Pretendíamos dibujar una playa y Bruno lo hubiera hecho mejor que nosotras. Cada hoja del cristal de la ventana se ve diferente: dos mares distintos que no tienen nada que ver entre sí. Nos retiramos para ver cómo ha quedado desde lejos y pienso que, a pesar de no estar bien, me gusta más que la vista que había antes. Añadimos unas olas con pintura blanca y oscurecemos un poco el agua para diferenciarla del cielo, donde dibujo las típicas gaviotas en forma de uve. Bruno ha llenado el cuadrado sin salirse de los márgenes; no hay ni una gota de pintura en el suelo y apenas se ha manchado.

—¿Podemos pintar toda la pared?

—Creo que sí, le preguntaremos a tu padre. Seguiremos mañana, ahora hay que bañar a Bruno.

Dejamos los botes en un lado y vamos a lavar los pinceles.

—Hay que meterlos en agua. Mi madre siempre lo hacía.

Es la primera vez que la oigo nombrarla y pienso que es bueno. Pase lo que pase, que no desaparezca de su memoria.

No hay manera de meter a Bruno en la bañera. Lo hemos intentado todo, así que llegamos a un acuerdo y se lava las manos y la cara. Le ayudo a ponerse el pijama, que huele a suavizante, y me digo que ha tenido que pasar esta desgracia para que me olvide un poco de las ganas de ser madre. No las he arrinconado, siguen estando ahí, pero le hice una promesa a Diego y me propongo cumplirla, además de que ahora, si me dieran a elegir, renunciaría a ser madre a cambio de que Dita despertara.

Cenamos hablando muy poco y de cosas simples, lo hacemos por llenar el silencio. Un silencio triste y cargado de angustia. Matías niega con la cabeza mientras come. No creo que ni siquiera se dé cuenta de que lo hace, a pesar de que se esfuerza por mostrarse delante de los niños como si no hubiera pasado nada.

Tecleé en Google «personas que se despiertan del coma» y no debería haberlo hecho. Hay montones de personas que despertaron años después, pero lo peor no es haber perdido ese tiempo: lo peor es que la mayoría lo hicieron con graves secuelas. No quiero pensar en eso; prefiero pensar que ese estado no durará mucho y que todo volverá a ser como antes. Es curioso, pero nadie se ha sentado en el sitio de Dita a pesar de que la silla esté en medio de otras dos. Ahí está el hueco en la mesa para recordarnos que ella no está.

Al llegar a casa me refugio en los brazos de Diego. Me dice que mañana vendrá conmigo a casa de Dita, que no sirve de nada que llegue antes si yo no estoy. Le digo que sí, que ya es hora de que conozca a Matías, al que le irá bien tener un aliado y no estar rodeado de tantas mujeres. Después le pido que me haga el amor, y me siento mal, porque puede que Dita no vuelva a hacer el amor nunca más, pero no puedo evitar el deseo que siento al notar su cuerpo pegado al mío, así que cierro los ojos y me evado y no pienso en nada más que en lo que mi piel ordena.

37

La ausencia de Dita es tan grande que los diez días que lleva en el hospital se me antojan diez meses. Los médicos no dicen nada, solo que hay que esperar. Por las tardes vengo a verla. Una hora en la que Matías y yo compartimos la habitación sin haber hablado de ello ni haberlo pactado; salimos por turnos con la excusa de ir al lavabo o a buscar un café para dejar algo de intimidad al otro. Es muy difícil hablarle a una persona que no sabes si te escucha. ¿Qué le dices que no suene ridículo? No sé qué le dirá Matías. Cuando vuelvo a la habitación, antes de entrar, hablo un momento con la enfermera, que está en el puesto de control, para así avisarlo de mi llegada. Si es su turno, él tose, como si fuéramos espías y tuviéramos un código secreto para comunicarnos. Cuando las enfermeras nos avisan de que se ha terminado la hora de la visita, Matías y yo volvemos juntos a su casa.

Es un hombre que me ha sorprendido para bien: es culto y habla de temas de los que no hubiera imaginado que tenía conocimiento. Es tranquilo y nunca se molesta por nada, pero no porque sea simple, sino porque es su filosofía de vida. Encaja a la perfección con Dita y, aunque no tienen nada en común, siempre que los veía juntos me parecían la pareja perfecta. Me gusta mucho hablar con él a pesar de la situación en la que se producen esas conversaciones. Confieso que algún día he dado un rodeo para que el trayecto desde el hospital a su casa fuera más largo. Si tuviera que definirlo, diría que es una buena persona. Una buena persona que no se merece lo que ha ocurrido, pero ¿acaso alguien se merece lo que la vida le tiene guardado?

Mi madre ya no pasa tanto tiempo en la cocina. Se sienta al lado de Mercedes y mira por la ventana, donde ahora se ve un mar que parece hecho de plastilina. Bruno sigue rebelde, pregunta por su madre y persigue a Paula como si fuera un perrito. Hasta cuando va al lavabo entra detrás y se sienta en el suelo a esperar a que termine. Admiro su paciencia: no deja de ser una cría y Bruno puede llegar a ser agobiante a ratos, pero a ella parece no importarle y lo acepta.

Hemos pintado el resto de la pared de punta a punta, desde el suelo hasta donde nos han dado los brazos. Cada uno lo que ha querido. Un tren comparte espacio con princesas y hadas de cuento, que desentonan en la playa. En el mismo cielo un sol, una luna y montones de estrellas y nubes, unas blancas y esponjosas y otras descargando una tormenta. Hay árboles y montañas, pero también farolas y una carretera con coches. Un perro, un conejo, un gato y peces de colores que flotan en un río que aparece de la nada para ir a morir a ningún sitio. Un lugar caótico e imposible pero que a mí me gusta mirar.

Ahora estoy en el hospital. Matías me ha llamado para decirme que llegará un poco más tarde porque el metro se ha estropeado; cogerá un taxi, pero hay mucho tráfico. Estaba preocupado y, aunque no me lo ha dicho, me parece que siente que tiene que estar a la hora en la que nos dejan entrar, como si al hacerlo más tarde le estuviera fallando a Dita.

Miro a mi alrededor y veo cómo mi madre ha ido llenando la habitación de objetos para que no parezca la habitación de un hospital, aunque eso es imposible. Ha traído una colcha de lana que descansa a los pies de la cama, porque aquí hace muchísimo calor y no es necesaria. En la mesita ha puesto un marco con una foto de Dita y su familia y una planta demasiado grande que molesta más que otra cosa, ya que no deja espacio para nada más. En la pared ha enganchado con esparadrapo unos dibujos que han hecho Bruno y Paula. Me duele ver esos objetos que me parecen amuletos que mi madre ha traído para que nos den suerte y Dita despierte. Pero lo que más me duele ver es el diccionario de chino. Lo he abierto y hay anotaciones en los márgenes y palabras subrayadas. Me imagino a mi madre por las mañanas en la hora de visita sentada en la butaca mientras repasa con el dedo una palabra y le habla a Dita como si en vez de estar tumbada en la cama inconsciente estuviera sentada en el sofá de su casa a su lado.

Dejo el diccionario en la mesa y paso la mano por el lomo, disculpándome por las veces en las que me he burlado de mi madre y de Dita cuando las veía enfrascadas en descifrar lo que, según ellas, les decía la mujer china que se les aparece. Me siento en la butaca que hay al lado de la cama y me trago la vergüenza que me provoca hablarle a Dita mientras ella permanece muda.

—Hola, Dita. Te he traído un regalo. Voy a abrirlo yo porque últimamente estás muy perezosa, pero te advierto que no voy a guardar el papel para reutilizarlo. El lazo tampoco. Ya sé que es precioso, pero no voy a guardarlo aunque insistas. ¿No imaginas lo que puede ser? Venga, di algo —le insisto. Y me parece estar oyendo a mi madre cuando juega conmigo a las adivinanzas—. ¿Quieres que te dé una pista? ¿No? Vale, vale, ya lo abro.

Deshago el lazo y desenvuelvo el paquete que saqué del bolso hace apenas unos instantes.

—¡Tachááán! —digo poniendo delante de su cara un bote de perfume de la misma marca que le llevé una de las veces que fui a su casa y que me había regalado Diego—. ¿Qué? ¿Te gusta? Igual hubieras preferido esas botas de piel de serpiente que te chiflan, pero para regalarte algo así tendrían que matarme. Son horribles. Te voy a poner un poco de perfume. Matías está a punto de llegar y el jabón con el que te han bañado huele a colonia barata de litro. Pero antes voy a ponerte crema.

Saco un bote del cajón, retiro la sábana y le subo el camisón. Cojo un poco de crema y me la restriego entre las manos antes de ponérsela en las piernas. Mientras se la extiendo, no la miro. Muevo las manos deprisa arriba y abajo, temiendo que se despierte y me vea haciendo algo que no está bien. Es la primera vez que tengo un contacto con ella que va más allá de los dos besos que nos dábamos para saludarnos o de algún abrazo en los que yo siempre era la receptora y estaba tiesa e incómoda. Acabo enseguida y, cuando la tapo con la sábana, me siento mal porque me parece que debería haber puesto más cuidado al aplicarle la crema, tengo la sensación de que la he estafado. Como si ella estuviera pensando que he sido algo tacaña. Le pongo perfume en el cuello, le cojo la mano y se la giro para ponerle unas gotas en el interior de la muñeca. Dejo el bote encima de la cama y sujeto su mano entre las mías. La tiene caliente. Me vuelvo hacia la puerta para asegurarme de que seguimos solas y me agacho para hablarle al oído.

—Tienes que volver. Desde donde sea que estés. Tienes que volver, Dita. La casa está muerta si tú no estás y no te puedes imaginar cómo te echamos de menos. Todos. Yo también. No puedes hacernos esto. Tienes que volver. ¿Me has oído? Tienes que volver, tienes que volver, tienes que volver...

38

No puedo decir que se hayan sorprendido al ver a Diego, es como si cualquier novedad no lo fuera tanto. El ambiente se nota enrarecido, como ocurre cuando has discutido con alguien y después de la tormenta quieres aparentar normalidad. Diego y Matías hablan mientras toman una cerveza, mi madre prepara la cena y Paula me ayuda a poner la mesa, pero hay una carga de tensión y de pena tan grande que flota en el aire y forma parte de nosotros.

Le digo a Paula que vaya a lavarse las manos y que se lleve a Bruno. Cuando entro a la cocina, mi madre remueve algo en una cacerola con una cuchara de madera. Lo hace de forma mecánica, como si llevara horas haciendo lo mismo. Me siento en un taburete y ella se gira al escucharme. Por una milésima de segundo veo la decepción en sus ojos: no me esperaba a mí porque este no es mi lugar. Probablemente no sea así y lo que haya visto sea pena o desesperación. Me gusta estar en la cocina con ella. Me recuerda a mi infancia; allí nos refugiábamos de la presencia de mi padre las dos solas.

—Qué bien huele —le digo por llenar el silencio.

—Quiero pedirte una cosa.

Se acerca, saca el otro taburete de debajo de la mesa abatible y se sienta a mi lado. Baja la mirada a sus manos, se las retuerce nerviosa y respira hondo antes de hablar.

—Me gustaría que me acompañaras al cementerio.

Lo que me ha pedido no cuadra con la manera en que lo ha hecho, y tampoco me parece normal que ahora quiera ir a ver la tumba de mi padre, al que no ha vuelto a nombrar y al que, estoy segura, ha desterrado de su memoria.

—¿Puedo preguntarte para qué? No tienes que sentirte culpable por no haber ido, no se lo merece después de cómo te trató. Pero, si te quedas más tranquila, te acompañaré.

Se levanta y se acerca al fuego, lo apaga y vierte el contenido de la olla en una fuente. Se gira y se apoya en el mármol y, por un instante, la luz que entra por la ventana me juega una mala pasada y me parece que estoy viendo a Dita.

—No quiero ir a ver a tu padre.

—¿Entonces?

—Quiero ir a ver dónde está enterrado Daniel.

Como no digo nada, sigue hablando como si tuviera que convencerme de que para ella es una necesidad.

—Sé que Dita no me hubiera engañado y sé que está muerto, pero no me explico por qué no he podido verlo. Veo montones de almas a las que no conozco de nada. ¿Entonces es que él no quiere verme porque no me ha perdonado lo que hice? Por lo que Dita me contó, sé que también siguió acordándose de mí, o eso quiero pensar. Lo hice lo mejor que pude o que supe en ese momento. Y sé que, si puedo hablar con él, me ayudará a recuperar a Dita.

Mi madre se agarra a sus muertos como algunas personas enfermas se aferran a curanderos para que les quiten el mal que las aqueja, a pesar de saber que son charlatanes que solo quieren dinero. Ha dicho «recuperar a Dita» como si creyera que está perdida en un limbo y que el alma de Daniel la ayudará a que encuentre el camino de vuelta.

—No tienes que darme ninguna explicación, te acompañaré. ¿Sabes dónde está enterrado?

—Sí, le pregunté a Matías.

—¿Cuándo quieres ir?

—Si puedes, mañana.

Asiento porque entiendo que no quiere alargar el tiempo, que para ella es una cosa que tiene que hacer y, cuanto antes lo haga, mejor, como me pasó a mí cuando fui a cambiar el deseo de Dita por el mío. Al final no somos tan diferentes. No sé qué espera encontrar allí, pero si a ella le sirve, estará bien. Me mira agradecida y, por primera vez en muchos días, me parece que su sonrisa es sincera.

Llevamos la cena a la mesa y cada uno se sienta en su sitio. Mi madre va sirviendo los platos; Matías protesta porque le ha puesto mucho, aunque lo hace sin ganas, como lo hacemos todo desde que Dita está en el hospital; Mercedes me pide agua, y Paula riñe a Bruno por comer con las manos. Diego vuelve del lavabo y se sienta a mi lado. No se ha dado cuenta de que en ese sitio de la mesa no hay plato ni cubiertos. Nos quedamos todos en silencio, excepto Bruno, que repite que no hay que comer con las manos. Diego se ha sentado en el sitio de Dita. Nos mira extrañados porque no entiende nuestro silencio y la forma de mirarnos entre nosotros.

—Paula, acércame ese plato —dice mi madre. Paula se lo da y ella lo pone delante de Diego. Lo llena mientras Paula le acerca los cubiertos y el vaso a Diego, que no debe de entender nada. Debería haberle advertido, pero ¿qué le podría haber dicho? ¿«No te sientes en esa silla porque era donde lo hacía Dita y si alguien ocupa su sitio es como invitar al destino a que no nos la devuelva porque ya la hemos sustituido»? Y sin querer pienso que mi madre, al dejar que Diego se siente en el lugar de Dita, se ha rendido. Es como si aceptara que no va a volver y no va a ocupar su silla nunca más.

El día está despejado y hace un sol y una temperatura que invitan a pasear. Caminamos despacio, como hace mi madre siempre que no quiere llegar a algún sitio, aunque fue ella la que me pidió venir.

Me sorprende dónde está situado el cementerio: integrado por completo en el barrio, rodeado de bloques de pisos desde los que verán el interior cuando se asomen al balcón. A escasos metros hay un centro comercial y un edificio de oficinas. Hay mucha gente en la zona, lo que contrasta con la soledad del interior. Avanzamos por los pasillos buscando el número de la lápida. Me fascina ver las tumbas de las personas de etnia gitana: es increíble la cantidad de flores que tienen y lo cuidadas y limpias que están.

Después de dar una vuelta, encontramos el nicho. Está sucio, lleno de polvo y con unas flores de plástico dentro de unos jarrones de cerámica que parece que lleven allí siglos, lo que da una sensación de abandono total.

Observo a mi madre, que está con la mirada fija en la lápida. Agarra el bolso con las dos manos con tanta fuerza que se le ponen los nudillos blancos. Es increíble que después de los años que han pasado le afecte de esta manera, y pienso que los amores que están destinados a no ser son los que perduran en el tiempo intactos porque no los ha ensuciado la rutina. No hablamos, estamos en silencio las dos de pie, como si estuviéramos admirando un cuadro en un museo. La cojo del brazo maldiciendo mi torpeza por no saber qué decir.

—Vete al centro comercial y compra unas bayetas y una botella de amoniaco, yo te espero aquí. A ver si encuentras un cacharro de plástico para poner agua, y cómprale unas flores a la mujer de la entrada. —Se sienta en un banco de piedra que hay un poco más atrás. No replico y hago lo que me dice, aunque no me gusta dejarla aquí sola.

Cuando vuelvo, está en el mismo sitio. Lleno en una fuente el cubo que he comprado y me acerco a ella, que al verme se levanta, se quita el abrigo, mete las bayetas dentro del cubo y echa un chorro generoso de amoniaco. Por suerte, la tumba queda a la altura de los ojos. No me la imagino subida a la escalera, y a mí me hubiera dado reparo tener que limpiarla yo, me parecería estar profanando lo que tuvieron. Que lo haga ella me parece un acto de amor. Quita las flores secas y me las da para que las tire. Antes de empezar a limpiar, apoya la palma de la mano en el mármol y cierra los ojos durante unos instantes, como si lo estuviera viendo al otro lado y pudiera tocarlo.

Cuando empieza a limpiar, lo hace con tanto cuidado que parece una enfermera que está lavando el cuerpo herido de un soldado caído en combate. Me retiro y me siento en el banco. Ella sigue limpiando despacio y yo me veo como una intrusa, por lo que me levanto y la dejo sola.

39

Es muy temprano cuando suena el móvil; estiro la mano con el corazón encogido por si es una mala noticia. Tengo tanto miedo de que me digan que Dita no va a despertar nunca más, o que lo ha hecho pero que no volverá a ser la misma de antes, que el corazón se me detiene para latir de nuevo al ver el número de David en la pantalla.

No me acordaba de que habíamos quedado en ir a su casa al salir del trabajo. Me ha dado vergüenza decirle que me había olvidado y ahora no tengo ningún regalo para el bebé. No tendré tiempo de comprar nada y no quiero ir con las manos vacías. Desde que colgué el teléfono, una idea me ronda por la mente, pero no me gusta, por lo que la desecho una y otra vez. Tarareo en voz baja y hago una lista mental de las tareas que tengo que hacer en la redacción. Sin embargo, la idea no sale de mi cabeza por mucho que lo intente.

Llevo un taburete de la cocina a mi habitación y lo pongo delante del armario, pero no me subo en él. Ni siquiera abro la puerta. Estoy un rato mirándolo, lo hago como si fuera la primera vez que lo veo o como si me sorprendiese verlo ahí porque ese no es su sitio. Me gustaría que pasara algo que me distrajera de lo que voy a hacer, una llamada de teléfono, alguien que tocara el timbre, que volviera Diego porque se ha olvidado algo. No ocurre nada de eso, así que me subo en el taburete y bajo una caja del altillo. La dejo encima de la cama y me siento. No la miro porque el simple hecho de hacerlo me causa dolor. La siento, sé que está a mi lado, pero no la miro. Miro la hora en el reloj digital de la mesita de noche y pienso que, si no me muevo, llegaré tarde. Me giro y abro la caja con cuidado, como si lo que hubiera en su interior fuera algo muy frágil. Las letras bordadas de un babero me golpean la boca del estómago. Bebé. Paso los dedos por encima y pienso que nunca debería haber comprado un babero con unas letras de color amarillo, porque ese color da mala suerte. Lo aparto y revuelvo el contenido de la caja sin entretenerme. Saco un pijama con un estampado de jirafas y la cierro deprisa: siento que he destapado la caja de Pandora y tengo que enmendar mi error. Vuelvo a dejarla en su sitio y la empujo hacia el fondo, coloco delante una bolsa con la ropa de verano para ocultarla y salgo de la habitación con tanta celeridad que parece que hay un monstruo persiguiéndome.

Busco papel de regalo y envuelvo el pijama sin apenas mirarlo. Paso una cinta de color lila alrededor; el resultado es chapucero, pero no me entretengo en arreglarlo. Meto el paquete en el bolso y lo hago desaparecer de mi vista. Mientras me visto para ir a trabajar, pienso en Dita y en que no tengo derecho a sentirme mal por no ser madre, aunque lo desee con todas mis fuerzas. Además, ahora, si me dieran a elegir, la elegiría a ella. Que volviera. La cambiaría por ese bebé que tanto he anhelado sin dudarlo ni un momento. Cuando cojo el bolso para salir de casa me parece que pesa una tonelada, como si hubiera metido dentro mi deseo de ser madre para deshacerme de él.

A diferencia de otros días, hoy parece que el tiempo vuele. No me apetece ir a casa de David a conocer a su hija. Verla será como echar sal en la herida, esa que nunca cicatriza del todo porque no dejo de hurgar en ella. Me acerco a la máquina de café para despejarme un poco y el olor que sale del vaso me recuerda a Dita y a mi madre. Vacío el contenido sin probarlo y me pregunto cómo vamos a sobrevivir si Dita no se recupera. Hasta hace nada no existía en mi vida; sin embargo, parece que haya estado siempre en ella. David me hace un gesto para indicarme que me espera abajo, y vuelvo a mi mesa a recoger mis cosas.

—Si pudiera permitírmelo, dejaría de trabajar para estar todo el tiempo con Valentina —me dice mientras subimos en el ascensor de su piso.

—No me habías dicho cómo se llama. Qué bonito. Valentina. Me gusta.

El ascensor da un salto cuando se detiene, como si supiera que, aunque me alegro de su felicidad, en un rinconcito de mi corazón la envidia está latiendo al compás de este.

—Es un edificio viejo —dice disculpándose.

Abre la puerta girando la llave con cuidado para no hacer ruido. Cuando entro, me sorprendo con lo que veo. Me encuentro con un loft espacioso y confortable que invita a la calma. Las paredes de obra vista con la pintura desconchada, los muebles vintage y los objetos de decoración antiguos conviven en armonía, dándole al lugar un aspecto encantador.

David deja unas bolsas en la encimera de la cocina y me pide el abrigo. No me había dado cuenta de que en el sofá hay un hombre sentado con Valentina tumbada a su lado.

—Hola.

El que debe de ser la pareja de David se levanta sin dejar de mirar a la niña, como si tuviera miedo de que se cayera. Se besan en los labios y mi compañero nos presenta.

—Encantada. —Acabo de decirlo y me suena fatal, qué antiguo suena, pero no sé si estoy preparada para ver al bebé sin ponerme a llorar.

Mis ojos se desplazan hacia el sofá. David coge a la niña, le habla bajito y me la acerca.

—Ten, cógela.

Me la pone en los brazos mientras le hace carantoñas. Tiene los ojos muy abiertos y parece que esta quisiera contestarle, abre y cierra la boca como intentando hablar. Me siento en el sofá con la niña en brazos mientras él va a preparar el café que me ofreció hace unos instantes y que no podré tomarme porque tengo el estómago revuelto. Al mirarla pienso que yo nunca tendré la oportunidad de saber lo que se siente al acunar a alguien que te pertenece por completo y que depende de ti para todo. La niña empieza a protestar como si quisiera irse con su padre. Agarra mi dedo, lo aprieta con su manita pequeña y sé que no me conformaré, que no podré cumplir la promesa que le hice a Diego porque, si lo hago, será como estar muerta.

—Aquí tienes. ¿Lo tomas con azúcar o con sacarina?

Tengo que irme, no me encuentro bien. Le devuelvo la niña a David y me levanto del sofá. Hago un esfuerzo para evitar que noten mi turbación, aunque eso sea imposible. Saco el regalo del bolso y se lo doy, pero no espero a que lo abran. Me despido y salgo deprisa con la sensación de que soy una estafadora, además de una mala persona. Cambié el deseo de Dita, pero solo sobre el papel, y aunque quisiera sentirlo así no puedo. En el fondo de mi alma sigo deseando ser madre más que ninguna otra cosa en el mundo y no quiero pensar en ello porque Dita no se lo merece y su familia tampoco.

40

Nada más entrar, compruebo que todo sigue como ayer y como todos los días desde que mi madre cambió el estar en la cocina por sentarse al lado de Mercedes. Ahora me arrepiento de haber pintado esa playa en la ventana, no creo que haya sido buena idea. Paula me mira y se sube las gafas a pesar de que estas no se le caen; es un gesto que ha empezado a repetir desde que su madre no está en casa.

—¿Cómo ha ido en el cole?

—Mal.

—¿Y eso?

Se encoge de hombros, pero no dice nada.

—Tengo que ir al lavabo, después de cenar hablamos —le digo.

Saludo a Mercedes y beso a mi madre al pasar por su lado; esta parece que despierte con el roce de mis labios. Se levanta y entra en la cocina. Estaba tan abstraída que ni siquiera se ha dado cuenta de que he llegado. Miro a mi alrededor antes de ir al baño y veo que la tristeza está presente en todos los rincones. Crece cada día un poco, como la colcha que teje Mercedes y que ya es tan grande que parece una montaña. Sobresale de la caja que está en el suelo, a sus pies, como la lava de un volcán al entrar en erupción. Cuando nos sentamos a su lado, tiramos de un pico de la colcha y nos tapamos con ella.

Entro al lavabo y me lavo la cara y las manos con jabón. No dejo de oler la colonia de Valentina, que se ha pegado a mi ropa y a mi piel. Me acuerdo de cuando Dita me puso un pañuelo suyo alrededor del cuello porque hacía frío y me llevé su olor a casa. Es increíble cómo los olores se desvanecen y no eres capaz de recordarlos. Si cierro los ojos puedo ver a Dita como si la tuviera delante; en cambio, tengo que venir al baño y abrir el bote de su perfume, del que apenas queda nada, y llevármelo a la nariz si quiero recordar su aroma. Debería dejar de hacerlo, pero, como tantas otras cosas que repito a diario, pienso que si dejo de hacerlas la estaré dando por perdida.

Cenamos cada uno sentado en su sitio, como siempre, y en un silencio al que ya estamos acostumbrados, pero que no por ello resulta menos incómodo. Diego no ha venido. Le pedí que no lo hiciera porque quiero hablar con mi madre. Después de cenar, ella recoge la cocina y yo voy con Paula a su habitación.

—¿Quieres contarme lo que ha pasado?

Tarda un poco en contestarme, parece que está valorando la posibilidad de hacerlo o no.

—Las niñas me miran y cuchichean. Ya no se ríen de mí y ahora quieren ser mis amigas.

—Pero eso no es malo, es bueno. ¿No quieres ser amiga de ellas?

—No si quieren estar conmigo porque mi madre está muerta.

Expresa esto con tanta rabia que casi puedo verla salir de su interior, oscura y colérica, una rabia contenida que no le hace ningún bien.

—No digas eso.

—Es lo que dicen ellas.

Le diría que su madre no está muerta, pero no quiero repetir esa palabra. Soy consciente de lo mal que lo está pasando y yo no puedo ayudarla. Tendría que hablar con Matías, puede que Paula tenga que ir a un psicólogo. No hablamos de lo que ha ocurrido, como si Dita fuera a despertar en cualquier momento como la Bella Durmiente, aunque ella ha sido la primera en decir lo que pensamos todos. Evito mirarla para que no pueda ver lo que cruza por mi mente. Por fortuna, Bruno entra en la habitación y se tira encima de Paula, que lo abraza en un gesto protector.

—Id a lavaros los dientes y os ponéis el pijama.

Al salir de la habitación y encontrarme con Matías, me pregunto si los que estaremos muertos somos nosotros, como en esa película en la que no te esperas el final y los muertos no son los otros. Hace tan poco ruido que pasa desapercibido. Va arreglado a su manera. Bueno, a la manera de Dita. La camisa de cuadros con el inseparable jersey de lana encima y los tejanos demasiado anchos. Nunca lo he visto con ropa cómoda para estar en casa; puede que no se cambie porque estamos mi madre y yo. Hemos invadido su casa y su espacio, sobre todo mi madre, y él no ha dicho ni una palabra, ni para bien ni para mal, y nosotras no hemos pensado que podamos molestar.

Espero a ver si me dice algo. Lo miro y hago un gesto con los ojos invitándolo a hablar. Cuando me parece que va a hacerlo, aparece Mercedes camino del baño. Nos apartamos, en ese momento los niños salen de la habitación y esperan para entrar a lavarse los dientes y sé que ya no dirá nada. Lo dejo con ellos y voy a hablar con mi madre.

Está de pie, con las manos apoyadas en el mármol y la cabeza gacha, como si le pesara demasiado y no tuviera la fuerza suficiente para mantenerla erguida. Podría acercarme despacio y abrazarla por la espalda, como me gusta hacer con Diego; debe de echar de menos los besos que le daba Dita. Estoy segura de que han sido muchos más de los que le he dado yo desde que dejé de ser niña.

—Mamá.

No responde. Se gira y me mira, abrazándose a ella misma para compensar el apretón que no le he dado yo.

—He pensado que no le hemos preguntado a Matías si le molesta que estemos aquí.

—Somos familia, ¿por qué le va a molestar? Además, él solo no podría ocuparse de los niños y de Mercedes. ¿Te ha dicho algo? —pregunta preocupada, pero intuyo que no por él, sino por ella, por si tuviera que cambiar la rutina a la que tan pronto se ha acostumbrado.

—No, qué va. Es cosa mía, no sé si estará cómodo con dos extrañas en su casa todo el tiempo.

Evito decirle que es más por ella que por mí, porque yo apenas vengo un par de horas por las tardes, y tampoco le pregunto qué es lo que piensa hacer si Dita no despierta del coma. Esta no es su casa y, por mucho que ella diga que somos su familia, no sé si Matías lo siente así.

—Le he pedido a Dios que me lleve con él. Que si es verdad lo que tu abuela me dijo, no espere. Yo ya he vivido mi vida, pero Dita tiene toda la suya por delante, y si ella no está, la mía no tiene sentido.

Me apoyo en el quicio de la puerta y ahora soy yo la que cruza los brazos. Sé con total seguridad que mi madre daría su vida por mí y que me quiere, pero oírla decir que si Dita no está su vida no tiene sentido me ha dolido. También sé que es una manera de hablar y que hubiera dicho lo mismo si la que estuviera en el hospital fuera yo. Sin embargo, ahora mismo no quiero estar a su lado y estoy deseando llegar a casa y meterme en la cama con Diego para refugiarme en su cuerpo y sentirme segura.

41

Llevo un rato delante de la puerta de la casa de la mujer a la que Dita tenía que peinar el día que tuvo el accidente. Se siente culpable porque piensa que es la responsable de que a Dita la atropellara el coche. No deja de llamar por teléfono para preguntar cómo está. Cuando le decimos que sigue igual, se echa a llorar hasta que colgamos sin haber sido capaces de pronunciar ni una sola palabra más. Antes de tocar el timbre me pregunto si las personas que están en coma sueñan o, por el contrario, todo es oscuridad.

Dita no llegó a traspasar el umbral de la puerta, de la que cuelga un dos bocabajo porque se ha desprendido el tornillo que lo sujetaba. Arrastro el número de chapa con el dedo, poniéndolo bocarriba, por si mi hermana, desde donde quiera que esté, necesita encontrar el camino de vuelta. Lo sujeto durante unos instantes, hasta que oigo cómo el ascensor se pone en marcha, y si estuviera segura de que nadie me iba a ver, me quedaría aquí todo el día sujetándolo, como si este fuera un faro y precisara de estar en su posición para alumbrar el camino.

Me doy la vuelta, ni siquiera sé por qué he venido. Me cruzo en el rellano con una mujer que lleva un maletín grande. Me aparto para dejarla pasar y ella me da las gracias. Mientras espero el ascensor, la sustituta de Dita llama al timbre que hace solo unos instantes tenía intención de tocar yo. Veo cómo entra y pienso en que la que debería estar ahí es Dita con su maleta llena de bártulos y no esa mujer, y me enfado con la dueña del piso por haberla sustituido tan pronto.

Hoy no iré a su casa. Será el primer día desde que Dita está en el hospital que no lo haga. Anoche, Diego me dijo que, ahora que él llega más temprano a casa, la que no está soy yo. Que me comprende y se pone en mi lugar, pero que algún día tendremos que volver a la normalidad. Tiene razón. Sin embargo, mientras pongo los platos en la mesa para cenar, me siento como una traidora. Sobre todo pienso en Paula, en que se sentirá abandonada dos veces: primero su madre y ahora yo.

Me supone un esfuerzo muy grande comportarme como si prefiriera estar cenando aquí con él en lugar de hacerlo con ellos. y Diego se da cuenta. Habla sin parar, llena el vaso de agua del que no he bebido y en el que solo caben dos dedos más, se levanta a coger la sal, aunque después no la utiliza, y apenas me mira. Podría haberle dicho que viniera conmigo, cenaríamos allí y volveríamos juntos a casa, pero sé que esa no es la solución. ¿Cuál es el tiempo necesario para recuperar nuestra vida de siempre? ¿Hay un medidor que indica cuándo es el momento de abandonar? Cualquier ocasión me parece mala, así que por qué no hoy.

Estamos tumbados en la cama, los dos bocarriba mirando al techo; no nos abrazamos ni nos cogemos de la mano. Arrastro la mía por encima del colchón y, cuando mis dedos topan con los suyos, los agarro con fuerza.

—Me siento fatal.

—¿Por qué?

—Por mi madre y por Paula, por cómo habrán estado esta noche con otra silla vacía en la mesa.

Diego se incorpora, se apoya en el codo y su cara queda a escasos centímetros de la mía.

—No puedes sentirte culpable por eso.

—Me martiriza el no saber si Dita se despertará del coma y en qué estado lo hará, o, lo que es peor, si ya estará muerta, porque creo que es lo que va a pasar.

Ya está, ya lo he dicho en voz alta, y ahora me parece que me ha caído un cubo de agua helada encima y me ha empapado de desesperanza y pesimismo. Diego me besa en la frente y en las mejillas sin importarle que se impregnen sus labios del sabor salado de mis lágrimas.

Ayer me propuse no volver más a casa de esa mujer a la que peinaba Dita. Por un lado, pienso que no podré ayudarla a superar la culpa que siente. Por otro, que si no lo hago será como si yo también creyera que es culpable. La mujer insiste en que tiene algo para ella, y ayer, después de volverme sin entrar, me sentí fatal.

Al llegar al portal, no me detengo como otros días a esperar a que se abra la puerta para entrar, toco el timbre porque así no tendré excusa para no subir. Cuando la veo agarrando el pomo con fuerza y mirándome expectante, intentando descubrir por qué he venido, siento lástima por ella, porque no voy a darle la noticia que espera. Niego con la cabeza para responder a la pregunta que no ha hecho porque tiene las palabras atascadas en la garganta. Nos quedamos las dos quietas, como si nos hubieran robado la energía. Entonces ella deja escapar el aire y entra dejando la puerta abierta para que la siga.

Prepara unas infusiones, que nos tomamos mientras me habla de Dita, y cuando le digo que tengo que irme, me da unos paquetes de tabaco que sigue comprando para ella y que yo guardo con la promesa de dárselos cuando despierte. Al meterlos en el bolso, me doy cuenta de lo injusta que he sido cada vez que he pensado que no era capaz de renunciar a fumar cuando el dinero hacía falta en su casa. Me despido de la mujer, que llora por Dita con la amargura de haber perdido a una hija, y también me arrepiento de haber pensado ayer que la había sustituido demasiado pronto. Antes de salir le doy un abrazo torpe, aunque ella parece no notar lo tensa que estoy, porque me aprieta con fuerza mientras me da unas palmadas en la espalda.

Por un momento imagino que, si Dita nos estuviera viendo, estaría sonriendo satisfecha porque sabe que no me gusta abrazar a nadie. Solo por eso me abandono en sus brazos, como si Dita fuera un ángel de esos que salen en las películas y que aparecen en la vida de los protagonistas para enseñarles lecciones. Entonces le hablo con la ilusión de que me esté escuchando y le digo que estoy aprendiendo y que ya puede volver.

42

De camino a casa de Dita, entro a la tienda del chino de las uñas largas a comprar lana. Podría haberlo hecho en cualquier otra de las que encontré por el camino; sin embargo, entro en esta porque Lee, como descubrí que se llama hace nada, me habla de mi hermana y de las cosas que le gustaban. Es una ridiculez, pero pienso que ojalá Dita nos escuchara para que sepa cuánta gente la quería.

Curioseo por las estanterías disimulando para encontrar no sé qué porque no busco nada en particular: vengo aquí a hablar de Dita con un hombre al que apenas entiendo y que a ratos me da miedo porque se queda como ausente. Busco algo para llevarle a Paula y compensarla por mi ausencia a la hora de las cenas. Remuevo dentro de un cesto buscando un anillo; son demasiado grandes, por lo que los descarto. Cojo un diario. Creo que le vendrá bien escribir lo que no nos cuenta, y la he visto hacerlo en el que tiene en su habitación. Cojo también una pizarra para Bruno y la lana de Mercedes. Al ir a pagar, se repite el ritual de otros días: Lee me señala lo que le gustaba a Dita mientras gesticula y mete en la bolsa un joyero hecho de conchas pintadas de color plateado. El joyero me parece un horror, le digo que no hace falta y él insiste en que es un regalo para Dita y que se lo lleve al hospital. Después me enseña las uñas cortas y pulidas y sonríe abriendo mucho la boca.

«Dita estaría contenta», dice orgulloso, y esa cosa tan tonta hace que me entren ganas de llorar. Le respondo que sí, y que Dita lo aprecia mucho, aunque me lo invento porque nunca me ha hablado de él. Él asiente repetidamente y se lleva la mano al corazón. Salgo de la tienda y me parece verlo llorar, aunque no me giro para comprobarlo porque no quiero que me vea hacerlo a mí.

Miro el reloj y veo que tengo poco tiempo. Me gustaría abrir la ventana para ventilar la pena que se respira en esta casa. No lo hago, el sonido de la lluvia en los cristales me dice que no sería buena idea. La tormenta ha empezado de golpe, sin avisar, pero ha tenido la deferencia de esperar a que estuviera a cubierto. Reparto el tiempo entre Paula y mi madre, que se ha adaptado a esta casa y a sus ocupantes como si hubiera vivido siempre aquí. No parece que eche en falta el lugar donde ha pasado tantos años y a donde solo va a buscar algo de ropa cuando la necesita. No le ha importado que se mueran las plantas por falta de riego, ni dejar allí cosas que la han acompañado desde siempre, objetos que deben tener algún valor sentimental para ella. Se ha despojado de todo con la misma facilidad con que se deshizo de las cosas de mi padre. Es curioso cómo siento más la pérdida de Dita, a la que no llegué a conocer del todo porque nos faltó tiempo, que la de mi padre, del que no me acuerdo para nada.

En un impulso, le pregunto a Paula si le gustaría venirse a mi casa a dormir. Dice que sí y sale corriendo para volver enseguida con el abrigo puesto y una bolsa de plástico donde ha metido el pijama.

—Coge unas braguitas, unos calcetines y el cepillo de dientes. Voy a decírselo a mi madre.

Me mira y me da la sensación de que no se fía de mí, de que piensa que es una manera de despistarla y que, cuando salga de la habitación, habré desaparecido dejándola aquí con el pijama y las bragas dentro de una bolsa del supermercado.

—Venga, corre.

A mi madre le parece una buena idea y al despedirnos nos desea que lo pasemos bien, como si en vez de a mi casa nos fuéramos al cine o al concierto de un cantante de esos que vuelven locas a las niñas. Lo dice con demasiado entusiasmo, poniendo expectativas en un hecho que en otra situación sería de lo más normal. Le duele ver a Paula tan triste y silenciosa.

Ha dejado de llover, esquivamos los charcos y caminamos deprisa porque el cielo está tan negro que da miedo. Al salir del metro la lluvia ha vuelto, aunque con menos fuerza; la gente espera en las escaleras a que las nubes se lleven la tormenta. Estoy cansada y deseando llegar a casa.

—¿Te importa mojarte un poco? Solo son un par de calles.

Paula niega con fuerza con la cabeza; tiene las gafas empañadas por el cambio de temperatura. Le paso el dedo por los cristales como si limpiara el espejo del baño después de la ducha.

—Veo bien, estoy acostumbrada.

—Usted perdone, señorita.

Le cojo la mano y corremos juntas pasando por encima de los charcos sin ningún cuidado. Nos quitamos los zapatos antes de entrar para no manchar el suelo. Cojo la bolsa de Paula y la meto en el fregadero, está chorreando, igual que la ropa que va dentro. La llama del calentador me indica que Diego ya ha llegado y que está en la ducha.

—Ven conmigo.

Acompaño a Paula a mi habitación y le doy una toalla, una camiseta de un pijama mío y unos calcetines secos.

—Cámbiate, que vuelvo enseguida. Voy al baño.

Entro al lavabo y agradezco el calor que hace dentro. Bajo la tapa del váter y me siento como hago muchas veces cuando quiero hablar con Diego. Me gusta verlo salir de la ducha con la toalla anudada a la cintura y el pelo mojado, contemplar su espalda mientras se afeita y ver cómo me mira a través del espejo.

—Hola. Acabo de llegar.

—Yo acabo de entrar, hay sitio para uno más —dice asomando la cabeza e invitándome a compartir la ducha con él.

—Ya he tenido suficiente agua por hoy —le contesto mientras me seco el pelo con una toalla.

—Tú te lo pierdes.

—Ya lo sé, no me tientes. Hoy no puede ser, tenemos una invitada.

—¿Una invitada? —Vuelve a asomar la cabeza—. No me habías dicho nada.

—Es que ha sido de improviso. He traído a Paula para que se quede a dormir. Me da pena, nunca va a ningún sitio y no tiene amigas, y ahora con lo de su madre…

Diego sale de la ducha y se acerca para darme un beso.

—No tienes que justificarte, me parece bien.

Lo abrazo y, cuando me dice que salga corriendo del baño, que es de mala educación hacer esperar a los invitados, doy gracias por tenerlo conmigo. Cuando entro en la habitación, Paula está sentada en la cama, ha doblado la ropa y la ha dejado a su lado. Las mangas del pijama le van largas y el cuello se ve desbocado, pero está guapa, con el pelo húmedo y despeinado. Me siento junto a ella y hasta nosotras llega la voz de Diego, que canta una canción.

—¿Has visto lo que tengo que aguantar cada día?

—Canta fatal.

—No podemos decírselo, él piensa que lo hace bien. ¿Te has fijado en eso? —Señalo una guitarra que cuelga de un gancho—. También piensa que la toca genial.

Paula sonríe.

—Me cambio y preparamos la cena. Si te dice que te va a enseñar a tocar, niégate, dile que no aunque insista, porque empezará a cantar y después te dolerá la cabeza.

Diego se esfuerza para que Paula esté cómoda. Ella le contesta con monosílabos y le cuesta mirarlo: han coincidido pocas veces y es una niña tímida y retraída. Se relaja cuando él se va a la habitación con la excusa de terminar un trabajo y nos deja solas.

—¿Qué quieres hacer?

Se encoge de hombros.

—¿No te gustaría cortarte un poco el pelo? —Le cojo un mechón y le enseño las puntas abiertas.

Abre los ojos asustada y se lleva la mano a la cabeza.

—Si no quieres no, pero te quedaría muy bien.

—No sé.

—Es igual, así estás muy guapa.

Me levanto para ir a buscar algo de picar, aunque sé que Dita lo desaprobaría. Vemos una película y comemos palomitas dulces y chocolate. A la hora de dormir, abro el sofá y hacemos la cama.

—¿Quieres que te deje una luz encendida?

Niega con la cabeza y pone los ojos en blanco, dándome a entender que ya es mayor. Le doy un cojín para la que lo utilice como almohada y la tapo bien, metiendo la manta por los lados. Deja las gafas en el suelo, a su alcance, y cierra los ojos.

—Buenas noches.

—Buenas noches.

Me quito los calcetines antes de meterme en la cama y pongo los pies en las piernas de Diego, que se despierta y da un respingo al notar el frío.

—Mmm, estás helada. Ven aquí. —Me atrae hacia él y me abraza—. Tenemos un asunto pendiente. —Mete la mano por debajo del pijama.

—¿Qué haces? Estás loco. —Saco su mano y la pongo encima de mi cintura—. Paula está ahí fuera.

—Tú lo has dicho, ahí fuera.

Se quita la camiseta, empieza a besarme y le agarro la cara con las manos.

—No puedo con alguien tan cerca, lo siento. Además, tengo que contarte una cosa.

Se pone bocarriba y habla mirando al techo.

—Dios mío, ¿por qué pusiste en mi vida a esta mujer puritana y anticuada? Y lo que es peor, ¿por qué me hiciste quererla y desearla de esta manera?

Casi reviento de felicidad al oírlo decir eso y no puedo evitar sonreír; no sé por qué siempre pienso que yo lo quiero más que él a mí. Supongo que esa inseguridad que me acompaña desde que estamos juntos tiene la culpa.

Acomodo mi cara en su hombro y le pongo la mano encima del pecho.

—Tengo que decirte una cosa.

Noto cómo se pone tenso. Imagino que se esperará cualquier disparate, puede que piense que le voy a pedir que Paula se venga a vivir aquí, o que nos mudemos más cerca de su casa para que pueda ayudar a mi madre o algo por el estilo. Algo que trastornaría nuestras vidas y nuestros planes para siempre.

—¿Recuerdas que Dita me acompañó a Francia porque mi compañero no podía venir? El caso es que no pudo hacerlo porque contrataron un vientre de alquiler. —Acabo de decirlo y maldigo lo torpe que he sido. Ha parecido que hayan hecho un negocio. ¿Por qué se me habrá ocurrido utilizar la palabra «contratar»?—. Ahora tienen un bebé precioso. Hoy he ido a verla y, aunque te prometí que me olvidaría del tema, no puedo hacerlo.

—Creía que ya habíamos dejado claro lo que íbamos a hacer —dice separándose de mí.

—Lo sé, pero no habíamos barajado esta opción. Solo te lo estaba sugiriendo —le reprocho molesta.

—Nena, sé cómo te sientes, pero no creo que ahora sea un buen momento.

Me sorprende que haya sido capaz de utilizar que Dita esté en el hospital para hacerme desistir de mi idea.

—Esperaba un poco más de apoyo por tu parte.

Me tumbo de lado dándole la espalda, tiro de la sábana y me tapo hasta la barbilla. Enseguida se acerca y pasa un brazo por debajo de la almohada y el otro por encima de mi hombro para entrelazar sus dedos con los míos.

—No quiero volver a discutir por lo mismo. No te das cuenta de que es algo tóxico. Ahora estamos bien, no lo estropees.

Suelto su mano y muevo la almohada para no tener su brazo debajo del cuello. Suspira y me da un beso antes de darse media vuelta. Odio irme a dormir enfadada con él, no me gusta el poso de resentimiento que queda dentro de mí y que hace que me acerque tanto al filo de la cama para no rozarnos que si me muevo un milímetro me caeré al suelo.

43

Me despierto sobresaltada y cierro los ojos otra vez porque tengo miedo. Me acerco a Diego y hundo mi cara en su pecho; aunque sigo enfadada, necesito refugiarme en él. He tenido una pesadilla. Estaba rodeada de mujeres con el pelo lleno de rulos, gritaban y no las entendía. Todas iban vestidas con la misma ropa, la que llevaba Dita el día del accidente. Tiraban de mí, intentando llevarme con ellas. Yo no quería tocarlas, así que sacaba los brazos del abrigo y echaba a correr para refugiarme en una peluquería. Cientos de secadores de pie antiguos, de esos que parecían un casco gigante y que ya no se utilizan, estaban perfectamente alineados. Debajo de cada uno, una mujer sentada con la chaqueta fucsia y la blusa con la lazada en el cuello de Dita. Montones de mujeres con las manos apoyadas en el reposabrazos de la silla. Sonriendo.

No quiero volver a dormirme, el sueño me ha dejado mal cuerpo, como si me estuviera anunciando una desgracia. Me separo con cuidado de Diego para evitar que al despertar sigamos abrazados; tiene el sueño tan profundo que estoy segura de que ni siquiera se ha dado cuenta de que me he pegado a él como una lapa.

Antes de que suene la alarma, me giro de nuevo y lo abrazo. Después de lo que le ha pasado a Dita, me parece absurdo enfadarme por tonterías. ¿Y si mañana al despertarme descubro que a Diego le ha ocurrido algo? No podría soportarlo. Pienso en lo solo que debe de sentirse Matías. Ha perdido peso y su cuerpo parece de goma, como si se le hubieran deshecho los huesos. No se me ocurre otra manera de describirlo, deshecho por dentro y por fuera.

Salgo de la ducha y me acerco a ver si Paula se ha despertado. A pesar de estar dormida, la envuelve un aura de tristeza. Quizá solo me lo parezca a mí y los demás no lo vean. Me da pena despertarla. Mi madre dice que las horas que pasamos durmiendo son tiempo perdido, tiempo robado a la vida; sin embargo, para ella, tener que abrir los ojos por las mañanas supondrá un esfuerzo. Admiro su fortaleza: ir cada día al colegio y enfrentarse a las miradas y al rechazo de las otras niñas no debe ser fácil. ¿Por qué la habrán tomado con ella? ¿Qué baremo seguirán para decidir quién sí y quién no? Me he fijado en que, cuando la acompaño a la puerta del colegio y se cruza con las niñas que la agredieron, deja caer los hombros y agacha la cabeza. Yo les lanzo una mirada asesina que me temo que empeorará la situación, pero no puedo evitarlo.

Entro en la oficina sin mirar a nadie porque llego tarde, me siento y me quito el abrigo sin levantarme para que se note menos mi retraso. Enciendo el ordenador y tamborileo con los dedos encima de la mesa, como dándole ánimos para que vaya más deprisa. Reviso el correo; gracias a Dios, nada importante. La mañana pasa como todas desde hace días: escribo por escribir sin concentrarme en nada y haciendo las cosas a medias. Levanto la vista y veo la espalda de David; teclea algo en el móvil y mueve la cabeza, parece que está cantando en voz baja. Apuesto lo que sea a que está sonriendo, aunque no puedo verle la cara, sé que lo está haciendo, como las mujeres de mi sueño. Y, como si hubiera escuchado mis pensamientos, se gira y me saluda. Le devuelvo el saludo y se levanta para acercarse a mi mesa.

—Cruella de Vil no ha llegado, puedes ir al baño y arreglarte un poco.

—¿Tan mal aspecto tengo?

—¿Te molestarías si te dijera que no estás en tu mejor momento?

—Supongo que no, puedes decírmelo.

—Nunca le diría eso a una mujer —bromea—. He venido a enseñarte una cosa. Mira, no sé si lo habrás visto.

Deja un folio impreso en mi mesa y vuelve a dejarme sola. Le echo un vistazo por encima y veo que es un estudio sobre personas que despiertan del coma. A medida que voy leyendo, me empiezo a encontrar mal. Aunque se podría decir que lo que leo es positivo, a mí me resulta todo lo contrario. El estómago se me ha subido a la boca y noto un pitido en los oídos. Le digo a David que me tengo que ir. No apago el ordenador, me pongo el abrigo, cojo el bolso y salgo. Debe de hacer frío, la gente se tapa la boca con las bufandas y agacha la cabeza como si estuvieran toreando al viento; sin embargo, yo no lo noto. Me monto en el coche y conduzco como una autómata sin rumbo fijo. Escucho cómo alguien me pita y giro el volante a la derecha; he invadido el otro carril sin darme cuenta. Cojo una carretera estrecha donde los bloques de pisos van quedando espaciados hasta desaparecer. Me detengo en un mirador desde el que se ve gran parte de la ciudad, un lugar donde vienen a quererse un rato las parejas que no tienen la posibilidad de ir a otro sitio. Por la noche hay multitud de coches, ahora estoy sola. Mejor. Necesito estar sola.

Me siento en el muro con las piernas colgando hacia fuera, me abrocho el abrigo y meto las manos en los bolsillos: ahora sí tengo frío.

Miro hacia el cielo desierto de nubes y le suplico en silencio a mi abuela que ayude a Dita a encontrar el camino de vuelta. Dita no se merece lo que le ha ocurrido y mi madre no se merece pasar por esto, ni Paula tampoco. Necesita a su madre, aunque le parezca que no. Por supuesto, mi abuela no me dice nada ni me da ninguna pista, tampoco un relámpago parte el cielo en dos ni se levanta un aire que amenace con tirarme del muro. Por una vez en mi vida, me gustaría creer en el más allá y en las señales que nos envía el universo. Quizá no las vea porque no creo en ellas.

44

Voy a ver a mi madre. Comeré con ella y le daré una sorpresa. Cuando la veo tan triste me arrepiento de los besos que no le he dado y de no haberla dejado disfrutar del todo de Dita por culpa de mis absurdos celos. Hace un esfuerzo por que no se note, pero es imposible esconder un dolor tan grande. Está abatida, tiene la piel de los pómulos irritada de tanto llorar.

El ambiente de la casa es el mismo de siempre, cargado y pesado. Después de comer llevamos a los niños al colegio y Mercedes viene con nosotras. Sale muy poco; le irá bien andar. Camina a buen paso, agarrada al brazo de mi madre, mirando a todos lados con curiosidad. Parece que es la primera vez que sale, es como si la hubiéramos llevado de viaje a un sitio exótico y desconocido.

Nos despedimos de Paula unos metros antes de llegar: quiere entrar sola como las otras niñas. Mi madre me mira sin decir nada, tiene la boca rígida y la mandíbula apretada, tiene miedo. No quiere dejarla sola porque teme que le pase algo. Le diría que la probabilidad de que ocurra una cosa así dos veces en la misma familia es remota, casi imposible, además de que estamos muy cerca de la entrada. Me callo porque entiendo que debe de ser difícil para ella luchar contra ese miedo.

—Déjala, no le pasará nada. Desde aquí vemos la puerta y solo tiene que cruzar una calle.

—Si no la veo entrar no estaré tranquila. Me matará la angustia hasta que la vea salir por la tarde y con tanta gente la perderemos de vista. Lo siento, no puedo hacer otra cosa —se disculpa abatida.

Esperamos hasta que la vemos entrar en el colegio y evito decirle que probablemente en la calle estaría más segura que ahí dentro, aunque Paula dice que ahora las niñas no la molestan.

—Vamos a tomar un café, invito yo —ofrezco sabiendo cuánto le gusta no tener que pagar, a pesar de ser la persona más desprendida que conozco.

—No, no me apetece. —Lo dice demasiado deprisa.

—Mamá, te encanta el café, y no tenemos nada que hacer.

—Es que no me encuentro bien, de verdad.

—No me lo creo. ¿Por qué no quieres ese café?

Tarda un poco en contestar; Mercedes no nos presta atención, observa a la gente que pasa por nuestro lado.

—Porque siento que estoy traicionando a Dita. No me parece bien disfrutar de algo cuando hace días que ella no toma café, además de muchas otras cosas —confiesa mirándose las puntas de los pies y hablando en voz baja.

No me parece que sentarse en una cafetería sea algo malo ni una falta de respeto, es un acto cotidiano. Supongo que esas cosas solo las piensas si eres madre, y yo no lo soy.

No insisto, volvemos a casa de Dita, la que se ha convertido en una cárcel para mi madre, y me quedo con las ganas de decirle que la que ha desaparecido, aunque no físicamente, es Dita y no nosotras, que tiene que volver a vivir porque es lo que a ella le gustaría que hiciera, pero hubiera sido una crueldad por mi parte. Al entrar en casa, un suspiro involuntario escapa de sus labios. Desde hace días lo repite a menudo. Suspira de una forma que da miedo. Se la ve un poco más relajada, como si aquí estuviera segura de todo lo malo que hay fuera. Da la sensación de que no quiera ausentarse por si llaman para decir que ha despertado. A pesar de que en el hospital tengan el número de Matías y el mío, ella mira continuamente al teléfono antiguo de color rojo que hay encima del mueble de la tele y que estoy empezando a detestar.

No sale apenas, más que para ir a llevar o a buscar a los niños al colegio cuando no lo hace Matías. No va al supermercado ni a las tiendas del barrio. Hace una lista que me da para que le haga el pedido online, una cosa que no había hecho nunca y que no le gustaba. «Comprar sin ver», le decía a mi abuela, a la que yo no veía y a la que me imaginaba dando la razón a mi madre.

Tampoco ha vuelto a ponerse el vestido color coral, el de las grandes ocasiones. Antes se lo ponía para cualquier cosa que se saliera de lo corriente, aunque para mí la ocasión no tuviera nada de especial. Pensar en ese vestido me hace darme cuenta de la vida tan vacía que ha llevado, ha pasado por ella de puntillas sin sumergirse dentro. La vez que sí lo hizo no salió bien. Después de aquello debió de pensar que ya no más, el precio que tuvo que pagar fue demasiado alto.

Si miro alrededor, veo un desorden al que no estoy acostumbrada: un montón de ropa encima de la tabla de planchar que reina en medio del comedor devorando el poco espacio que hay y haciendo que parezca más pequeño; los juguetes de Bruno esparcidos por todos los sitios; en la mesa, un hule de plástico y el rollo de papel sustituyen al paño de ganchillo y a los marcos de fotos que Dita tenía y que ahora descansan en el mueble. Parece que, desde que ella no está, todos estuvieran dormidos. Hasta el loro de plástico se ha quedado mudo. No ha servido que le pongamos pilas nuevas, no funciona, aunque Bruno se empeñe en hablarle con la cara muy cerca de su cabeza creyendo que así lo va a escuchar mejor.

En la cocina el panorama no varía mucho: el mármol ha desaparecido debajo de montones de cosas que no deberían estar ahí. Salgo porque no soporto ver la ventana desde donde

Dita se asomaba para fumar; el hueco se me antoja demasiado grande. Mi madre y Mercedes están sentadas mirando a la playa pintada en la pared como si estuvieran viendo una película. Parece que el sillón se haya tragado a mi madre. Qué delgada está, ¿cómo no me había dado cuenta antes? Ha debido de perder al menos cinco kilos, y nunca le ha sobrado peso. Me pongo la chaqueta de lana, empiezo a recoger y le preparo el café que no quiso tomar en la calle.

Plancho deprisa y por encima, detesto planchar. Guardo la ropa en los armarios y, al abrir el de Mercedes me sorprendo: está lleno de prendas antiguas, deben de ser de cuando era joven. Son bonitas, hay cosas que vuelven a estar de moda ahora. La mayoría son vestidos blancos, largos y vaporosos, propios del verano y de un lugar de playa. En un estante, sombreros de paja y pamelas con lazos de colores anudados alrededor. Todo es de hace años, excepto tres mudas que se pone ahora y los pijamas de rizo, que están junto a unos camisones de algodón que el paso del tiempo ha amarilleado. Mientras curioseo, encuentro una libreta con recetas anotadas con una letra pulcra y menuda. La cojo y dejo todo lo demás como estaba. Siento pena al pensar en Mercedes: se ha quedado anclada en el tiempo, habla poco y cuando lo hace es para decir que tiene que ir a la casa de la playa, que la estarán esperando. Se levanta de repente y muy educada dice: «Bueno, me tengo que marchar ya» mientras se alisa la falda como si estuviera de visita y quisiera irse en ese momento. ¿Por qué Dita guardaría toda esa ropa? Aunque le sirve, se ve pasada de moda y solo hay cosas de verano. Sería la que tenían en la casa de la playa, no me la imagino con esos vestidos en un pueblo de montaña donde no hay ningún sitio a donde ir.

Las dejo solas después de que mi madre me prometa que cenará bien, vuelvo al coche y llamo a mi jefa para decirle que mañana tampoco iré y que necesito unos días para asuntos personales. Me hace saber que no le parece bien y sutilmente me deja caer que mi ausencia tendrá consecuencias. Cuando vuelva tendré que comerme un montón de mierda, la conozco.

Tengo hambre, y como no he comido casi nada, cuando llego a casa me preparo un bocadillo vegetal y me siento en el sofá con las piernas cruzadas y un paño encima.

Cuando llevo tres bocados, me acuerdo de lo que dijo mi madre sobre el café y de repente ya no tengo hambre. Envuelvo el bocadillo en el trapo de cocina para no verlo y lo dejo encima de la mesa, aunque es una cosa tonta porque no podemos dejar de comer ni de tomar un café, pero ahora no puedo disfrutarlo, no sin pensar que estoy traicionando a Dita.

45

No sé qué hora será, me desperté a las tres y ya no he podido volver a dormirme. Ahora estoy tumbada en el sofá, tapada con la manta y con el pijama manchado de harina. Ya mismo sonará el timbre del horno avisándome de que las magdalenas están listas. La casa huele a limón y a dulce, es como si estuviera en la del cuento de Hansel y Gretel.

Diego sigue durmiendo, así que todavía no serán las siete. ¿Qué voy a hacer durante todo el día? No tendría que haber dicho que no iba a trabajar. Aquí estaré peor, sin nada que hacer. La libreta que cogí del armario de Mercedes está llena de recetas, pero no me apetece estar todo el día cocinando.

No puedo decir que quisiera a Dita, no como quiero a mi madre y a Diego, no me ha dado tiempo, pero la echo de menos. Su risa tan fresca, esas maneras suyas, tan rápida para todo, nerviosa hasta cuando estaba quieta sin hacer nada, lo ingenua que era y cómo hacía ver que no se daba cuenta de mi ironía encubierta cuando me dirigía a ella la mayoría de las veces.

Escucho cómo se levanta Diego y entro deprisa en la ducha: no quiero que vea que no he dormido, aunque, teniendo en cuenta las magdalenas que hay en el horno y el estado en que se encuentra la cocina, no hace falta ser Sherlock Holmes. No me dice nada, actúa como si fuera una mañana cualquiera de las de antes de Dita.

Se ha ido y no le he avisado de que no iré a trabajar. No paro de repetirle a mi madre que tiene que volver a la rutina y ahora yo me quedo en casa, sin nada que hacer y sin ganas de moverme del sofá. El sonido del móvil me saca de mi letargo. Es Matías. Me pregunta si puedo ir a buscar a Paula al colegio, lo han llamado para decirle que ha vomitado. Él va de camino, pero tardará más que yo porque el colegio le queda lejos. Le digo que sí y quedamos en vernos en su casa. Ahora me alegro de no haber ido a trabajar.

Meto las magdalenas en una bolsa de papel, busco la ropa que llevaba ayer y que dejé a los pies de la cama y que ahora ha desaparecido. La encuentro en el suelo hecha una bola y me la pongo sin importarme que esté completamente arrugada.

Recojo a Paula, que huele a vómito y está blanca como la pared. Dejo que se siente en el asiento delantero y le doy una bolsa por si tiene ganas de vomitar más. Debería haber llamado a mi madre antes, por si ha salido, aunque sé que no será así. Cuando abre la puerta descubro que no me había equivocado y que ella tiene peor color de cara que Paula.

—¿Cómo se te ocurre salir con esa ropa hecha un guiñapo? —dice al verme.

Al escucharla decir eso pienso que todavía queda la esperanza de volver a recuperar una parte de la mujer que fue. Hace tan solo unos días me podría haber presentado desnuda y le hubiera dado igual.

—Es lo primero que he cogido. —Estiro la camiseta hacia abajo intentando disimular las arrugas.

Me agarra de la muñeca deteniendo mis movimientos.

—Qué más da eso. No me hagas caso, debería haber aprendido lo que es realmente importante.

No me suelta el brazo y permanecemos así, inmóviles, de pie, ella con los labios prietos, como si no estuviera de acuerdo con lo que acaba de decir y cerrara la boca con fuerza para evitar que escapara de ella lo que realmente piensa. Desvía la mirada hacia Paula y hace una mueca, da la impresión de que ha visto a un fantasma.

—¿Qué haces aquí? —Suelta mi brazo y la examina para comprobar que está entera, parece un policía cacheando a un sospechoso en busca de drogas en una redada—. ¿Qué ha pasado?, ¿por qué no estás en el colegio? ¿Y tú por qué no estás trabajando?

Dispara las preguntas sin darme opción a contestarlas.

—Mamá.

Ella no me escucha, sigue empeñada en tocar a Paula mientras la acribilla a preguntas. Me asusta, ya la vio al abrirnos la puerta y parece que se ha dado cuenta ahora de su presencia, como si acabara de llegar.

—¡Mamá! —grito. Se sobresalta y me mira—. Estamos bien, no ha pasado nada. Paula ha vomitado en el colegio y he ido a recogerla.

—No deberías presentarte a estas horas sin avisar.

Paula se sube las gafas. Me mira y la imagino de mayor con unas gafas de pasta exageradamente grandes sin otro cometido que ayudarla a esconderse del mundo.

—He traído unas magdalenas que hice ayer.

Abro la bolsa y un olor a dulce y a limón escapa de ella. Mercedes deja de hacer punto y tengo la esperanza de que recuerde, que el olor del pasado la ayude a bucear en su mente y la haga llegar al recodo donde están guardados sus recuerdos. El silencio es lo único que se escucha, hasta que vuelve a su labor y el sonido de las agujas lo rompe.

Me siento ridícula. ¿Qué esperaba? ¿Que Mercedes recuperara la memoria por el simple hecho de traerle un aroma encerrado en una bolsa de papel? Quizá esperaba un milagro, aunque solo durara unos minutos, para luego verla volver al lugar donde habita el olvido, como sucede en las películas y en las novelas con final feliz.

—Deberías tranquilizarte —le reprocho a mi madre—. Has asustado a Paula.

—Tú no sabes lo que es perder a una hija.

Más que decir la frase, la escupe. No contesto porque sé que no lo ha dicho con mala intención, Paula lo hace por mí.

—Mi madre no está muerta —le dice con rabia y con determinación, como si fuera su frase mágica. Igual que esas que aseguran en los libros de autoayuda que, si las repites mucho y crees en ellas, el destino las hará realidad.

Se va a su habitación y cierra de un portazo. Mercedes sigue tejiendo ajena a todo lo que ha pasado y detesto el silencio que parece que se empeña en seguirme y en llenar mi vida.

De repente me entran unas ganas locas de gritar, y vuelvo a sentir las lágrimas asomando a mis ojos y deseo con toda mi alma que Dita despierte y se recupere, porque desde que ella no está parecemos fantasmas. Vivos pero muertos.

Mi madre entra en la cocina y cierra la puerta. Yo me acerco a Mercedes y doblo la colcha que tiene a sus pies y que cada vez ocupa más espacio.

No me atrevo a entrar en la habitación de Paula ni en la cocina. En un par de ocasiones me acerqué y pegué la oreja a la puerta. Nada. Silencio. Como si tuviera visión de rayos X, puedo ver a mi madre mirando las fotos que hay en la nevera sujetas con imanes. A menudo la descubro haciéndolo. Puede estar un montón de tiempo delante del frigorífico con la vista clavada en ellas.

Dita con los niños, Dita con Mercedes, Dita y mi madre abrazadas y sonrientes, Dita conmigo en Francia, Dita...

Me siento en el sillón al lado de Mercedes, agarro un pico de la colcha que acabo de doblar, tiro de ella, me tapo y cierro los ojos. No he dormido nada porque desde hace unos días solo sueño con mujeres que me persiguen y estiran sus brazos hacia mí.

46

Otro día en el que no hago nada más que esperar a que sea la hora de visita para ir al hospital. Ya ni me molesto en encender la tele para engañar al silencio. Cuando suena el timbre no me muevo. No espero a nadie, así que será un vendedor de seguros o algún agente inmobiliario. Me enrosco en el sofá y cierro los ojos. La persona que hay al otro lado insiste y, aunque el timbre suena como siempre, a mí me parece que hay una especie de urgencia en su sonido, por eso me levanto.

—Hola. —Al ver a Matías al otro lado de la puerta me quedo paralizada intentando descifrar en su cara lo que ha venido a decirme.

—Hola. ¿Puedo pasar? —pregunta al ver que no me retiro para dejarlo entrar.

—Por favor, qué tonta, pasa.

Le ofrezco un café, él acepta y lo veo de pie en el salón esperando a que yo salga de la cocina. Derramo la leche al ponerla en la taza y veo cómo me tiemblan las manos al limpiar el mármol con la bayeta. Cuando dejo el café encima de la mesa, él no hace ademán de tomárselo, ni siquiera le pone azúcar.

Me mira, le devuelvo la mirada y me oigo decirle que no estoy preparada para escuchar lo que ha venido a contarme. Que me parece que lo que le ha pasado a Dita es culpa mía, por haber deseado miles de veces que se callara para siempre cuando no dejaba de hablar, por haber pensado lo injusto que era que tuviera hijos y yo no cuando yo hubiera sido mejor madre, y por haber deseado que ojalá mi madre no la hubiera encontrado nunca porque así no tendría que compartir su tiempo y su cariño con ella. Sigo hablando, como si estuviera sola y como si fuese otra persona la que dice que se avergüenza de haber sentido celos de la relación que tenían y de la forma en que se abrazaban.

Él permanece en silencio, y tengo la impresión de que podría seguir hablando durante horas de todas las cosas que me parece que hice mal, por eso agradezco que ponga su mano sobre las mías, que tengo cruzadas encima de la mesa. Es como si hubiera accionado un interruptor para hacer que me calle.

—No tienes que sentirte mal, todos hemos tenido pensamientos que luego nos han parecido sucios o nos han hecho sentir mezquinos, eso no te hace ser mala persona.

El olor de las magdalenas inunda la casa, siento una terrible sensación de asfixia.

—¿Estás bien?

—Sí, perdóname, en esta situación no soy la víctima. No tengo derecho a quejarme.

En su gesto veo preocupación por mí, a pesar del drama que se ha instalado en su vida de repente.

—He recibido una llamada del hospital. Dita ha despertado.

No es capaz de decir nada más. Empieza a llorar. Es un llanto de desahogo, como si se hubiera estado reprimiendo durante mucho tiempo y ahora el dique que contenía sus lágrimas se hubiera quebrado, dejando escapar la pena para dar paso al consuelo. Yo no soy capaz de llorar. Siento un alivio inmenso, parece que me hayan quitado un lastre que me impedía caminar, pero no puedo llorar. No me atrevo a preguntarle nada a Matías, ni qué le han dicho los médicos ni si tendrá secuelas ni cuánto tiempo deberá seguir en el hospital ni si ya la ha visto. Nada. Porque me da miedo escuchar su respuesta. Cuando se tranquiliza, se disculpa y me cuenta lo poco que sabe y que a mí no me basta. Los médicos han decidido despertar a Dita. Se encuentra bien, aunque tendrá que recuperarse poco a poco. Hoy no podrá recibir visitas. Eso es todo lo que me cuenta. Montones de preguntas se me agolpan en la mente, pero no las formulo, no quiero que piense que le echo en cara que no haya pedido más información. Se despide y, antes de irse, me pide que se lo diga yo a mi madre.

—¿Se lo has dicho a Paula? —le pregunto.

—No. Eres la primera en saberlo. No quería que Paula me viera llorar, se asustaría, y pensaba esperar hasta ver a Dita. No me imagino cómo estará, aunque todos estos días he estado buscando información. Sin embargo, no me hago una idea de lo que me voy a encontrar.

—Creo que debería saberlo. Lo está pasando muy mal.

—¿Puedo pedirte algo?

—Claro, lo que sea —le digo invitándolo a hablar.

—¿Se lo puedes contar tú?

—No me importaría, pero creo que tienes que ser tú el que lo haga. Eres su padre.

—No me importa que pienses que soy un cobarde y que sigo huyendo, pero esta vez te equivocas. He hecho algo de lo que no me siento orgulloso, aunque lo volvería a hacer mil veces con tal de ayudar a mi hija. He leído su diario. Lo hice con la intención de encontrar respuestas, porque no sé cómo se siente y no sé cómo ayudarla. No voy a decirte lo que he leído porque ni yo debería saberlo, pero sí voy a decirte que apareces en muchísimas de las páginas que ha escrito y que he sentido cierta envidia de la forma en la que habla de ti.

Escuchar a Matías decirme eso hace que mi corazón parezca a punto de estallar. Le doy las gracias por hacerme partícipe de su secreto y por la generosidad al cederme el puesto que sigo creyendo que le corresponde a él.

47

Si mi coche tuviera vida propia, se dirigiría casa de Dita. Últimamente no voy a otro sitio, y pienso en cómo nos ha cambiado la vida a todos. La ausencia de mi padre no se ha notado, dudo que haya una sola persona que lo eche de menos. Un escalofrío hace que me estremezca. Qué triste me parece, no me gustaría que a mí me sucediera lo mismo. Hago un repaso y anoto en mi cabeza los nombres de posibles candidatos a sufrir por mi ausencia. No me gusta el resultado, aunque no me sorprendo: no se puede decir que sea muy popular. En cambio, Dita podría llenar una libreta y le faltarían páginas.

Ella es todo lo contrario de lo que se supone que es una mujer perfecta: es desordenada en su vida y en su casa, casi nunca llega a tiempo a ningún lugar y arrastra a los niños de un sitio a otro, igual que si fueran una maleta más llena de laca de uñas y artilugios de peluquería. A la hora de vestir no tiene límites y es exagerada para todo, es impaciente, charlatana y agotadora. Sin embargo, no consigo acostumbrarme a su ausencia, porque no he conocido a nadie más generoso que ella, generosa en dar afecto, en escuchar, en abrazar, en desprenderse de las cosas que para ella tienen un valor enorme y que me regala como si fueran un tesoro y después yo dejo olvidadas en el fondo de un cajón. Tengo muchas ganas de darle un abrazo. Yo, que detesto abrazar, y ahora estoy deseando estrecharla entre mis brazos, apretarla bien fuerte y decirle sin hablar que no se le ocurra volver a dejarnos huérfanos nunca más.

No he llamado a Diego para darle la buena noticia, se lo diré esta noche cuando lo vea. Hoy ya no tendré que hacer lo mismo que venía haciendo estos últimos días y que repetía como una autómata. El mismo recorrido repartido entre ir a casa de Dita, al lugar donde la atropellaron y a la tienda del chino donde compro la lana para Mercedes. Era una obsesión. He unido los tres puntos en el callejero y sale un triángulo perfecto, mi triángulo de las Bermudas particular. Como si Dita se hubiera perdido en vez de haber sufrido un accidente. Hoy, por fin, no es preciso repetir la rutina que me pesaba como una losa.

Paro en doble fila y salgo deprisa del coche, toco el timbre del colegio de Paula y le digo a la conserje que vengo a buscarla. Si se sorprende de que vaya a recogerla un cuarto de hora después de que haya entrado, lo disimula a la perfección, pues no me pregunta nada. El que tu madre esté en el hospital en coma te otorga el poder de hacer casi lo que se te antoje sin que parezca extraño. Me deja en la entrada y desaparece diligente por el pasillo para volver enseguida con una mano en el hombro de Paula y con esa cara que pone siempre que nos vemos y que me da tanta rabia. No soporto la compasión que desprende su mirada cuando habla conmigo.

Paula no tiene ninguna expresión en la cara, parece el retrato de un pintor malo que no es capaz de plasmar lo que siente la modelo. Camina hacia mí con las piernas juntas por arriba; la camiseta un poco levantada deja al descubierto un trozo de piel blanca y suave de su barriga, y vuelvo a sentir una ternura infinita por ella. Pienso en que hace tan solo un par de días que vine a recogerla, pero hoy el motivo es totalmente diferente, y me dan ganas de salir corriendo por el pasillo y gritarle que su madre está bien. Me aguanto las ganas porque no quiero decírselo delante de la mujer que camina a su lado y porque no sé si es la mejor manera de hacerlo.

No pregunta nada, como si fuera normal que la sacara del colegio cuando acaba de entrar. Para ella cualquier excusa es buena para no estar aquí.

—¿No quieres saber a dónde vamos? —le pregunto una vez que estamos subidas en el coche.

—Me da igual.

No debería darle igual. Solo es una cría y parece que ya está harta de todo. La apatía se ha convertido en su compañera desde que Dita tuvo el accidente. Antes era tímida y callada, pero ahora pasa la mayor parte del tiempo dibujando o escribiendo en su diario encerrada en su habitación. El único que consigue rescatarla es Bruno: sin saberlo, la saca de esa burbuja en la que habita y en la que no me gustaría estar.

Aparco el coche en la entrada de un parque al que venía cuando era una adolescente y que hace años que no piso. En su interior hay un laberinto realizado con cipreses recortados, además de esculturas, estanques, cascadas y fuentes. Es un sitio precioso y lo recuerdo solitario, por eso he decidido venir aquí. Pago las dos entradas y llevo a Paula a la parte de arriba, donde creo que habrá menos gente. El parque está desierto al ser un día laborable, cosa que agradezco. Nos sentamos en el borde de un estanque y miramos los peces de colores que nadan de un sitio a otro. Si Paula se pregunta por qué la he sacado del colegio para traerla aquí, no me lo dice.

—Tengo que decirte algo. —Paula saca la mano del agua y me mira. Ahora me arrepiento de haber venido. Debe de pensar que su madre ha muerto y he buscado un sitio solitario para darle la noticia. Cómo he podido ser tan estúpida. Después de unos instantes, vuelve a meter la mano en el agua y a moverla en círculos.

—Tu madre ha despertado y está bien —le digo deprisa para evitar que le dé tiempo a pensar lo que no es.

—¿No se va a morir? —pregunta sin mirarme, concentrada en las ondas que provoca el movimiento de su mano.

—Nooo. Está bien, aunque ahora necesita descansar.

—¿Y podrá hablar?

—Claro, ya sabes lo que le gusta hablar. ¿Te imaginas que se quedara sin voz?, nos perseguiría con una libreta donde escribiría lo que quisiera decirnos.

—¿Entonces no tendrá que llevar un babero porque se le caerá la baba como si fuera un bebé?

—¿Quién te ha dicho eso?

—Las niñas del cole. Dicen que lo han escuchado a sus madres. Eso y otras cosas.

—No va a pasar nada de eso. No he hablado con los médicos, así que no puedo contarte mucho más, pero estoy segura de que no va a pasar nada de lo que te preocupa. Si fuera así, el médico hubiera informado a tu padre.

Paula me mira intentando averiguar si le estoy mintiendo.

—¿Confías en mí?

—Sí —admite en voz baja.

Observo las monedas que hay en el fondo del estanque y pienso que son ojalás disfrazados. Como los deseos que descansaban a los pies de aquella virgen que visitamos no hace mucho tiempo. Montones de sueños ahogados en el fondo de unas aguas turbias que dan la sensación de querer quedarse con ellos para siempre. Ya no me parece tan buena idea haber venido aquí con Paula para que lanzara una moneda. Por eso las suelto en el bolsillo de mi abrigo, porque me ha dicho que confía en mí y, si lanza una moneda y el estanque se queda con su sueño, ya no volverá a hacerlo.

—Tenemos que ir a decírselo a tu abuela. Ya debería haberla llamado, pero quería decírtelo a ti primero.

Me mira agradecida y, después de unos instantes, se acerca y me abraza. Correspondo a su abrazo, apretándola bien fuerte contra mí, cumpliendo la promesa que le hice a Dita mientras dormía. Cuando nos separamos, se limpia los ojos con disimulo; creo que le da vergüenza que la vea llorar.

—¿Estás preparada? —le pregunto mientras le coloco bien la bufanda. Ella coge aire y cierra los ojos.

—Preparada —dice, parece que estuviera a punto de saltar en paracaídas. Entonces pienso que, pase lo que pase, yo seré su paracaídas. Una lona de colores vivos y brillantes que la dejará en tierra sana y salva. La cojo de la mano y trotamos hasta el coche como si se nos acabara el tiempo.

En el trayecto hasta su casa, planeamos todo lo que vamos a hacer cuando vuelva su madre. Al llegar no me entretengo en buscar aparcamiento y dejo el coche en doble fila con las luces de emergencia encendidas. No me importa si se lo lleva la grúa, tengo tantas ganas de decírselo a mi madre que estoy tentada de gritárselo desde la calle. Subimos por la escalera corriendo y tocamos el timbre sin parar hasta que se abre la puerta.

—Mamá, Dita ha despertado y está bien —le digo abrazándola.

—Ay, Dios mío. ¿Qué dices? ¿No me engañas? —Se separa de mí para mirarme a la cara como si no se creyera lo que acaba de escuchar.

—¿Cómo iba a engañarte con algo así? Se acabó, mamá.

La oigo llorar mientras repite sin parar: «Gracias, gracias, gracias…». No sé a quién le da las gracias, pero parece que se le vaya a salir el alma por la boca cada vez que pronuncia la palabra.

Después de abrazarme a mí, se acerca a Paula y la coge de las manos.

—Qué alegría, Paula, qué buena noticia. Debes de estar muy contenta. ¿Quieres contárselo tú a Bruno?

Paula asiente y suelta las manos de mi madre, a la que agradezco que en esta ocasión haya estado comedida.

—¿Quieres decírselo a la vecina también? —le pregunto a Paula. Dice que sí y sale corriendo; tiene prisa por compartir su alegría.

Mi madre se acerca a Mercedes, que no debe de entender nada, aunque parece que presiente que algo bueno ha sucedido, porque sonríe mientras mi madre la abraza. Enseguida llega Paula acompañada de la vecina, que llora y se seca los ojos con el pico del delantal que lleva encima de la bata de andar por casa. Se abrazan todo el rato mientras lloran. Mi madre con la vecina, la vecina con Mercedes, las tres juntas, y pienso que parecemos esos afortunados que vemos un año tras otro en la tele a los que les toca la lotería de Navidad.

Después de un rato, la algarabía que había en el comedor ha dado paso a la calma. Nos hemos desperdigado por el sofá y las sillas como si estuviéramos agotadas. Mi madre quiere saberlo todo y no tengo respuestas que darle. Cuando llegue Matías del hospital nos dará el parte médico. Mientras tanto, tendremos que seguir rogando en silencio que las noticias que traiga sean buenas.

Desde que Dita tuvo el accidente, he leído mucho sobre este tema; demasiada información que se enreda en mi cabeza y que no sé cómo interpretar. Lo que sé es que no será como en las películas, donde el enfermo abre los ojos repentinamente y aquí paz y después gloria. Los efectos de los medicamentos que los mantienen en ese estado tardan tiempo en desaparecer del cuerpo, por ese motivo tienden a ir recuperando poco a poco las funciones del cerebro.

También he leído que hay pacientes que oyen lo que ocurre a su alrededor, aunque al despertar no lo recuerdan. Y, aunque me dan vergüenza las cosas que le dije a Dita mientras dormía, me gustaría que las recordara porque no se las volveré a repetir. Por mucho que le haya prometido que aprenderé a abrazar y a dejar que me abracen, uno no se convierte en una persona diferente de un día para otro.

Salgo un momento al lavadero, llamo a Diego y no puedo evitar llorar al darle la buena noticia. Estos días estoy llorando mucho y, si mi madre no hubiera estado tan preocupada por Dita, me habría preguntado veinte veces al día que si estoy embarazada.

Me voy a proponer no derramar ni una lágrima más por eso. No me hace bien. Intentaré desterrar la pena que me provoca el no poder ser madre, no quiero ser una desagradecida con la vida. Después de lo que le ha pasado a Dita, me he dado cuenta de lo frágiles que somos y de que vivimos como si no nos fuéramos a morir nunca, como si nuestro tiempo en la tierra fuese infinito. Y no es así.

48

Estiro el brazo para comprobar que Diego sigue a mi lado en la cama. Mi mano tropieza con su pecho y la dejo ahí, subiendo y bajando al compás de su respiración. Estoy agotada, el sexo se ha convertido en salvaje y tierno a la vez, si es que esa combinación es posible. Hemos vuelto a lo del principio, cuando no había que hacer el amor el día señalado porque la temperatura o el método de fertilidad que estuviera siguiendo en ese momento así lo requisiera. Ahora nos dejamos arrastrar por el instinto y cualquier hora es buena para enredar nuestros cuerpos en un laberinto de abrazos.

Después de mucho tiempo, esta ha sido la primera noche que no he soñado con las dobles de Dita. En cambio, mi abuela me ha llevado por sitios donde no he estado nunca y que no reconozco. Se empeñaba en que la siguiera y me hacía gestos con la mano si me detenía. Estaba enfadada, como si estuviera intentando decirme algo importante y yo no la entendiera.

Hay algo que no recuerdo, aunque sé que no tiene que ver con esas mujeres, y tengo miedo porque me viene a la cabeza lo que me dijo mi madre, aquello de lo que no hemos vuelto a hablar porque Dita ha ocupado todo nuestro mundo.

Me acurruco al lado de Diego, que abre los ojos.

—Te he despertado.

—No importa. —Me abraza y las mariposas de mi estómago revolotean, provocando un vuelco en él.

—No me dejes nunca, no podría vivir sin ti.

No sé por qué le he dicho eso, no viene a cuento.

—Sí que podrías, nadie se muere por nadie. Aunque no tengo ninguna intención de dejarte escapar.

Me resisto a separarme de él cuando hace ademán de levantarse, aunque al final lo dejo ir a regañadientes y le grito desde la cama que hoy no iré a trabajar. Iré al hospital a ver a Dita. Tengo miedo, no me imagino cómo la voy a encontrar.

No me muevo hasta que escucho el sonido de la puerta al cerrarse. Podría haberme quedado aquí todo el día y nadie me hubiera echado de menos, odio admitir que no soy imprescindible para nadie. Quizá hace unas semanas Paula hubiera notado mi ausencia. Me esperaba impaciente con las pinturas de guerra preparadas. Yo me dejaba hacer porque me gustaba sentir sus dedos en el pelo mientras me hacía y deshacía una trenza hasta que consideraba que estaba perfecta, y cómo me golpeaba las mejillas con las yemas de los dedos para extender el colorete. Pero eso se acabó, Dita nunca imaginará las cosas que se llevó con ella mientras estuvo ausente.

Me levanto de un salto y entro en la ducha; me doy prisa porque no quiero llegar tarde al hospital. Mientras me seco el pelo me doy cuenta de que estoy tarareando una canción. No recuerdo cuándo fue la última vez que lo hice. A pesar de tener una vida fácil, exenta de dramas, siempre parecía tener un poso de tristeza dentro de mí. El dolor de la ausencia de lo que anhelamos es comparable al de haber perdido algo que ya teníamos. Si hubiera un medidor del dolor, ¿el de mi madre, mientras temía perder a Dita, sería más grande que el que siento yo por la ausencia de ese hijo que no he tenido? No lo sé. Pero creo que estaríamos a la par.

Al abrir el cajón para coger unos calcetines, encuentro las cosas que Dita me ha ido regalando y que nunca me he puesto. Pulseras, anillos, una sarta de collares largos, un pañuelo con estampado de pájaros pasado de moda... Podría haberlas llevado en el bolso y habérmelas puesto antes de entrar en su casa para que las viera, como hago con el anillo de Paula. Ahora me arrepiento de no haberlo hecho. Como si quisiera hacerle un homenaje, después de vestirme me lo pongo todo. Parezco un árbol de Navidad, pero no me importa.

Antes de salir, cojo un abrigo con estampado de leopardo que se empeñó en que me trajera porque a ella le iba demasiado grande; lo tengo guardado para que haga de cama si Diego se presenta con el cachorrito que me prometió. Me detengo, me miro en el espejo volteando el cuerpo, como haría en un probador, y no me reconozco. Nunca me hubiera puesto nada de lo que Dita me ha ido regalando como si fueran ofrendas y que ahora he decido rescatar para lucirlo todo de golpe. Al verme reflejada en el espejo me avergüenzo, pero no de mi aspecto, sino de las veces que me avergoncé de Dita por su forma de vestir y de comportarse.

49

Hoy los niños por fin podrán ver a Dita. Los primeros días no creímos conveniente que lo hicieran, se hubieran asustado al ver a su madre adormilada y rodeada de máquinas que ya no necesitaba pero que seguían en la habitación, como si fueran un recordatorio de lo que había pasado.

Aguardo en la sala de espera a que terminen de hacerle un reconocimiento. Me recuesto en la silla de plástico, apoyo la cabeza en la pared y cierro los ojos. Estoy agotada. Matías llegará en un momento. Mi madre y los niños vienen con Diego en el coche. Será una pequeña fiesta: hoy es el cumpleaños de Dita. Los médicos nos han advertido de que no la cansemos y que no estemos mucho rato.

Escucho unos pasos en el suelo de linóleo y abro los ojos al notar cómo se detienen al llegar a mi altura. Es Matías. Lleva un pastel en la mano. Sin necesidad de preguntarle sé que ha sido idea de mi madre. El día del cumpleaños hay que soplar las velas, sí o sí. Debería haberse rebelado. No me parece lo más conveniente, pero quién soy yo para decidir qué es conveniente o qué no lo es cuando se trata de sentimientos. Se sienta a mi lado y deja la tarta en la silla que queda libre.

—¿Todavía no han llegado?

—Estarán al caer, no creo que tarden mucho.

Juega con el botón de la chaqueta, que descansa en sus piernas, y lanza miradas al mostrador de enfermería continuamente. Estiro el brazo y pongo la mano encima de la suya para detener sus movimientos; estoy yo más sorprendida que él. Me cuesta la vida mostrar mis sentimientos o tener contacto físico con otra persona que no sea Diego, así que ese gesto tan simple hace que se derrumbe. Rompe a llorar y se presiona los lagrimales con los dedos, intentando evitar el flujo de ese líquido salado que parece haberse desbordado dentro de él.

—Lo siento, no sé qué me ha pasado. Estoy nervioso, los niños están deseando verla.

—No tienes que disculparte, todos estamos inquietos.

—Dita te quiere mucho y te admira —dice.

—Eso la honra. A veces no me he portado bien con ella. No te molestes, pero a ratos me pone algo nerviosa.

Me mira. Como si no entendiera cómo puedo decir eso a pesar de que él me confesó en el cementerio que a veces lo agotaba su forma de ser. Estoy convencida de que para él Dita es perfecta, la persona con la que quiere pasar el resto de su vida y a la que no le ve ningún defecto, y por un instante siento un poco de envidia de esa manera de querer.

—¿Sabes qué me pidió? —pregunta mirando alrededor para asegurarse de que nadie nos escucha.

—Nada de lo que me digas me sorprenderá.

—Me propuso que tuviéramos un bebé para ti.

Se queda callado, convencido de que lo que acaba de decir no necesita más explicación. No digo nada, aunque estoy sorprendida. Siempre me han producido rechazo esas mujeres que alquilan sus vientres para luego entregar a su hijo cual mercancía. Sin embargo, no hace mucho, barajé la posibilidad de contratar sus servicios porque era la única manera de conseguir lo que quería. Después de lo que acabo de escuchar, siento vergüenza de mí misma y de haber juzgado a mujeres a las que no conozco y cuyas motivaciones para actuar así ignoro. Me gustaría saber qué es lo que pensó, cómo hilvanó esa historia en su mente hasta darle forma. ¿Pensaría tener un bebé y entregármelo para que lo criara yo? ¿Y qué pasaría con los documentos que certificarían que ese bebé no es mío? ¿Llegaría a planteárselo siquiera?

—¿Y qué le dijiste? —pregunto. Hablamos en voz baja, como si el contenido de nuestra conversación fuera pecado.

Le animo con los ojos para que conteste. Antes de que le dé tiempo a hacerlo vemos acercarse a mi madre con Mercedes del brazo y a los niños caminando a su lado. Cuando la veo con el vestido de color coral no puedo evitar emocionarme. Es el vestido para las grandes ocasiones y que ella se ponía para cualquier cosa que saliera de lo común porque nunca hacía nada especial.

Deja caer al suelo una bolsa con lo que supongo que son regalos para Dita y se abraza a Matías llorando, como si nos acabaran de dar la noticia de que ha despertado ahora mismo. Este la consuela dándole golpecitos en la espalda.

—Hola, Sofía.

—Hola, Bruno.

No sé por qué mi madre habrá disfrazado a los niños, los ha vestido tan formales que parece que van de boda. El pelo de Bruno, tan rebelde, está engominado, lo cual le da un aire de gánster de los años veinte.

—Hoy es lunes, doce de noviembre —dice muy serio para enseguida subirse a una silla y leer el contenido de un póster donde dan unos consejos para reconocer los síntomas de un infarto.

Aunque en el resto del mundo sea viernes, para él es lunes. Ha detenido el tiempo en el día que Dita tuvo el accidente. La psicóloga dice que es normal y que necesita ver que su madre está bien para volver a sus rutinas. Paula permanece en un segundo plano agarrada a la mano de Mercedes, a la que retiene con tanta fuerza que parece que tenga miedo de que, si la suelta, salga volando como un globo.

Mi madre libera a Matías de su abrazo y se vuelve hacia mí. No sabe qué hacer. Somos tan poco dadas a demostrarnos afectos, tan parcas en mostrar sentimientos, que seguimos sin ser capaces de derribar esa barrera invisible que nos separa. Hoy es el primer día que estaremos todos juntos con Dita y, aunque se está recuperando bien, se nota que no es la misma persona. Está débil y a ratos se queda como ausente. Esas ausencias duran muy poco, pero da la sensación de que, durante esos segundos en los que está con la mirada perdida, regresara al limbo donde estuvo. Cuando eso sucede tenemos miedo. Miedo de que esas secuelas de las que nos habló el médico y que no están presentes ahora mismo estén agazapadas para aparecer de repente.

Mi madre tiene mala cara y lo achaco a la tensión que ha vivido estos últimos días. Sin embargo, un mal presentimiento me acecha, como si el motivo que nos llevó a buscar a Dita —y que había olvidado por completo— hubiera regresado de repente ahora que ella está bien.

—¿Has traído los bombones? —me pregunta.

—Sí —confirmo. Y pienso en cómo es capaz de dar normalidad a las situaciones más delicadas.

—Gracias —dice mientras me acaricia la cara. Como si en vez de haber comprado unos bombones hubiera hecho una heroicidad—. Por todo.

Entonces me abraza y llora en silencio, como si no quisiera hacerlo porque ya no es preciso. Dita está bien y ya no hay que lamentarse por nada. Es un llanto de descarga donde deja escapar la angustia y el miedo contenidos. Una enfermera llama a los familiares de Fernanda Bescos. Nos acercamos a ella, que no se molesta en disimular el gesto de fastidio al ver a tanta gente. En este momento no debería importarme lo que piense la enfermera con cara de gárgola; sin embargo, no puedo evitar sentir un poco de vergüenza al vernos. Nos dice que podemos entrar a ver a la paciente sin agobiarla. Espera y levanta las cejas interrogándonos con la mirada para saber si seremos aplicados. Permanecemos en silencio hasta que nos pide que la sigamos porque han cambiado a Dita de habitación.

50

Un año después

Hoy es doce de febrero. Ha pasado más de un año desde el accidente. Han cambiado muchas cosas desde entonces. Mi madre ha vuelto a su casa, Matías no ha vuelto al cementerio y Mercedes sigue tejiendo mundos inventados. Paula cambió de colegio porque las niñas volvieron al acoso silencioso después de que Dita despertara; aún no logro entender qué las movía a hacer una cosa tan cruel. Me sigue torturando la idea de que ahora tendrán otra nueva víctima. De vez en cuando paso por delante de ellas a la hora de la salida del colegio. No les digo nada, simplemente camino despacio al pasar por su lado y las miro como si quisiera recordarles que sé cómo son. Ellas agachan la cabeza y evitan mirarme. No lo sabe nadie, ni siquiera se lo he dicho a Diego porque se reiría de mí, y, aunque seguro que no sirve para nada, cada vez que lo hago me siento bien, ya que no conozco a esas niñas y las detesto. Ahora Paula tiene una amiga de su nuevo colegio. Es una niña delgada y tan tímida como ella, pero cuando están solas son como tienen que ser las niñas a esa edad. Cuando las oigo reír por cualquier tontería, mi alma brinca de felicidad, porque la infancia debería ser la época más feliz de nuestras vidas.

El único que parece que no ha cambiado es Bruno, pero solo en apariencia. Si te detienes a observarlo, te das cuenta de que sigue a su madre a todas partes, reparte su tiempo entre ella y Paula, parece que los demás no existimos.

Han cambiado las cosas y hemos cambiado todos nosotros, no somos los mismos que antes. Ahora priorizo otras cosas porque he aprendido que el tiempo se esfuma, que estamos aquí con fecha de caducidad, pero que por suerte o por desgracia no llevamos en la frente un sello con la fecha del que será nuestro último día. No he vuelto a hablar con mi madre de lo que según ella le dijo mi abuela. No lo he hecho por miedo, miedo a que, si lo verbalizo, se haga realidad. Si no la conociera pensaría que fue una invención para empujarme a buscar a Dita; sin embargo, sé que no haría una cosa así. De vez en cuando la veo con la mirada perdida, como si estuviera pensando en algo que conoce solo ella y que la angustia. Solo son instantes, el resto del tiempo está feliz y se le nota.

Después de que Dita volviera a casa, hubo un goteo incesante de visitas. A mí me resultaba agotador, montones de vecinos y conocidos de la calle que venían cargados. Unos de dulces, otros de fruta, flores, yogures, zumos o chucherías para desearle una pronta recuperación. Ella parecía encantada, hacía una cafetera detrás de otra mientras abría alguna caja de surtido de galletas para acompañar el café. Yo observaba sentada junto a Mercedes, que unas veces tejía frenéticamente y otras se quedaba con la vista fija en la playa pintada en la pared durante horas. Vino mucha gente, ya que Dita es muy popular, y aunque no quería sentir celos porque estaba feliz de que estuviera bien, no podía evitarlo. Ese sentimiento que no me gustaba nada duraba solo un segundo, enseguida lo desterraba porque me hacía sentir mala persona y porque Dita no se merece que lo tenga hacia ella. Por suerte, la procesión acabó pronto y las visitas se fueron espaciando hasta que llegó el día en que no vino nadie.

Dita no ha hablado de lo que sintió mientras estuvo sedada. No se queda callada con la mirada perdida ni se pierde en silencios, de esos que dicen mucho, como se supone que podría haber ocurrido. La única diferencia con la Dita de antes son dos profundas ojeras, que se empeña en esconder debajo del maquillaje sin conseguirlo del todo y que espero que desaparezcan con el tiempo. Hablé con Matías. Dice que, por las noches, cuando piensa que él está dormido, la oye levantarse para asegurarse de que los niños están bien. Como si le diera miedo que les pasara algo.

No creo en el destino ni en el más allá ni en que haya otra vida después de esta, como no se cansa de repetirme mi madre cuando hablamos del tema; esa idea no cabe en mi mente racional y ordenada. Sin embargo, hace unos días, al limpiar debajo de mi cama, vi algo brillante que arrastró la fregona y, al agacharme para recogerlo, vi que era una medalla que mi abuela siempre llevaba puesta. Haberla encontrado no tendría importancia si la joya la hubiera tenido yo, pues la podría haber dejado en la mesita de noche y haberla tirado sin querer, pero no era el caso, ya que la medalla era de Dita y la llevaba puesta el día del accidente, aunque cuando le dieron a Matías sus efectos personales esta no estaba entre ellos. Mi madre se la había regalado antes de aquel fatídico día. Me pidió permiso para hacerlo, aunque no tenía por qué, pues Dita es tan hija como yo. Le dije que no me importaba, ya que tengo otros recuerdos de mi abuela, y además, como supuse, ella la recibió como si le hubieran regalado el cofre de un tesoro. Es curioso, porque la imagen grabada es de Santa Lucía, la misma virgen que visitamos en Francia. No le he dicho a ninguna de las dos que la he encontrado, y no sé por qué. Supongo que para no darles la razón o para evitar que se miren entre ellas y después me miren a mí con suficiencia.

La metí en el joyero con todas las cosas que Diego me había comprado para compensar sus ausencias y se lo llevé a

Paula, pensando que mi madre o Dita la encontrarían, pero no ha sido así. Cada vez que vengo a su casa, abro el joyero y compruebo que sigue ahí, mezclada con la bisutería que compró Diego y los collares y pulseras de plástico de Paula.

Exceptuando el día que creí ver a mi abuela deshaciéndose la trenza en la cocina de mi madre, no he vuelto a verla. Ni a ella ni a ninguna otra alma o espíritu, y, aunque sé que es imposible, la vi y olí el perfume a rosas con el que ella llenaba la casa para ventilar el olor a pena, un olor dulzón y pesado que se agarraba a la garganta.

Hoy estamos de fiesta. Nadie ha dicho nada, pero se da por hecho lo que vamos a celebrar.

Hace meses que no lloro por no poder ser madre. Un día, Diego salió de la habitación con una caja que dejó en la encimera de la cocina mientras yo limpiaba unas verduras.

—Creo que deberías deshacerte de esto, no te ayuda y pienso que te hace daño —dijo, y me dejó sola.

Me sequé las manos con intención de abrirla, aunque sabía de sobra lo que había en su interior, pero no lo hice: volví a la tarea de limpiar las verduras y seguir preparando la comida. La caja estuvo allí durante semanas. No hablábamos de ella, simplemente estaba ahí. La apartábamos para limpiar debajo, igual que hacíamos con la cafetera o el exprimidor, y volvíamos a dejarla en el mismo sitio. Se convirtió en un objeto más de los que había en la cocina.

Una mañana, la cogí y subí al coche, volví al sur de Francia y a la pequeña iglesia medio abandonada donde Dita y yo dejamos nuestros deseos.

Seguía igual de descuidada, y me atrevería a decir que el pañuelo con el deseo de Dita, en el que yo escribí después el mío, había desaparecido. No me entretuve en buscarlo, pero a simple vista no estaba. Abrí la caja y deposité el contenido al lado de las notas que había a sus pies. Ropa de bebé comprada la primera vez que me quedé embarazada y que seguía guardando por si ocurría el milagro. La dejé allí como ofrenda: ella había cumplido su parte del trato, cambié el deseo de Dita por el mío, así que imaginaba que mi sueño no se realizaría nunca. Fue como una liberación. Se acabó la espera, aunque mis ganas de ser madre seguían intactas.

Suena el timbre y la voz cantarina de mi madre se escucha desde la cocina.

—Ya voooy.

Pasa por mi lado y le aprieta el hombro a Paula, que está concentrada pintándome las uñas de los pies. Me pega un adhesivo con el dibujo de una mariposa diminuta y retira la cara para observar el resultado de lejos. Mi madre camina dando saltitos, como si quisiera flotar o salir volando. Destila felicidad, se ve, se le nota en los gestos, en la sonrisa, en el tono de voz y, sobre todo, en los ojos. Se puede sonreír con los labios mientras lloras con la mirada.

Mi madre saluda efusivamente a Lee y yo no puedo evitar sonrojarme, avergonzada. Ha traído un regalo para cada uno: objetos de su tienda que estoy segura de que ha elegido pensando en que nos gustarán. Cada vez que lo veo, recuerdo las veces que fui al bazar buscando que me contara cosas de Dita y cómo yo me confesaba con él porque estaba segura de que no me entendía del todo.

Se acerca y le da a Paula su paquete y después me tiende el mío mientras sonríe.

—¿Todo bien? —pregunta.

—Todo bien —contesto mientras asiento con la cabeza.

Hasta el comedor llegan las risas acompañadas por el olor de lo que se cuece en los fogones, un aroma delicioso que hace que mi estómago suelte un gruñido. Diego disfruta como un niño de estas reuniones familiares; mi madre ya no es tan crítica con él desde que reorganizó los horarios y pasa más tiempo conmigo. Discuten en la cocina como si los dos fueran chefs expertos y Dita intenta poner paz sin conseguirlo. Matías pone la mesa y Lee le ayuda, pasan un paño por los platos de la vajilla buena, como la llama mi madre, y los colocan con cuidado al lado de los cubiertos. Bruno está en uno de esos momentos en que parece ausente: se ha sentado encima de mis rodillas mientras me pasa la mano por los labios y por el pelo en un gesto repetitivo. No me molesta. Al contrario, me quedaría dormida si no fuera por lo fríos que tengo los pies. Paula me dice que no me mueva, que va a buscar una cosa.

Dita sale de la cocina y reprende a Matías y a Lee por la manera de colocar la vajilla, corrige lo que le parece que no está bien y, al mirarla por detrás, pienso que podría pasar por una adolescente, ya que tiene unas piernas envidiables y atléticas. El vestido que lleva desentona con los calcetines gruesos de rayas de colores que le ha traído Lee, pero no ha dudado en quitarse los zapatos y ponérselos, no sin antes arrugárselos en el tobillo, lo que hace que parezca una animadora.

Solo cuando la miras de frente descubres que dejó la adolescencia ya hace tiempo. Una barriga redonda y dura se perfila debajo del vestido estrecho. Dita me descubre mirándola y deja a los hombres terminar de colocar las copas para sentarse a mi lado. En cuanto Bruno se da cuenta, da un salto y se sube en sus piernas: ahora ella es la que merece su atención.

—¿Qué haces descalza? ¿No tienes frío?

—Paula se empeñó en pintarme las uñas.

—Podrías haber elegido las de las manos.

Abro las manos y se las enseño. Una uña de cada color con dibujos que quieren simular flores la hacen sonreír. Esboza un gesto con la cara, como si le hubiera picado una avispa, y coge una de mis manos para ponerla sobre su tripa abultada.

—Mira, parece que le gustan —dice haciendo alusión a las uñas—. Anda, dile algo.

Me da vergüenza hablarle al bebé y ella lo sabe. Además, no estamos solas.

—No estamos solas —contesto.

—No seas tonta, nadie está pendiente.

Miro alrededor y veo que cada uno está a lo suyo. Bruno, en un momento en que parece que ha salido de su burbuja, me coge la cabeza y la acerca a la barriga de su madre. Luego apoya la suya al lado de la mía y lo escucho cantar una canción infantil en voz muy baja, como si temiera asustar al bebé. Entonces, unas lágrimas que no puedo reprimir me caen por las mejillas y mojan el vestido de Dita, porque mis hormonas deben de estar revolucionadas y lloro todo el tiempo. Son lágrimas de agradecimiento.

Recuerdo con claridad el día que vino a mi casa con Matías y me dio un paquete. Enseguida vi que lo había envuelto ella, por el papel que había elegido y el lazo que lo acompañaba, que estaba harta de ver en su casa atado a una cesta de mimbre. Lo desenvolví y encontré otra caja dentro más pequeña. Hasta que abrí otras dos cajas más no descubrí un test de embarazo donde el resultado era positivo. No me hizo falta preguntar nada; lo que me había dicho Matías en la sala de espera del hospital no se me había ido de la cabeza. No me planteé si lo que me estaba ofreciendo era posible o no, ni siquiera si era ético o una aberración. Solo sentí una gratitud inmensa por ella, porque me iba a regalar lo que durante tanto tiempo había deseado.

A veces, el destino se empeña en ponernos trampas para que no podamos conseguir aquello que más anhelamos, hasta que de repente tu suerte cambia y lo que más deseas se materializa como por arte de magia. En realidad, no es cuestión de suerte, se trata de generosidad, de ser capaz de sentir empatía hasta el punto de dar una parte de ti para que otra persona sea feliz. Nunca podré agradecerle a Dita lo que quiso hacer por mí. Me va a dar la vida que me faltaba, va a llenar mi casa de ruido, esa casa en la que cada vez pasaba menos tiempo porque ya no podía soportar tanto silencio. Dos meses después de que Dita viniera a verme con su regalo particular, me quedé embarazada. Ocurrió el milagro, como lo llamaba el médico, y me acordé de todas esas historias que había escuchado sobre mujeres que habían adoptado un bebé y después se habían quedado embarazadas. Al principio guardé silencio porque pensaba que en cualquier momento sufriría un aborto; era tanto el miedo que tenía que evitaba ir al baño hasta que la vejiga parecía que me iba a explotar.

Ahora, Bruno apoya la cara en mi barriga, más abultada que la de Dita a pesar de estar de dos meses menos, y me pide que cante con él. Pongo las manos encima de la tripa, como si quisiera abrazar al bebé, y noto una patadita, y después otra, y una corriente me recorre la mano, pasando por el brazo hasta llegar al corazón y llenarlo de felicidad.

Cierro los ojos y canto en voz baja mientras dejo que los sonidos de la casa me inunden. Las voces amortiguadas que llegan de la cocina; la risa de mi madre, que suena como cientos de campanillas escapando de su garganta; el soniquete de las agujas de Mercedes moviéndose sin descanso; la música de fondo que sale de la tele y las palmadas de Paula, que acompañan su baile. Si me concentro, puedo escuchar hasta el sonido del aceite chisporroteando en la sartén; el zumbido que hace la nevera y que cesa cuando se le da un manotazo, como si la reprendieras; las gotas de lluvia golpeando con fuerza el cristal de la ventana, como si quisieran romperlo para caer en ese mar mal dibujado y siempre en calma que sigue estando en el mismo sitio.

Bruno se cansa, se levanta y nos deja solas. Abro los ojos y, al mirar alrededor, me parece que esta escena es de la vida de una persona desconocida y que yo soy una intrusa que no pertenece a esta familia. Una familia aparecida de repente y a la que quiero tanto que parece mentira que no haya convivido con ellos desde siempre. Recuerdo con nostalgia cómo mi madre, cuando no quería hablar de algo conmigo, me decía muy seria: «No estamos solas», y yo miraba alrededor y no veía a nadie. Hasta hace nada pensaba que las apariciones que aseguraba ver eran invenciones suyas para decir cosas que no se atrevía, haciendo cómplice al espíritu que le conviniera en ese momento, o para eludir una conversación espinosa. Yo sentía que sí estábamos solas. Mi padre no contaba, era un añadido, un elemento que estaba en nuestras vidas porque el azar o el destino lo había unido a mi madre, y las almas de los que ya no estaban en este mundo para mí no existían, además de que las ausencias de Diego no hacían más que sumar a esa ecuación. Ese sentimiento de soledad me ha acompañado siempre hasta no hace mucho, me envolvía como una especie de niebla densa y espesa que se colaba en mi cuerpo y se pegaba a mis huesos como una lapa.

Ahora, desde esté sofá viejo y hundido, con Dita a mi lado tarareando para nuestras hijas, miro a mi madre, que está de espaldas, y sin hablar le digo que ahora sí, que por fin podemos decir que no estamos solas. Ella se gira despacio, como si me hubiera leído el pensamiento, y cuando me mira y sonríe veo magia en sus ojos, esa clase de magia que solo tienen los que son felices del todo.

Agradecimientos

Quisiera dar las gracias a mi agente, Ángela Reynolds, por creer en esta historia desde que llegó a sus manos y por el empeño en buscarle un buen hogar.

A Carol París, mi maravillosa editora, por darme la oportunidad de hacer realidad mi sueño. Es un orgullo compartir catálogo con muchos de los escritores a los que admiro profundamente.

A Aurora Mena, por pulir el texto hasta hacerlo brillar. Vaya también un agradecimiento para sus compañeros de Plaza & Janés y Penguin Random House, respectivamente, que se han encargado del diseño, la producción y la recepción del libro. Me siento muy afortunada de estar en tan buenas manos.

A mis padres, por estar siempre a mi lado y por tanta entrega y amor.

A mi hijo Daniel, por ponerles color a los días grises.

A mis hermanos, José Antonio, Germán y David, y a sus familias, por haber hecho la mía más grande.

A mis amigas Juani, Marisol y Tere, por sostenerme siempre.

A Judit, por su apoyo incondicional.

A Xavi, por cuidarme y por salvarme cada vez que tengo un problema informático.

A Antonio Navarro, por creer en mí, por darme confianza y por tener la certeza de que esta historia merecía ser publicada.

Y por último, pero no menos importante, a mis fieles lectores. Sin vosotros esta aventura no tendría sentido. Gracias de corazón a todos los *instagrammers* que me habéis apoyado y no dejabais de preguntarme «¿Para cuándo tu próxima novela?». Gracias por compartir, por recomendar, por confiar.

Espero que hayáis disfrutado de la lectura y que me sigáis acompañando en este viaje.